Soul Hunters

Gerd Ruebenstrunk

SOUL HUNTERS

Mit der Liebe kommt der Tod

Nach einer Idee von T. Georg

PLANET!

Quai du Rosaire
Brügge

Die Gassen haben einen sachten Gang
(wie manchmal Menschen gehen im Genesen
nachdenkend: was ist früher hier gewesen?)
und die an Plätze kommen, warten lang

auf eine andre, die mit einem Schritt
über das abendklare Wasser tritt,
darin, je mehr sich rings die Dinge mildern,
die eingehängte Welt von Spiegelbildern
so wirklich wird wie diese Dinge nie.

Verging nicht diese Stadt? Nun siehst du, wie
(nach einem unbegreiflichen Gesetz)
sie wach und deutlich wird im Umgestellten,
als wäre dort das Leben nicht so selten;

dort hängen jetzt die Gärten groß und gelten,
dort dreht sich plötzlich hinter schnell erhellten
Fenstern der Tanz der Estaminets.

Und oben blieb? – Die Stille nur, ich glaube,
und kostet langsam und von nichts gedrängt
Beere um Beere aus der süßen Traube
des Glockenspiels, das in den Himmel hängt.

Rainer Maria Rilke

1.

Sie bemerkt die beiden Männer, als die Tür hinter ihr zufällt.

Ihr erster Reflex ist, sich umzudrehen und wieder im Laden zu verschwinden.

Aber dann säße sie erst recht in der Falle.

Vielleicht täuscht sie sich auch, und die beiden sind ganz harmlos?

Sie tut so, als würde sie die Auslage im Schaufenster betrachten und beobachtet die Männer aus den Augenwinkeln.

Nein, die sind nicht harmlos!

Der eine hat seinen Schädel rundherum rasiert, abgesehen von einem kleinen Haarbüschel in der Mitte. Wenn sie solche Typen sieht, muss sie automatisch an *Zippy the Pinhead* denken, einen alten amerikanischen Underground Comic, den sie mal irgendwann gelesen hat. Schon strange, wie viele Jungen das heute cool finden, so auszusehen wie eine Witzfigur.

Der Zippy-Klon trägt eine Jogginghose, die wohl eine gewisse Sportlichkeit signalisieren soll. Er lehnt betont unauffällig zwei Häuser links von ihr an einem Laternenpfahl und gibt vor, sich mit seinem Smartphone zu beschäftigen. Doch immer wieder bewegt sich der Kopf leicht nach oben und er fixiert sie für den Bruchteil einer Sekunde.

Der andere sieht etwas seriöser aus, mit Sakko und Krawatte, ein wenig wie ein Angestellter auf dem Nachhauseweg. Nur geht er nicht, er steht, etwa zehn Meter rechts von ihr, auf der gegenüberliegenden Straßenseite und starrt so interessiert auf das Fenster einer Metzgerei, als wäre eine Fleischwurst die Erfüllung seiner sehnlichsten Wünsche.

Sie fragt sich, nicht zum ersten Mal, wieso sie immer wieder in solche Situationen gerät. Was ist schiefgelaufen in ihrem Leben? Was hätte sie anders machen sollen?

Aber natürlich kennt sie die Antworten auf diese Fragen - oder glaubt sie zu kennen, denn sie hat oft genug darüber nachgedacht und mit ihren Freundinnen darüber geredet. Doch solche Überlegungen helfen ihr jetzt auch nicht weiter. Die werden ihre Verfolger nicht einfach verschwinden lassen.

Zippy und der Angestellte, denkt sie und nickt innerlich vor sich hin. Mal sehen, wer von den beiden schneller ist.

Sie kennt solche Typen.

Es ist nicht das erste Mal, dass ihr jemand seine Handlanger auf den Hals schickt, und es wird bestimmt auch nicht das letzte Mal sein.

Wo hat sie den Fehler begangen, der sie verraten hat? Das Lagerhaus am Hafen? Die Zugfahrt in die Stadt? Oder wird sie schon länger beobachtet?

Das glaubt sie eigentlich nicht. Vorsicht ist ihr in den letzten Jahren zur zweiten Natur geworden, mehr als Vorsicht, fast schon Paranoia. Das ist eine Eigenschaft, die sie mit ihren Freunden teilt. Und die sich in Momenten wie diesen auszahlt.

Dabei stand sie gerade so kurz davor, etwas Einzigartiges zu überprüfen. Etwas, das so unwahrscheinlich ist, dass sie selbst nicht wirklich daran glaubt.

Aber andere glauben offenbar daran.

Dann wird sie eben später herausfinden müssen, ob an der Sache was dran ist. Jetzt geht es erst mal um einen geordneten Rückzug.

All diese Gedanken rasen ihr im Bruchteil einer Sekunde durch den Kopf, so als wäre die Zeit für sie einfach stehen geblieben.

Sie geht in die Hocke und fingert an einem ihrer Schuhe herum. Eine Passantin, beladen mit Einkaufstüten, drängt sich an ihr vorbei und murmelt etwas, das wie »Abschaum« klingt. Vielleicht ist sie das, denkt sie, ganz bestimmt sogar hier auf der eleganten Steenstraat in Brügge, wo die gut angezogenen Frauen mit goldenen Kreditkarten in ihren Handtaschen shoppen gehen. Hier sind sie alle versammelt, die feinen Marken dieser Konsumwelt, und mittendrin kniet sie mit zerrissenen Jeans, Piercings und schmutzigen Sneakers.

Und ohne Handtäschchen.

Aber der Abschaum, das ist nicht sie, das sind die zwei Kerle, die sie verfolgen.

Zippy ist näher an ihr dran und sieht auch etwas besser trainiert aus als der Angestellte. Also muss sie in die andere Richtung. Angst hat sie keine, denn hier, auf der vollen Einkaufsstraße, werden die beiden wohl nicht wagen, ihr etwas zu tun. Aber genau weiß man das nie.

Sie richtet sich langsam auf. Ihre Hand gleitet in die Tasche und schließt sich um den schmalen USB-Stick.

Von links nähert sich ein Lastwagen, fast im Schritttempo, durch das Kopfsteinpflaster gebremst. Als er sich zwischen ihr und dem Angestellten befindet, rennt sie los.

Ihr gut ausgebildetes Fluchtprogramm arbeitet auf Hochtouren, verlagert das Gewicht in Sekundenbruchteilen, wenn sie einem entgegenkommenden Passanten ausweichen muss. Zack, ein Fuß vom Bordstein auf die Straße und sofort wieder zurück, rechts, links, kurz abbremsen, zwischen Häuserwand und einem älteren Paar durch und dann wieder Tempo aufnehmen.

Hinter sich hört sie lautstarke Proteste. Das muss Zippy sein. Sie dreht sich nicht um, aber sie könnte wetten, dass er nicht so geschmeidig an den Leuten vorbeikommt wie sie.

Wer das Fliehen gewohnt ist, bekommt in solchen Dingen Übung.

Vor ihr liegt der Platz, und als sie um die Ecke biegt, sitzt *er* immer noch da.

Wie sie erwartet hat.

Sie rennt zu seinem Stuhl, tut so, als stolperte sie, hält sich an der Lehne fest. Eine schnelle Bewegung, und der USB-Stick hat ihre Hand verlassen.

Er dreht den Kopf nach ihr um, will wissen, was vorgeht, aber da ist sie schon wieder weg, jagt quer über den Platz, zwischen den Tischen durch, rechts, links und um die nächste Ecke, raus aus dem Blickfeld ihrer Verfolger.

Der Rest, das weiß sie, ist ein Kinderspiel.

2.

September ist nicht die beste Jahreszeit, um in einem Straßencafé in Brügge herumzulungern.

Jona kann das beurteilen, denn vor zwei Jahren lebte er noch in Valencia, und da konnte man sogar im November noch im T-Shirt in der Sonne sitzen.

Damals hat er das als selbstverständlich hingenommen. Heute weiß er, das ist nicht so, denn jetzt sitzt er in Brügge, wo der Himmel mehr grau als blau ist. Und wo es im September schon mal empfindlich kühl werden kann.

»Das liegt daran, dass Brügge sich in Belgien befindet und Valencia in Spanien«, doziert Christopher, als er zum wiederholten Mal über das Wetter klagt.

»Sag bloß, du Schlaumeier«, gibt Jona zurück. »Wär ich nie drauf gekommen.«

»Wenn du wie ich zwei Jahre in Moskau verbracht hast, dann kommt dir Brügge vor wie die Costa Calabra.«

»Die Costa was?«

»Na ja, irgendeine Mittelmeerküste halt.« Chris zuckt mit den Schultern. »Ich hatte eben nicht so ein Glück wie du. Dafür kann ich dir die Namen aller großen Parks in Moskau aufzählen, wenn du willst.«

»Danke, kein Bedarf.« Jona hebt abwehrend die Hände. Chris ist ganz o. k., aber er liebt es, mit seinem Wissen anzugeben – und er weiß ziemlich viel. Aber Jona will jetzt keinen Vortrag über die europäische Großwetterlage im Allgemeinen und die von Brügge im Speziellen hören, in dem so oft das Wort *Polarkälte* vorkommt, dass er sofort nach Hause laufen will, um seine Winterjacke aus dem Schrank zu holen.

Nach Hause ist vielleicht das falsche Wort, denn sie wohnen in einem Internat. Ihre Väter arbeiten bei der EU in Brüssel, und Christopher und Jona sind hier in Brügge gelandet, weil es das beste Internat im Umkreis von zweihundert Kilometern um Brüssel herum sein soll. Tatsächlich ist es nicht übel, die Leute sind ganz entspannt, und weil sie beide schon sechzehn Jahre alt sind, haben sie eine Menge Freiraum, solange die Leistungen stimmen.

Sie sitzen auf dem Simon Stevinplein im Herzen der Stadt, und dunkle Wolken ziehen über sie hinweg. Trotzdem sind alle Tische belegt. Wenn man in Brügge lebt, dann schätzt man jeden trockenen Tag, ob bewölkt oder nicht. Und den Touristen ist das sowieso egal, die kommen das ganze Jahr über in die Stadt und nehmen den Einheimischen die Plätze weg.

Denn Brügge ist eine magische Stadt, das muss selbst Jona widerwillig einräumen. Mit den alten Häusern, den schmalen Gassen, dem Kopfsteinpflaster, das im Regen glänzt und manchmal auch in der Sonne und auf dem immer irgendwo das Klappern von Pferdehufen zu vernehmen ist, erinnert ihn Brügge an einen verwunschenen Ort aus einem Märchen. Manchmal erwartet er fast, dass aus der Tür eines jahrhundertealten Hauses ein Mann mit einem Seesack auf dem Rücken und einer Meerschaumpfeife zwischen den Zähnen tritt, um sich auf den Weg zum Hafen zu machen, wo ein Schiff auf ihn wartet, das ihn in ferne Länder tragen wird, nur mit der Kraft des Windes. Das Hufgeklapper der Touristenkutschen verwandelt sich dann in das Geräusch der Pferdefuhrwerke, die Hölzer und Gewürze und andere Waren vom Hafen in die Handelshäuser der Innenstadt transportieren, wo damals wie heute alle Sprachen der Welt zu hören sind.

Die Stimme seines Freundes reißt ihn aus seinen Fantasien. »Alter, magst du deinen Kuchen nicht mehr?«

Vor Jona steht noch der halbe Apfelstrudel mit Sahne, während Christopher seinen schon längst verputzt hat.

»Nicht so gierig«, sagt Jona und greift zu seiner Gabel.

Chris grinst. Sie kennen sich zwar erst seit etwas über einem Jahr, aber sie haben sich damals sofort angefreundet. Sie teilen sich ein Zimmer im Internat, und nach der Schule ziehen sie oft gemeinsam durch die Stadt. So wie heute.

Was soll man sonst auch machen in einer Stadt, die ein einziges großes Museum ist? Das hat Jona vorher nicht gewusst, aber eigentlich wusste er gar nichts über Belgien und Brügge. Inzwischen hat er gelernt, dass hier Flämisch gesprochen wird, was dem Niederländischen sehr ähnlich ist, und alle Sehenswürdigkeiten der Stadt kennt er auch, denn seine Eltern haben ihn bei ihren Besuchen hier von einer zur anderen geschleppt.

»Denk an deine schlanke Linie«, stichelt Chris. »Zu viel Sahne, und du wirst dick und fett, und deine Dancing Queen will nichts mehr von dir wissen.«

»Dann bestell ich mir gleich noch ein Stück«, stöhnt Jona. Denn das ist die Sache, die ihm im Augenblick echt Kopfzerbrechen bereitet.

»Was denn, wie denn, du willst das Traumpaar unseres Jahresabschlussballs sabotieren?« Chris hält ihm sein Tablet hin. Es zeigt eine Fotomontage, in der Jona Arm in Arm mit Lisa Kuijper auf den Fotografen zugeht. Sie trägt ein glitzerndes Abendkleid, Jona einen Smoking, und sie lächeln beide glücklich in die Kamera.

»Wie hast du das gemacht?«, ruft Jona und greift nach dem Tablet, aber Chris ist schneller. Mit einem gemeinen Lachen zieht er es außer Reichweite.

»Photoshop, Alter. Hat gerade mal fünf Minuten gedauert. Was hältst du davon, wenn ich es gleich an Lisa maile?«

»Untersteh dich!«, ruft Jona und schnappt erneut nach dem Tablet, wobei er fast seine Rhabarberschorle umstößt. Das Rentnerpaar am Nebentisch wirft den beiden Jugendlichen missbilligende Blicke zu.

»Beruhig dich, Alter.« Chris zieht das Bild mit einer Fingerbewegung in den Papierkorb. »Da, zufrieden?«

»Es gibt Dinge, über die macht man keine Witze«, brummt Jona. Lisa Kuijper gehört mit Sicherheit dazu.

Sie ist in derselben Klasse wie Christopher und er, und sie hat sich in den Kopf gesetzt, mit Jona zum Jahresabschlussball zu gehen. Unglücklicherweise hat er überhaupt keine Lust darauf. Nicht, weil sie schlecht aussieht oder Pickel hat oder so, nein, es gibt genug Jungs, die sich darum reißen würden, sie zum Ball zu begleiten. Aber sie ist in seinen Augen eine *Tussi*, deren Hauptinteressen Klamotten (möglichst teuer), Reisen (möglichst exotisch) und das Leben der Promis sind, und darauf steht Jona nun mal gar nicht.

Leider hat sich noch keine andere gefunden, die mit ihm zum Ball will, denn er hat zwei internatsbekannte linke Füße. Auch deshalb versteht er Lisas Interesse an ihm nicht. Was will sie bloß von ihm? Er ist nicht hässlich, das nicht, kein buckliger Glockenschwinger, aber er ist auch nicht gerade der Typ, dem die Mädchen kreischend zu Füßen fallen. Eigentlich sieht er ganz und gar durchschnittlich aus, und damit hat er auch kein Problem, denn so sieht er sich auch, als einen durchschnittlichen Menschen. Er möchte kein Popstar werden und auch keine Superleistungen vollbringen, egal auf welchem Gebiet. Eigentlich will er nur in Ruhe sein Leben leben und seinen Träumen nachhängen. Ganz im Gegensatz zu Christopher, der gern im Rampenlicht steht und mit seinem Wissen angibt. Trotzdem sind sie schnell beste Freunde geworden. Oder vielleicht auch gerade deshalb, denkt Jona manchmal, denn was der eine zu viel hat, das hat der andere zu wenig.

»Irgendwie verstehe ich deine Besessenheit mit Lisa

Kuijper nicht«, stichelt er. »Ständig erwähnst du sie, Lisa hier, Lisa da. Du bist doch nicht etwa eifersüchtig?«

Jona glaubt das selbst nicht, aber irgendwie will er Chris seine kleinen Gemeinheiten heimzahlen. Und das geht am besten mit einer anderen kleinen Gemeinheit.

Zu seiner eigenen Überraschung sieht es tatsächlich so aus, als hätte seine Bemerkung Chris getroffen. Für einen Sekundenbruchteil verzieht sich sein Gesicht, ehe er wieder seine Besserwissermiene aufsetzt.

»Lisa Kuijper und ich? Alter, nicht in meinen schlimmsten Träumen! Ich liebe meine Freiheit. Sieh dich doch an! Du hast ja jetzt schon die Hosen voll, und ihr seid noch nicht mal zusammen!«

»Das werden wir auch nie sein«, gibt Jona zurück. »Nur weil sie unbedingt mit mir zum Ball will, muss ich ja nicht ihr Freund werden. Bei dir bin ich mir da nicht so sicher«, fügt er hinzu, um Chris noch eins auszuwischen. »Du weißt doch: Wer sich verteidigt, klagt sich an.«

»Wo hast du denn den müden Spruch ausgegraben?« Chris macht eine wegwerfende Handbewegung. »Ich muss mich gar nicht verteidigen. Die Frauen finden mich gut, na und? Dafür kann ich nichts. Aber deshalb muss ich noch lange nicht mit Lisa Händchen halten.«

»Da, du hast es schon wieder getan!« Jona grinst seinen Freund an. Anstatt einer Antwort beginnt der, mit der Gabel die letzten Krümel auf seinem Teller zusammenzusuchen.

Auch Jona will sich gerade erneut über seinen Apfelstrudel hermachen, als ihn jemand in den Rücken stößt.

Die Gabel mit dem Strudelstück darauf fliegt ihm aus der Hand und landet zielsicher auf Christophers Tablet.

»Sorry«, keucht eine heisere Stimme an seinem Ohr.

Jona sieht den schockierten Gesichtsausdruck seines Freundes …

… fühlt eine Hand auf seiner Schulter …

… reißt den Kopf zur Seite und blickt in zwei große graublaue Augen, und es kommt ihm für einen Moment so vor, als hätte er schon immer in diese Augen geblickt …

… spürt einen Schauer, der seinen ganzen Körper durchläuft …

… und dann bleibt die Welt für einen Augenblick stehen.

Und als sie sich wieder in Bewegung setzt, ist sie schon wieder weg.

Sie, denn es ist ein Mädchen.

Schwarze Haare, kurz, ungekämmt und wild.

Zerfetzte Jeans, abgenutzte Sneakers.

Ein dunkelgrauer Wollpullover.

Ein Ring im rechten Nasenflügel.

Wie hat er das alles nur wahrnehmen können in diesem Bruchteil einer Sekunde?

Das Mädchen ist bereits am anderen Ende des Platzes angekommen. Gerade verschwindet sie um die Ecke, da rennt ein Mann an ihrem Tisch vorbei.

Jona sieht nur eine Jogginghose und einen rasierten Schädel, dann ist er auch schon weg.

Und es folgt noch einer, dicht hinter dem Rasierten, der

allerdings einen Anzug trägt. Aber auch er ist eindeutig hinter dem Mädchen her.

So schnell, wie sie aufgetaucht sind, sind alle drei wieder verschwunden.

Jona schüttelt den Kopf. »Alter, was war das?«

Und dann spürt er einen kalten Schauer, der ihm den Rücken herunterläuft.

Nein, kein Schauer, das ist etwas anderes. Irgendwas bewegt sich an seinem Rücken entlang.

Sofort ergreift ihn die Panik. Ist das ein Tier? Er denkt an fette Käfer, Tausendfüßler, Kneifer aller Art, vor denen er den totalen Horror hat. Und sie sitzen hier unter einem Baum, von dem sich so ein Krabbler ganz leicht auf ihn stürzen kann.

Vorsichtig richtet er sich so gerade wie möglich auf.

Da! Es bewegt sich schneller! Jona fängt an zu schwitzen. Seine Augen weiten sich, sein Atem geht stoßweise.

»Was ist los, Alter?« Chris blickt ihn fragend an.

Jona gibt keine Antwort. Mit einem Ruck zieht er sein T-Shirt aus der Hose und schüttelt seinen Körper, so heftig er kann.

Irgendwas fällt mit einem leisen Klappern aufs Pflaster.

So hört sich kein Kriechtier an! Jona sackt erleichtert in sich zusammen und beugt sich zur Seite. Da liegt ein kleines silbernes Ding, kaum größer als eine Fritte. Er streckt den Arm aus und hebt es auf.

Ein USB-Stick.

Dann begreift er plötzlich. Den muss ihm das Mädchen in den Ausschnitt gesteckt haben, als sie kurz an seinem Stuhl angehalten hat! Er mustert den Stick näher, kann aber nichts Besonderes daran entdecken. Ein normaler kleiner USB-Stick eben.

»Wo hast du den denn auf einmal her?«, fragt Christopher. »Hat den die Zerzauste verloren?«

»Die Zerzauste?« Jona ist einen Moment irritiert. »Ach, du meinst das Mädchen gerade.« Als »zerzaust« hätte er sie nicht eingeordnet, aber jetzt, da Chris das Wort erwähnt, räumt er ein, dass da was dran ist. Die zerfetzten Klamotten, der Nasenring – und hat er nicht auch irgendwo ein Tattoo gesehen? Er ist sich nicht sicher, es ging alles so schnell. Auf alle Fälle machte sie tatsächlich einen etwas wilden Eindruck. Das lag aber vielleicht auch daran, dass sie auf der Flucht war, gejagt, da würde wohl jeder auf andere Menschen gehetzt wirken.

»Erde an Jona!« Chris fuchtelt ihm mit der Hand vor den Augen rum. »Alter, du bist ja ganz weggetreten.«

Jona gibt sich einen Ruck. »Sie hat mir den ins T-Shirt gesteckt.«

»Den Stick? Aber warum?«

»Woher soll ich das wissen?« Jona blickt sich suchend auf dem Platz um, aber natürlich ist weder von dem Mädchen noch von den Männern eine Spur zu entdecken.

»Vielleicht ist da ein Staatsgeheimnis drauf! Geheime Akten, Enthüllungen, so wie Wikileaks. Deshalb wurde sie verfolgt, und wir müssen das jetzt veröffentlichen!« Chris geht richtig ab. Verschwörungstheorien sind sein Ding, darüber kann er sich stundenlang auslassen.

»Ganz ruhig, Alter.«

»Aber was ist, wenn ich recht habe? Dann sind wir vielleicht auch in Gefahr.« Vor lauter Aufregung wirft Chris fast sein Limoglas um. »Wir müssen sofort los und nachsehen, was auf dem Stick gespeichert ist!«

»Ist ja schon gut.« Jona geht das Gesicht der Unbekannten nicht aus dem Kopf. Diese Augen, die ihm eine geheime Botschaft zu übermitteln schienen. Und wieso gerade er? Warum hat sie ausgerechnet ihm den Stick zugesteckt und nicht Chris oder irgendeinem anderen der Leute, die auf dem Platz herumsitzen?

»Was meinst du, haben sie das Mädchen erwischt?«, fragt er.

»Ein Grund mehr, zu verschwinden! Die beiden Kerle sahen nicht so aus, als wäre mit ihnen gut Kirschen essen. Wenn die die Zerzauste ausquetschen, dann packt die vielleicht aus, und sie sind hinter uns her.«

Uns? Jona weiß nicht, warum sie hinter Chris her sein sollten, denn schließlich hat das Mädchen *ihm* den Stick zugesteckt. Aber sein Argument ist nicht von der Hand zu weisen. Außerdem will er selbst wissen, was sich auf dem Datenträger befindet.

»Also gut.« Jona schiebt den Teller mit dem Rest des Apfelstrudels weg. Er hat auf einmal keinen Hunger mehr. Auch Chris hat sein Interesse daran verloren. Sie bezahlen und machen sich auf den Weg zum Internat.

Chris hat sich inzwischen so in seine Paranoia verbissen, dass er an jeder Ecke mögliche Verfolger und Beschatter entdeckt. Selbst Jona fängt an, sich ständig umzublicken. Allerdings hält er eher nach dem Mädchen Ausschau.

Und er fragt sich, ob er sie jemals wiedersehen wird.

3.

Das Internat ist ein dreistöckiges Gebäude aus dem vorigen Jahrhundert, das die schmale Straße, an der es liegt, dominiert. Die kleinen weißen Häuschen auf der gegenüberliegenden Seite sehen im Vergleich wie Puppenhäuser aus, aber es wohnen leibhaftige Menschen darin, das hat Jona oft genug gesehen.

Ganz Brügge sieht eigentlich so aus wie eine gigantische Spielzeugstadt oder eine dieser mittelalterlichen Städte, die man aus Computerspielen kennt. Viele Gassen sind von Häusern gesäumt, die fünfhundert Jahre oder älter sind, und die Gebäude jüngeren Datums fügen sich nahtlos in ihre Umgebung ein. Man muss schon genau hinsehen, um ihr Alter richtig schätzen zu können.

Das Internat ist jedenfalls kein halbes Jahrtausend alt, so groß wurden damals nur Paläste und Burgen gebaut. Es ist ein strenger Backsteinbau mit großen weißen Sprossenfenstern und einer dicken Holztür mit Messingklopfern daran. Die werden natürlich nicht mehr benutzt; neben der Tür ist ein kleiner Kasten mit zehn Tasten montiert, auf dem man einen Zahlencode eingibt, um ins Gebäude zu gelangen.

Jona steuert zielsicher darauf zu, aber Chris packt ihn am Arm und zieht ihn weiter.

»Was soll das?«, fragt Jona und will sich losmachen.

»Kleine Vorsichtsmaßnahme«, sagt Chris. »Erst mal überprüfen, ob die Luft rein ist. Wir wollen doch nicht, dass jemand weiß, wo wir wohnen.«

Jona schüttelt entgeistert den Kopf. »Siehst du hier irgendwo einen Verfolger?« Er bleibt stehen und deutet die Gasse hinunter. Eine Gruppe von Schülern, die auf dem Weg zum Bahnhof ist, kommt um die Ecke gebogen. Ansonsten ist niemand zu sehen.

Widerstrebend fügt sich Chris. Eine Minute später fällt die Tür des Internats hinter ihnen ins Schloss. Willem, der Hausmeister, der wie üblich den Nachmittag in seinem Glaskasten hinter der Tür verbringt, blickt kurz auf und nickt ihnen zu, bevor er sich wieder seiner Lektüre widmet, wahrscheinlich eines dieser Geschichtsmagazine, die er in jeder freien Minute studiert. Unter den Schülern geht das Gerücht um, dass Willem früher selbst einmal Lehrer oder sogar Professor an einer Universität war, aber wegen eines »Vorfalls« aus dem Amt gejagt wurde. Was das für ein Vorfall war, darum ranken sich die wildesten Spekulationen, aber natürlich weiß niemand etwas Genaues.

Sie springen die Treppen hoch, drängen sich durch den Schwarm der Unterstufenschüler, die die Gänge bevölkern, und erreichen schließlich ihr Zimmer. Chris läuft sofort zum Fenster und blickt hinaus. »Alles klar«, meldet er. »Keine verdächtigen Bewegungen.«

»Du solltest vielleicht mal ein paar andere Serien gucken«, sagt Jona, der schon vor seinem Laptop sitzt und ihn hochfährt. Er steckt den USB-Stick ein und öffnet den Dateimanager. Der zeigt, dass sich nur eine Handvoll Dateien auf dem Stick befinden. Es scheint sich um irgendeine Software zu handeln, denn eine davon ist eine ausführbare Programmdatei, was Jona an der Endung *.exe* erkennt.

```
notizen.txt
aphro.exe
aphro1.dll
aphro2.dll
aphro3.dll
libshare.pm
.bin
.lib
.share
```

Jona will gerade die Programmdatei doppelklicken, als Chris ihn zurückhält.

»Alter, das kann dir den ganzen Rechner zerschießen. Du weißt doch gar nicht, was das ist. Aphro.exe, das hört sich echt merkwürdig an.«

Jona nimmt die Hand von der Maus. »Und?«

»Ich habe einen Spezialscanner auf meinem Rechner. Lass uns das Ding noch mal richtig durchleuchten.«

Jona zieht den Stick ab. Während Chris die Dateien mit seinem Virenscanner checkt, trommelt er ungeduldig mit den Fingern auf der Tischplatte herum. Das Mädchen geht ihm nicht aus dem Kopf. Er kann es nicht erwarten, mehr über sie zu erfahren, und der einzige Weg dazu ist der USB-Stick. Zumindest hofft Jona das. Warum sollte sie ihm den Stick sonst zugesteckt haben? Irgendwas muss sie sich dabei doch gedacht haben, oder?

»Findest du nicht, das ist genug? Das Ding ist sauber!«

»Geduld, Alter, Geduld.« Chris hebt eine Hand, ohne die Augen vom Bildschirm zu wenden. Es kommt Jona wie eine Ewigkeit vor, bis er den Stick schließlich zurückhat.

Er klickt sofort auf aphro.exe. Die Festplatte rumort kurz, dann ist sie wieder still. Nichts passiert. Jona wiederholt den Vorgang, mit demselben Ergebnis. Er sieht Chris fragend an. Der zuckt mit den Schultern.

»Keine Idee, Alter. Das kann alles Mögliche bedeuten: defekte Datei, falsche Windows-Version, fehlende Komponenten.« Er deutet mit dem Finger auf die Dateiliste. »Mach doch mal die Textdatei auf, da erfahren wir vielleicht mehr.«

Jona klickt die Datei. Sein Editor poppt auf und zeigt einen langen Text an. Er ist auf Flämisch geschrieben, aber zum Glück beherrschen er und Chris die Sprache inzwischen gut genug, um das zu verstehen, was sie vor ihren Augen haben.

Mein Name ist Hannah.
Wenn Du, wer immer Du auch bist, das hier liest, dann habe ich wahrscheinlich ein Problem.

Vielleicht kannst Du mir dabei helfen, vielleicht auch nicht.

Und wenn Du von der Polizei oder vom Staatsschutz bist, dann wird sich diese Datei in fünf Sekunden selbst vernichten.

5 …

4 …

3 …

Haha, kleiner Spaß.

(Obwohl ich weiß, dass mit Euch nicht zu spaßen ist.)

Also noch mal.

Mein Name ist Hannah.

Ich verdiene mein Geld mit Coden.

Mein letzter Job war ein größerer Auftrag. Ich sollte einen neuen Algorithmus für eine Singlebörse entwickeln.

Wer meine Auftraggeber sind, weiß ich meistens nicht, denn ich habe nicht direkt mit ihnen zu tun. Ich bekomme die Jobs über Freunde, die in richtigen Firmen arbeiten und in richtigen Wohnungen wohnen und ein richtiges Konto haben, auf das ein richtiges Gehalt überwiesen wird.

Das habe ich alles nicht. Denn ich werde von der Polizei gesucht.

Und jetzt auch noch von anderen Leuten. Das ist der Grund, warum ich das hier aufschreibe.

Ich bin überzeugt, das hat mit meinem letzten Auftrag zu tun.

Drei Monate habe ich daran gearbeitet, und am Ende habe ich eine Lösung gefunden, von der ich selbst nicht genau weiß, wie sie funktioniert.

Und ob sie funktioniert.

Denn als ich mein Proggie zum ersten Mal ins Netz losgelassen habe, ist es passiert.

Dazu musst Du wissen, dass ich keine neue Singlebörse entwickelt habe. Das sind ja nicht mehr als ein paar Datenbanken und einige simple Rechenoperationen. Das kriegt jeder Teilnehmer eines Informatikkurses in der Schule hin.

Mein Code ist etwas völlig anderes.

Er benutzt alle vorhandenen Singlebörsen in der ganzen Welt und noch viele andere Quellen. Da ist klar, dass das vielen Leuten nicht gefällt.

Schließlich greife ich ihre Daten ab, ohne dafür zu bezahlen.

Aber gehören ihnen die Daten wirklich?

Was meinst Du, mysteriöser Unbekannter? Hast Du da schon mal drüber nachgedacht?

Kann Dir einer abkaufen, was Du gern isst, gern hörst oder gern trägst?

Aber ich schweife ab.

Was ich nicht verstehe: Wie haben sie mich so schnell gefunden?

Meine Bots brauchen eine ganze Weile, um alle erforderlichen Informationen zusammenzutragen. Das schien auch ganz gut zu funktionieren. Aber als es so weit war und das erste Resultat auf meinem Screen erschien, passierte es: Ich bekam die volle Breitseite.

Eine ganz ausgefuchste Attacke legte meinen Rechner lahm. Schwarzbild, rien ne va plus. Total blackout.

Ich hab sofort den Stecker gezogen, vom Stick gebootet und das System gecheckt. So einfach kann man mich nicht aushebeln, ich hab genug von dem Zeugs selbst geschrieben, um zu wissen, wie man sich dagegen schützt.

Beim Checken der Logs bin ich dann auf ein paar gut getarnte IP-Adressen gestoßen, die natürlich alle clean waren. Was mein Angreifer allerdings nicht wusste: In dem Moment, in dem er auf mich losging, hat mein System automatisch einen Sniffer auf seine Spur gesetzt. Und der hat mir auf meinem Smartphone eine genaue Location abgeladen.

Brügge.

Der Angriff kam aus Brügge.

Was für ein Zufall! Oder nicht? Hatte ich doch meine Zelte ganz in der Nähe aufgeschlagen, nur ein paar Kilometer entfernt.

Es gab noch einen anderen Grund für mich, nach Brügge zu reisen, also fuhr ich gleich am nächsten Tag rüber.

Ich kenne Brügge ganz gut, hab da schon mal eine Weile gelebt. Ob ich die Stadt mag, kann ich nicht sagen. Die fetten Händler von damals wurden durch die fetten Händler von heute ersetzt, und das meiste Volk, das sich durch die Gassen drückt, das sind genau die Leute, die Menschen wie mich am liebsten wegsperren würden, aus den Augen, aus dem Sinn.

Wir stören sie nur beim ungehemmten Geldausgeben.

Egal. Ich hatte die Geokoordinaten, und die lagen nicht in der Innenstadt, sondern weiter draußen, Richtung Hafen.

Da sind die Leute nicht so chic, und sie gucken dich auch nicht so schief an.

Es war ein etwas heruntergekommenes Lagerhaus neben einem ehemaligen Billardklub und sah so gar nicht aus wie die Zentrale einer weltumspannenden Organisation, die pausenlos das Internet überwacht und in Sekundenschnelle zuschlagen kann. Die Oberlichter waren dreckverschmiert und das Tor verschlossen. Daneben befand sich ein kleines Schild: »Olympos Im- und Export«.

Das war alles. Keine Telefonnummer, keine URL oder Mail.

Sackgasse.

Als ich wieder zurück war, habe ich versucht, mehr über Olympos herauszubekommen.

Nada. Keine Spur.

Das Ganze kommt mir echt seltsam vor. Und ich muss damit rechnen, dass meine Angreifer inzwischen auch wissen, wer ich bin.

Deshalb schreibe ich das hier alles auf und packe meine kleine App ebenfalls auf diesen Stick.

Es ist die einzige Kopie, die es gibt.

Natürlich ist sie verschlüsselt, Du brauchst also gar nicht erst versuchen, sie auszuführen. Aber wenn Du den Stick zerstörst, dann ist das Programm für immer weg.

Und ich weiß nicht, ob ich noch mal ein neues schreiben werde.

Es liegt also an Dir.

Aber denk dran: Es ist ein Spiel mit dem Feuer.

Und falls Du der bist, für den ich Dich halte – falls Du

zufällig Jona heißt – falls Du zufällig in Brügge lebst – und falls Du nicht zufällig ein Arschloch bist – dann hoffe ich, dass Du mir helfen wirst.

Denn Deine Hilfe könnte ich gut gebrauchen.

Auf die Dauer ist es langweilig, alles allein zu machen.

»Alter, sie kennt dich!«, ruft Chris. »Dann musst du sie doch auch kennen! Also los, raus mit der Sprache!«

»Ich hab keine Ahnung, wer sie ist und woher sie meinen Namen hat.« Jona deutet auf den Bildschirm. »Ich hab sie garantiert noch nie vorher gesehen.«

»Das willst du mir doch nicht erzählen! Du hast Geheimnisse vor deinem besten Freund?« Chris macht ein beleidigtes Gesicht.

»Großes Ehrenwort, ich weiß nicht, woher sie mich kennt. Obwohl …«

»Obwohl? Obwohl was?« Chris ist sofort wieder voll da.

»Vorhin, auf dem Platz, als ich ihr in die Augen geblickt habe, da hatte ich für einen Moment lang das Gefühl, sie schon lange zu kennen.« Jona spürt sein Herz bei dieser Erinnerung schneller schlagen. Sollte er Hannah doch schon mal begegnet sein? Aber wann und wo? Ein Mädchen wie sie vergisst man doch nicht!

»Da siehst du's!«, triumphiert Chris. »Vielleicht war sie mit dir in der Grundschule oder hat früher bei dir in der Nachbarschaft gewohnt.«

Jona schüttelt den Kopf. »Nein, nein und noch mal nein. Und jetzt hör bitte auf damit. Sag mir lieber, was ich mit dem USB-Stick anfangen soll.«

»Ganz einfach. Wir müssen nur jemanden finden, der uns die Dateien entschlüsselt. Dann können wir uns selbst überzeugen, ob das Programm funktioniert.«

»Und uns dieselben Typen auf den Hals ruft, die ihren Rechner angegriffen haben? Bist du bescheuert?«

»Was denn, bist du gar nicht neugierig, was das Programm kann?«

»Das wissen wir doch.« Jona deutet auf den Bildschirm. »Oder suchst du so dringend nach einer Freundin, dass dir das Risiko egal ist?«

»Mann, wen interessieren schon die Frauen! Mal abgesehen von dir.« Chris zwinkert Jona zu. »Es geht um den Code! Wenn das stimmt, was da steht, dann können wir uns damit eine goldene Nase verdienen.«

»Wenn du so weiterredest, dann verdienst du dir gleich eine blutige Nase!« Jona springt auf und tippt seinem Freund mit dem Finger gegen die Brust. »Hast du die beiden Gorillas vergessen, die Hannah verfolgt haben? Und willst du dir wirklich ihr Programm unter den Nagel reißen, während sie sich irgendwo vor ihren Verfolgern versteckt?«

Er zieht den Stick aus seinem Rechner und hält ihn in die Höhe. »Das hier, das ist eine Bitte um Hilfe, du Vollhorst.«

Christopher hebt abwehrend die Hände und macht einen Schritt zurück. »Schon gut, Alter, schon gut, reg dich wieder ab. Ich bin doch nur neugierig.«

»Ja klar. Und wenn du damit die große Kohle machen kannst, ist das ein angenehmer Nebeneffekt.«

Chris blickt zu Boden. »Das war nicht so gemeint«, murmelt er.

»Na schön.« Jona lässt den Stick in seiner Hosentasche verschwinden. »Ich brauch jetzt mal ein bisschen frische Luft.«

Chris legt ihm die Hand auf den Arm. »Meinst du nicht, wir sollten vorher eine Kopie von den Dateien auf dem Stick machen?«

Jona blickt Chris scharf an. Er kennt seinen Freund, glaubt es jedenfalls, aber diese Bemerkung vorhin mit dem Geldverdienen hat ihn unsicher gemacht. Es wäre sicher klug, die Daten zu sichern, aber ist das wirklich Christophers einziges Motiv?

»Später vielleicht«, sagt er. »Wenn ich zurückkomme.«

Chris nickt wortlos.

Spürt er, dass Jona ihm nicht ganz traut? Egal, daran kann er jetzt auch nichts ändern.

Draußen auf der Straße ist es inzwischen voller geworden. Alles bewegt sich Richtung Bahnhof: Schüler, Studenten, Touristen, Pendler. Jona biegt hinter dem Internat links ab, überquert einen der zahlreichen Kanäle, der Reien, die Brügge durchziehen, dann einen kleinen Platz, wo er einer Pferdekutsche ausweichen muss, die Touristen durch die Stadt schaukelt, läuft vorbei an Frittenbuden und Cafés, Andenkenläden und Schokoladengeschäften, bis er den Beginenhof erreicht. Hier ist der Besuchertrubel nicht mehr so groß, die meisten sind bereits gegangen oder verlassen gerade das Gelände.

Die geweißten Backsteinhäuschen, die im Viereck um

eine große Wiese mit mehreren Dutzend Pappeln gruppiert sind, waren einst Zufluchtsorte für unverheiratete Frauen und Witwen, die hier unbehelligt leben konnten. Das ist lange vorbei, aber der Ort ist eine Oase der Ruhe nah am Herzen der Stadt geblieben.

Jona klettert über einen kleinen Begrenzungszaun und lässt sich unter den ausladenden Ästen einer Trauerweide am Ufer des Minnewater nieder. Hier hat er Ruhe, um nachzudenken.

Hannah heißt sie also. Jona spricht den Namen leise vor sich hin. »Hannah.« Ein schöner Name, findet er. Und er passt irgendwie zu dem, was er gesehen hat. Vor allem zu diesen Augen.

Wo mag sie jetzt wohl stecken? Ist sie in Sicherheit? Oder haben ihre Verfolger sie erwischt? Und wenn ja, was haben sie mit ihr angestellt?

Er fragt sich, wie er sie wiederfinden soll. Eine Anschrift hat sie ihm nicht gegeben, auch keine Telefonnummer oder Mailadresse. Es ist fast so, als wollte sie nicht gefunden werden. Aber was soll das Ganze dann? Wie kann er ihr helfen, wenn er nicht weiß, wie er sie erreichen kann?

Und woher kennt sie seinen Namen?

Falls Du zufällig Jona heißt, das hat sie geschrieben.

Aber wie ist das möglich?

Jona ist sich ganz sicher, dass er dieses Mädchen noch nie zuvor getroffen hat.

Woher kennt sie ihn also?

Und trotz des Wörtchens »zufällig« war ihre Begegnung ganz und gar kein Zufall, davon ist er überzeugt. Sie hat ihn zielgerichtet ausgesucht, um ihm den USB-Stick zu geben.

Jona seufzt. Fragen über Fragen. Er versucht, sich an die Einzelheiten ihres Gesichts zu erinnern, doch es fällt ihm schwer. Wie lange hat er sie gesehen? Eine Sekunde? Zwei? Er erinnert sich an ihre zerrissene Hose, aber nicht daran, wie groß sie war. Und welche Farbe hatten ihre Augen, die ihn so gefesselt haben?

Er seufzt erneut. Das Einfachste wäre vielleicht, sie zu vergessen. Aber das kann er nicht. Im Gegenteil, es ist so, als zöge ihn eine unsichtbare Hand zu Hannah hin. Wenn er nur wüsste, wo er mit der Suche nach ihr beginnen soll!

Er hat nur zwei konkrete Informationen: Sie ist eine Hackerin. Und das Lagerhaus in der Nähe des Hafens. *Olympos* Im- und Export. Unwahrscheinlich zwar, dass man dort etwas über sie weiß, denn sie ist ja nicht einmal jemandem begegnet. Aber er kann nicht still herumsitzen und darauf warten, dass sie ihm vielleicht noch einmal über den Weg läuft. Er muss etwas tun!

Und das Lagerhaus ist zumindest ein Anfang.

1.

Es sind neun Männer, die an diesem Abend in einem vornehmen Brüsseler Hotel zusammenkommen, in einem Tagungsraum, wie es viele dort gibt. Vor der Tür steht auf einem Schild, dass es sich um ein Treffen der *Olympos* Vertriebsgesellschaft handelt. Aber die neun Anwesenden sehen nicht so aus wie Vertreter, sondern eher wie ihre Kunden. Zumindest dann, wenn die Vertreter Luxusartikel verkaufen.

Die Anzüge der Anwesenden sind maßgeschneidert und aus feinsten Stoffen. An ihren Handgelenken tragen sie Uhren, die so viel kosten wie ein neuer Sportwagen. Ihre Schuhe sind aus bestem Leder und rahmengenäht. Auf dem Parkplatz des Hotels stehen ihre Limousinen, selbstverständlich durchweg mit persönlichen Fahrern, die ihnen rund um die Uhr zur Verfügung stehen.

Diese Männer sind reich.

Unvorstellbar reich.

Und unvorstellbar mächtig, denn Reichtum bedeutet Macht. So wie Armut Machtlosigkeit bedeutet.

Vor jedem der Teilnehmer steht ein kleines Namensschild. Nicht, dass das nötig wäre, denn sie kennen sich seit vielen Jahren. Aber die Tradition verlangt es so, so wie sie auch verlangt, dass auf den Schildern nicht die wirklichen Namen der Männer stehen, sondern Pseudonyme.

»Meine Herren«, eröffnet einer von ihnen die Besprechung, ein hochgewachsener, schlanker Mann mit blonden Haaren, die ihm über die Ohren und den Kragen fallen. Auf dem Schild vor ihm steht der Name »Zeus« geschrieben. »Ich begrüße Sie bei uns in Brüssel, vor allem diejenigen, die einen weiten Weg hinter sich haben, also unsere Freunde aus Nord- und Südamerika und China.«

Die Erwähnten quittieren seine Worte mit einem unmerklichen Kopfnicken. Dies ist keine Runde, die zu Gefühlsausbrüchen oder leichtfertigen Beifallsbekundungen neigt. Hier sind Zurückhaltung und messerscharfes Denken angesagt.

Und Skrupellosigkeit.

»Meine Herren, wir sind hier, weil es ein ernstes Problem gibt«, fährt Zeus fort. »Vor zwei Tagen haben wir im Internet einen Bot entdeckt, der anscheinend auf Basis des Buches programmiert worden ist.«

»Ein was bitte?«, unterbricht ihn ein älterer Mann, auf dessen Namensschild »Apollon« steht.

»Ein Bot ist ein kleines Computerprogramm, das selbsttätig das Internet nach bestimmten Informationen durchforstet«, erwidert Zeus in einem Tonfall, als wäre dies etwas, was selbstverständlich jedermann wissen müsste. »Dank unserer Vorkehrungen haben wir eigene Bots im Umlauf, die das Programm bereits nach kurzer Zeit entdeckt haben.«

»Ich verstehe das nicht«, meldet sich Poseidon zu Wort. »Wie lässt sich denn feststellen, ob hinter einem Bot das Buch steht? Und wieso treibt jemand, der das Buch besitzt, so einen Aufwand, wenn es doch viel einfacher ginge?«

»Das jetzt hier zu erklären, würde eine Menge Zeit kosten«, erwidert Zeus, und die Ungeduld ist ihm deutlich anzumerken. »Wir haben darüber bei einer unserer früheren Zusammenkünfte gesprochen, bei der Sie leider nicht zugegen waren. Deshalb glauben Sie mir einfach, dass es so sein muss.«

Der Fragesteller, ein kräftiger Kahlkopf um die Fünfzig, ist es sichtlich nicht gewohnt, auf diese Weise abgekanzelt zu werden. Sein Gesicht läuft rot an, und er beruhigt sich erst, als sein Nebenmann ihm die Hand auf den Arm legt und ihm etwas zuflüstert. Auch anderswo am Tisch wird gemurmelt.

»Können wir fortfahren?«, fragt Zeus. Die Gespräche verstummen. »Danke. Wir haben also Grund zu der Annahme, dass der Bot auf dem Buch basiert. Und die Quelle befindet sich hier in Belgien. Also genau dort, wo sich, wie wir seit vielen Jahren vermuten, auch das Buch befinden soll. Kann das ein Zufall sein?«

Der Redner blickt in die Runde, erwartet aber keine Antwort auf seine rhetorisch gemeinte Frage. »Nun könnte man sagen, das ist eine gute Nachricht, denn sie bringt uns unserem Ziel so nah wie seit vielen Jahrzehnten nicht mehr. Und in der Tat ist dies eine vielversprechende Entwicklung. Leider haben wir Grund zu der Annahme, dass unser Vertreter vor Ort seine eigene Agenda verfolgt. Ich werde …«

»Was soll das heißen?«, dröhnt die Stimme Poseidons durch den Raum.

»Das heißt, wir können uns nicht unbedingt auf ihn verlassen.«

»Und warum schmeißen wir ihn dann nicht einfach raus?«

Zeus lächelt spöttisch. »Mein lieber Poseidon, wie stellen Sie sich das vor? Sollen wir eine Stellenanzeige aufgeben, um einen Nachfolger zu finden? Seien Sie versichert, wir haben bereits Maßnahmen eingeleitet.«

»Was für Maßnahmen?«

»Ich bitte Sie, mein Lieber, diese Details wollen Sie doch jetzt nicht in aller Ausführlichkeit besprechen. Sie können sich darauf verlassen, dass wir die Situation im Griff haben. Ich habe unsere Ressourcen vor Ort mobilisiert, um jederzeit auf unvorhergesehene Vorkommnisse reagieren zu können. Dafür möchte ich auch die Terminierungsorder erteilen, für die ich Ihre Zustimmung benötige.«

Sofort beginnt das Raunen im Saal wieder. »Ist das wirklich erforderlich?«, fragt Ares, ein bebrillter Mittvierziger mit gegeltem Haar, der ganz und gar unkriegerisch aussieht.

»Wir stehen kurz vor dem Durchbruch, verehrter Freund«, erwidert Zeus. »Bedenken Sie die Folgen, wenn das Buch in die falschen Hände fällt. Gerade für eine solche Situation ist die Terminierungsorder vorgesehen.«

»Eine sehr radikale Maßnahme«, sagt Ares. »Wir sollten darüber nicht leichtfertig entscheiden.«

Er blickt, nach Zustimmung heischend, in die Runde. Aber da ist niemand, der ihm zur Seite springt.

»Keiner entscheidet hier leichtfertig«, sagt Zeus, aber es klingt mehr wie eine Floskel als wie ein Versprechen. »Nun, stimmen wir ab. Wenn jemand gegen meinen Vorschlag ist, dann bitte ich um ein Handzeichen.«

Die Anwesenden werfen sich gegenseitig stumme Blicke zu. Niemand hebt die Hand, auch Ares nicht. »Damit erkläre ich die Terminierungsorder für erteilt«, verkündet Zeus. »Meine Herren, ich danke Ihnen. Ich würde mich freuen, Sie gleich noch in der Bar auf einen Drink einladen zu dürfen.«

2.

Der folgende Tag ist sonnig, der Himmel leuchtet in einem strahlenden Blau, und der leichte Wind lässt einen die nahe gelegene Nordsee riechen.

Je mehr sie sich vom Stadtzentrum entfernen, desto kleiner und unscheinbarer werden die Häuser an der Ezelstraat. Jona und Chris kommen an Immobilienbüros, Secondhandläden und Kosmetikstudios vorbei. Die Straße endet am Ezelpoort, einem der alten Stadttore von Brügge. Allerdings handelt es sich dabei um mehr als ein Tor, eher um eine richtige Burg im Kleinformat, komplett umgeben von Wasser.

»Meinst du, hier durften früher nur Transporte mit Eseln durch?«, fragt Chris.

Jona zuckt mit den Schultern. Viel weiß er nicht über die Geschichte Brügges, obwohl er sich schon oft vorgenommen hat, sich damit zu beschäftigen. Aber irgendwie ist Geschichte nicht seine Sache.

Sie überqueren die breite Konigin Elisabethlaan, die Teil der Ringstraße um das historische Stadtzentrum ist. Gestern Abend haben sie lange gegoogelt, aber kein Unternehmen namens *Olympos* gefunden. Dann kam Chris auf die Idee, stattdessen doch nach Billardklubs zu suchen, denn das Lagerhaus sollte ja in der Nähe eines solchen Klubs liegen. In der Nähe des Hafens gibt es davon nur einen einzigen, und dorthin sind sie jetzt auf dem Weg.

Jona hat dem Drängen seines Freundes nachgegeben und eine Kopie der Daten auf dem Stick angefertigt. Gleichzeitig hat er das Passwort seines Laptops geändert, um Chris nicht in Versuchung zu führen, und den Stick so gut versteckt, dass sein Freund ihn nicht finden wird. Hofft er zumindest.

Sie biegen in die Werfstraat ein, wo von dem Altstadtcharme Brügges kaum noch etwas zu sehen ist. Zwar sind alle Häuser in dieser Ecke aus Ziegelsteinen gemauert, aber bestimmt nicht älter als ein paar Jahrzehnte. Je näher sie dem Hafenviertel kommen, desto ungepflegter wirken die Gebäude.

Schließlich erreichen sie den Kolenkaai, der sich an einem breiten Kanal entlangzieht, an dessen Ufer lange

Flussschiffe festgemacht haben. Ab und zu läuft ein Jogger an ihnen vorbei, ansonsten ist der Fußgängerstreifen menschenleer. Vor sich sehen sie eine große Brücke; dahinter befindet sich der Hafen der Stadt, der allerdings nicht besonders groß ist. Jona ist einmal mit seinen Eltern da gewesen, daher weiß er, dass der eigentliche Hafen von Brügge inzwischen direkt an der Nordsee liegt. Er wurde 1907 eröffnet und heißt Zeebrugge. Von dort führt ein zwölf Kilometer langer Kanal bis mitten in die Stadt, auf dem Güter hin- und hertransportiert werden können.

»Da muss es sein«, reißt ihn Chris aus seinen Gedanken und zeigt auf ein ziemlich heruntergekommenes Lagergebäude. Sie treten näher heran. Rechts befindet sich eine rote Holztür und daneben ein verdrecktes Schild, auf dem irgendwas mit »Billard« steht. Ein paar Meter weiter liegt der Eingang zu *Olympos* – mit dem verschmierten Namensschild fast eine Kopie der Billardtür –, nur dass diese grün ist und nicht rot.

»Und jetzt?«, stellt Chris die Frage, über die Jona schon den ganzen Tag nachdenkt. Denn was sollen sie hier machen? Hannah werden sie hier nicht finden, es sei denn, ihre Verfolger haben sie erwischt und halten sie hier versteckt. Aber das erscheint ihm ziemlich unwahrscheinlich. Denn erstens ist nicht klar, ob die Männer, die sie gejagt haben, etwas mit *Olympos* zu tun haben, und zweitens wäre es schon ein großer Zufall, wenn sie sie hierher gebracht hätten.

Jona legt das Ohr an die Tür und lauscht.

Nichts zu hören.

Ob es ihnen geht wie Hannah, die ebenfalls vor dieser verschlossenen Tür stand?

Jona stößt vorsichtig gegen das Holz. Die Tür bewegt sich leicht. Entschlossen schiebt er sie weiter auf. Flocken von abgesplittertem Lack rieseln über seine Finger, und ein lautes Knarzen kündigt jedem, der sich im Haus aufhält, ihre Anwesenheit an.

Jona tritt über die Schwelle.

»Alter!«, flüstert Chris eindringlich. »Pass auf!«

Aber da steht Jona schon im Gebäude.

Er braucht einige Sekunden, bis sich seine Augen an das Dämmerlicht gewöhnt haben. Es stammt von einer trüben Funzel an der Decke und dem spärlichen Sonnenlicht, das durch ein verschmiertes Fenster an der Rückseite hereinfällt.

Was er sieht, ist nicht besonders ermutigend: ein paar fast leere Industrieregale, die so aussehen, als könnten sie jeden Augenblick in sich zusammenstürzen. Ein Haufen zerdrückter Pappkartons, achtlos in eine Ecke gepfeffert. Ein paar Rollcontainer, wie sie Bands für ihr Equipment benutzen. Davor liegen einige Decken oder Planen. Und dazwischen steht irgendwo ein unscheinbarer Schreibtisch, an dem ein älterer Mann vor einem noch älteren Röhrenbildschirm hockt.

Der Mann hat sich in seinem Stuhl zurückgelehnt und beobachtet Jona aufmerksam.

»Guten Tag«, sagt Jona. »Sind wir hier richtig bei *Olympos?*«

Der Alte starrt ihn weiter unverwandt an, antwortet aber nicht.

Inzwischen ist auch Chris hinter Jona eingetreten.

Jona macht einen zaghaften Schritt auf den Schreibtisch zu. Ein böses Knurren lässt ihn mitten in der Bewegung erstarren. Aus dem Haufen Decken erhebt sich langsam ein dunkler Schatten.

Ein ziemlich großer Schatten.

Vorsichtig zieht Jona seinen Fuß zurück. Dann den anderen. Dann noch mal den ersten. Und dann – stößt er gegen Chris, kommt ins Straucheln, hält sich an seinem Freund fest und hätte ihn fast mit zu Boden gerissen. Im letzten Moment findet er sein Gleichgewicht wieder.

»Alter«, keucht Chris.

Der Mann setzt so etwas wie ein Lächeln auf. Aber es ist kein freundliches Lächeln, sondern es wirkt kalt auf Jona, fast böse. Ein Schauer läuft ihm über den Rücken. Daran ist aber mehr der Hund schuld, der jetzt bis auf einen Meter an ihn und Chris herangekommen ist.

Er ist riesig, fast so hoch wie eine Dogge, aber mindestens dreimal so breit, ein Monster aus Muskeln und Zähnen, den nur noch ein Sprung von seinem Opfer trennt. Jona kann fast spüren, wie die gewaltigen Pranken ihn zu Boden drücken und sich die spitzen Hauer in sein Fleisch bohren.

Bumm! Bumm! Bumm! Sein Herz schlägt auf einmal so laut wie ein besessener Trommler. Es dröhnt ihm in den Ohren. Schweiß rinnt ihm von der Stirn und in die Augen, aber er kann keinen Finger bewegen, um ihn abzuwischen.

Er ist zur Salzsäule erstarrt und überzeugt davon, dass seine letzte Stunde geschlagen hat.

Der Alte macht eine kleine Bewegung mit der linken Hand. Das Monster knurrt widerwillig, lässt sich aber auf die Hinterpfoten nieder. Der Hund ist so nah, dass Jona seine Ausdünstung riechen kann, ein beißender Geruch, der seine Panik noch steigert, wenn das überhaupt möglich ist.

Bumm! Bumm! Bumm! Der Trommler zieht das Tempo an.

»Höfliche Menschen klopfen, bevor sie eintreten«, sagt der Alte.

»Tut mir leid«, antwortet Jona. Oder vielmehr: Will er antworten, denn aus seinem Mund kommt nur ein krächzender Laut. Und außerdem hat er gar kein Interesse mehr daran, mit dem Alten zu reden, er will nur noch raus, möglichst weit weg von dem Ungeheuer, das vor ihm sitzt und ihn keine Sekunde aus den Augen lässt.

Er gibt sich einen Ruck. »Tut mir leid«, wiederholt er, und diesmal schafft er es, die Worte verständlich auszusprechen. Dann ist aber auch schon Schluss, denn was soll er weiter sagen? Darauf, was sie machen sollen, wenn sie hier jemanden antreffen, haben Chris und er keinen Gedanken verschwendet. So blöd muss man erst mal sein, denkt er, aber dafür ist es nun natürlich zu spät.

»Manchmal lasse ich Hubert alleine hier, wenn ich mal

kurz raus muss«, sagt der Mann. »Ihr habt Glück, dass ich gerade da bin.«

Jona nickt. *Hubert*. Wie kann man einem blutrünstigen Untier bloß so einen bescheuerten Namen geben?

»Wir wollten nur fragen, ob Sie ab und zu jemanden brauchen, der Ihnen bei Problemen rund um den Computer hilft«, meldet sich Chris zu Wort, dessen Stimme auch noch ganz schön zittert.

»Ihr seid PC-Experten?« Der Alte zieht skeptisch die Augenbrauen hoch.

Chris nickt. »Eigentlich sind wir noch Schüler, aber wir kennen uns ganz gut aus und verdienen uns so ein wenig Taschengeld dazu.«

»Sehr lobenswert«, erwidert der Alte, ohne eine Miene zu verziehen. »Leider seid ihr bei mir an der falschen Adresse, wie ihr seht.« Er deutet auf den Computer. »Ich arbeite noch mit DOS, falls das einem von euch etwas sagt.«

DOS? Jona hat davon gehört. Damit liefen wohl die Computer vor langer Zeit, als die Monitore noch so aussahen wie der auf dem Schreibtisch des Alten.

Chris lässt sich nicht beirren. »Und sonst?«, hakt er nach. »Netzwerk? Website? Haben Sie da Bedarf?«

Der Mann schüttelt den Kopf. »Ihr geht jetzt besser. Ich habe zu tun.«

Chris zuckt mit den Schultern. »Okay.«

Endlich! Der Hund hat sie die ganze Zeit nicht aus den Augen gelassen, und Jona ist schweißgebadet, denn er traut dem Frieden nicht. Und hat er nicht irgendwo gelesen, dass Hunde Angstschweiß riechen können und dann erst richtig aggro werden? Vorsichtig dreht er sich in Richtung Tür, erstarrt aber sofort wieder, als er ein lautes Knurren vernimmt.

»Könnten Sie Ihren Hund solange festhalten?«, fragt er.

Der Alte stößt ein gemeines Lachen aus. »Glaubst du, ich könnte Hubert halten, wenn er sich etwas in den Kopf gesetzt hat?«

Wahrscheinlich nicht, denkt Jona. Aber dem Monster den Rücken zukehren, das kann er auch nicht. Also geht er rückwärts, Schritt für Schritt, und hofft, dass da nichts im Weg liegt, über das er stolpern könnte.

Chris folgt seinem Beispiel.

Der Alte und sein Hund lassen sie nicht aus den Augen, während sie sich langsam, viel zu langsam dem Ausgang nähern. Ja, der Mann scheint ihre Furcht zu genießen, denn wieder umspielt dieses böse Lächeln seine Lippen.

Endlich spürt Jona die Tür hinter sich. Er tastet mit einer Hand danach und zieht sie langsam auf.

Der Hund bellt und richtet sich auf.

Jona erstarrt.

Chris schlüpft an ihm vorbei nach draußen und packt ihn dabei am Arm. Eine Sekunde später steht auch Jona auf dem Bürgersteig und zieht die Tür hinter sich zu. Mit schnellen Schritten schaffen sie einen Sicherheitsabstand zwischen sich und dem Monster, halten erst nach einigen Dutzend Metern an.

»Alter, was war das denn für ein Mutant?«, ruft Chris. »Ein Mastiff?«

»Keine Ahnung.« Jona schüttelt sich bei dem Gedanken an die Kreatur, der sie gerade noch lebend entkommen sind. »Ich dachte jedenfalls, unsere letzte Stunde hätte geschlagen. Gut, dass du die Idee mit dem Job hattest. Wir sind echt Idioten, so einfach da reinzulaufen!«

»Du bist der Idiot gewesen.« Chris verstellt seine Stimme. »Fass, Hubert!«

Jona kann darüber nicht lachen, dafür steckt ihm der Schreck noch zu sehr in den Knochen. »Das ist nicht lustig, Alter.«

»Stimmt.« Chris kickt einen imaginären Stein zur Seite. Dann stutzt er, dreht sich um und studiert nachdenklich das Gebäude, aus dem sie soeben geflohen sind.

»Was ist los?«, ruft Jona. »Sehnsucht nach Hubert?«

»Siehst du das?« Chris deutet auf das Pflaster des Bürgersteigs.

Chris mustert die Pflastersteine, kann aber nichts Besonderes entdecken.

»Hier ist vor Kurzem gegraben worden. Hier!« Chris winkt Jona zu sich. »Zwischen den Steinen da ist der Mörtel frischer als rechts und links. Da ist es viel schmutziger.«

»Und?« Jona begreift nicht, worauf Chris hinauswill. »Du liest zu viel *Detektiv Onan*.«

»Solltest du vielleicht auch mal«, erwidert Chris, der genau weiß, dass Jona Mangas nicht besonders mag. »Und außerdem heißt es Conan.«

»Von mir aus. Also, Conan, ich würde lieber von hier verschwinden, bevor der Alte und sein Killerhund auf die Idee kommen, eine Runde Gassi zu gehen.«

Aber Chris antwortet nicht, sondern folgt einer unsichtbaren Spur zum Gebäude hin. Jona geht ihm nur zögernd nach. Jeder Schritt zurück in Richtung Lagerhaus kommt ihm vor, als zöge er ein Kilo Blei hinter sich her. Sein Herz, das gerade begonnen hatte, sich zu beruhigen, schlägt sofort wieder schneller.

Vor dem Lagerhaus liegt ein kleines Stück verwildertes Grün, ein paar Sträucher, verziert mit zerdrückten Plastikflaschen, leeren Verpackungen und einem zerrissenen Pullover. Mitten in dieser Szenerie steht ein mannshoher Metallschrank.

»Da!«, ruft Chris triumphierend. »Hab ich's mir doch gedacht!«

Jona versteht gar nichts mehr. Er kennt Chris und seine merkwürdigen Anwandlungen zwar, aber das hat er noch nicht erlebt.

Chris zieht einen kleinen Vierkantschlüssel aus der Tasche und setzt ihn auf den Metallstift in der Tür des Kastens. Ein Dreh, und er kann die Tür aufziehen. Mit einem selbstgefälligen Gesichtsausdruck dreht er sich zu Jona um.

»Wieso trägt ein Oberstufenschüler so ein Ding mit sich rum?«, fragt Jona entgeistert.

»Weil der Oberstufenschüler damit Schränke wie diese öffnen kann. Ist dir noch nie aufgefallen, was wir für Bandbreiten bei uns im Internat haben? Was meinst du, wer dafür verantwortlich ist?« Er reckt die Hand mit dem Vierkant in die Höhe. »Der Mann mit dem Schlüssel!«

Jona ist baff. Doch dann wird ihm wieder bewusst, wo sie hier stehen, und er blickt schnell zum Lagerhaus, ob der Alte sie vielleicht beobachtet und gleich das Monster auf sie hetzen wird. Doch die ganze Straße ist menschenleer.

Chris hat sich inzwischen über die Drähte im Schrank gebeugt. Er geht in die Hocke und studiert besonders den Teil, an dem mehrere dicke Kabel den Schaltkasten verlassen und im Boden verschwinden.

»Dieser alte Knacker hat uns ganz schön was vorgemacht«, stellt er befriedigt fest, während er sich wieder aufrichtet. »Alter DOS-PC und kein Netz – von wegen!« Er packt Jona am Arm und deutet auf die Kabel, die er gerade noch in Augenschein genommen hat. »Da, siehst du, das sind gleich drei Glasfaserleitungen, die ins Lagerhaus führen. Damit kann man schon eine ganze Menge anstellen. Der Alte hat mehr Bandbreite für sich allein als wir im Internat für ein paar Hundert Leute!«

Chris klappt die Türe wieder zu und verriegelt sie. »Jetzt frage ich dich, wozu braucht dieser alte Sack eine so superschnelle Internetanbindung?«

»Vielleicht, weil er bestimmte Websites laufend überwacht«, geht Jona ein Licht auf. »Und weil er auf diese Weise Hannahs Programm bemerkt und abgefangen hat.«

»Ta-ta!«, trompetet Chris. »Und das heißt, dass er irgendwo in seiner dunklen Höhle ein paar Hochleistungsrechner versteckt hat. Und dass er uns ganz dreist belogen hat.«

»O. k.«, sagt Jona. »Und was machen wir jetzt? Willst du noch mal reingehen und ihm und Hubert auf den Zahn fühlen?«

»Ha. Ha. Ha. Ich ziehe es vor, einen ausführlichen Kriegsrat bei einem Stück *appeltaart* abzuhalten.«

»Du und deine Kuchengier! Kannst du auch mal an was anderes denken?«

»Nachmittags um fünf Uhr nicht«, grinst Chris.

Jona hat überhaupt keine Lust, jetzt zurück in die Stadt zu gehen. Er hat nichts Konkretes erfahren, was ihn auf der Suche nach Hannah weiterbringen würde, und eine andere Spur hat er nicht. Mal abgesehen davon, dass mit *Olympos* etwas nicht stimmt.

Ganz und gar nicht stimmt.

Aber hier kommen sie erst mal nicht weiter. Also nickt er, und die Freunde machen sich auf den Rückweg.

Später einmal wird Jona verfluchen, so schnell aufgegeben zu haben. Denn andernfalls hätten Chris und er vielleicht die kleine Kamera entdeckt, die sich auf dem Dach des Lagerhauses befindet, gut getarnt wie ein Luftabzug, und die jede ihrer Bewegungen aufgezeichnet hat.

3.

Chris und Jona sitzen vor einem Café in der Nähe des alten Theaters. Auf dem Teller vor Chris liegen noch ein paar Krümel des gerade von ihm verspeisten Apfelkuchens. Jona hat nur eine Cola bestellt. Die Begegnung mit dem Alten und seinem Hund steckt ihm immer noch in den Knochen, und er hat keinen Hunger.

Das alte Lagerhaus bildet also eine Art elektronische Schaltzentrale, gut getarnt vor zufälligen Besuchern. Das machen nur Leute, die etwas zu verbergen haben. Und dass der Alte nicht ganz astrein war, das hat Jona vorhin bemerkt.

Aber was hat er von dieser Erkenntnis? Damit kommt er Hannahs Aufenthaltsort kein Stück näher.

»Das war ein echter Schlag ins Wasser«, sagt er. »Den Weg hätten wir uns auch sparen können.«

»Hab ich doch gleich gesagt.« Chris blickt von seinem Smartphone hoch, auf dem er die letzten Minuten herumgetippt hat.

Jona glaubt, nicht recht gehört zu haben. »Kein Wort hast du gesagt!«

»Dann gedacht«, macht Chris einen Rückzieher. »Es gibt doch eine viel bessere Art, an sie ranzukommen. Sie schreibt Software und hackt andere Rechner. Da muss sie in der Szene bekannt sein!«

»Was denn für 'ne Szene?« Jona ist gerade ein wenig begriffsstutzig.

»Na, die Hackerszene, Alter!«

»Gibt es so was hier in Brügge denn?«

Statt einer Antwort hält Chris mit einem triumphierenden Grinsen sein Smartphone in die Höhe, auf dem eine Mail zu sehen ist.

Jona grapscht ihm das Telefon aus den Fingern.

Maarten X, Charlie Rockets steht da. Und eine Handynummer.

»Wo hast du das her?«, fragt er misstrauisch. »Hast du irgendwem von dem Programm erzählt?«

»Alter, nein, keine Panik«, wehrt Chris ab und nimmt sein Telefon wieder an sich. »Ich hab nur ein wenig nachgedacht. Du kennst doch den langen Michel aus der Zwölf?«

Jona nickt. Jeder kennt Michel. Er ist der Super-Nerd des Internats, der immer helfen kann, wenn ein Smartphone, ein Tablet oder ein Notebook zickt.

»Michel hat beste Verbindungen zu ein paar Informatikstudenten und hat sich da gerade mal umgehört. Dieser Maarten ist wohl ein echter Megahacker.«

»Maarten X«, sagt Jona skeptisch. »Sehr geheimnisvoll.«

»Alter, diese Leute müssen extrem vorsichtig sein! Maarten ist bereit, mit uns zu reden, aber nur, weil sich Michel für uns verbürgt hat.«

»Und *worüber* sollen wir mit *Mister X* sprechen?«

Chris verdreht die Augen. »Willst du deine Hannah nun wiederfinden oder nicht?«

»Sie ist zwar nicht *meine* Hannah. Aber klar will ich sie

wiedersehen. Doch wieso soll uns gerade dieser Maarten dabei helfen können?«

»Alter, die Hacker sind eine verschworene Gemeinschaft. Die kennen sich alle untereinander«, erklärt Chris wichtigtuerisch, so als wäre das die selbstverständlichste Sache der Welt, über die nun wirklich jeder Bescheid wissen müsste.

»Und du als alter Hacker bist über diese Leute natürlich bestens im Bilde«, kommentiert Jona ironisch und kann sich ein Grinsen nur mühsam verkneifen.

»Ist das der Dank für meine Mühen?« Jona weiß nie genau, ob Chris den Beleidigten nur spielt oder wirklich angefressen ist, wenn er ihn nicht ernst nimmt. Aber das hält nie lange an, das zumindest weiß er.

»Schon gut, ist ja klasse, dass du das gemacht hast. Beim nächsten Mal könntest du mir aber vorher sagen, was du vorhast, okay?«

»Klar, klar.« Chris wirft einen Blick auf sein Smartphone. »Wir sollen heute Abend um sieben Uhr da sein.«

»Na, dann sollten wir uns mal langsam auf den Weg machen. Wo treffen wir *Mister X* denn?«

»Steht doch da. Im *Charlie Rockets*!«

»Ah ja.« Jona ist mit seinen Gedanken immer noch ganz woanders.

Chris boxt ihn in die Seite. »Alter, was ist los? Worüber grübelst du die ganze Zeit?«

»Ich muss immer noch an das Lagerhaus denken«, sagt Jona. »Da müssen doch noch andere Leute gewesen sein, die sich um die ganze Ausrüstung kümmern, wenn die da wirklich versteckt ist.«

»Nicht unbedingt«, meint Chris. »Wenn die Server ordentlich konfiguriert sind, kannst du ein halbes Dutzend davon in ein Rack packen und sie schnurren munter vor sich hin.«

»Und wenn mal was dran ist?«

»Dann wird das heute oft mit einem Ersatz gelöst. Alten Server rausziehen, neuen reinstecken, fertig.«

»Das heißt dann, der Alte muss gar nichts von Technik verstehen.«

»Genau.« Chris steht auf. »Der gibt wahrscheinlich nur den Wachhund und passt auf, dass da niemand reinspaziert, der das nicht soll.«

Jona folgt Chris Richtung Zentrum. Auf dem Marktplatz vor dem Belfried, dem Wahrzeichen Brügges, ist noch jede Menge los. Jeder Tourist, der die Stadt besucht, will den eindrucksvollen Turm fotografieren. Es sieht schon komisch aus, diese ganzen Leute mit ihren Tablets oder Sticks in den Händen, die dem mächtigen Turm den Rücken zudrehen, um sich und ihn gemeinsam aufs Bild zu bekommen.

Die Selfie-Seuche nennt Chris das, halb abfällig, halb neidisch, weil er nicht selbst auf die Idee mit dem Selfie-Stick gekommen ist. Eine Zeit lang hat er an einem Doppelstick herumgetüftelt, mit einem Spiegel am anderen Ende, über den man sich auch von hinten selbst fotografieren kann. Allerdings hat er das Problem des Spiegels im Bild nicht lösen können.

Auf der einen Seite des Platzes stehen sechs oder sieben offene Pferdekutschen und warten auf Fahrgäste. Manche Kutscher nutzen die Zeit, um ihren Tieren einen Eimer mit Wasser hinzustellen. Viel Ruhe haben sie dazu aber meistens nicht, denn auch abends wollen sich viele Touristen auf diese Weise durch die Straßen der Stadt schaukeln lassen.

Jona und Chris überqueren den Markt und nehmen die kurze Straße, die zum Burgplatz führt, vorbei an Schokoladengeschäften, Andenkenläden und Restaurants, die mit touristischen Menüs werben. Dazwischen bieten Geschäfte gestickte Decken und Kissenbezüge an, denn Brügge ist für seine handgeklöppelten Spitzen weltberühmt.

Überall ist es brechend voll und sie sind froh, als sie den Burgplatz erreichen. Hier drängen sich zwar ebenfalls die Besucher, aber es verteilt sich auf dem großen Platz etwas besser. An zwei oder drei Stellen stehen - umringt von Schaulustigen - Straßenkünstler, die riesige Seifenblasen produzieren oder eine Statue imitieren. Touristen strömen von der Heilig-Blut-Basilika ins historische Rathaus und zurück oder warten darauf, dass ein Tisch vor dem Restaurant an der Ecke frei wird.

Die Freunde gehen weiter geradeaus in die Hoogstraat, an der das *Charlie Rockets* liegt. Hier sind die Bürgersteige schmal und die Sonne wird von den hohen Gebäuden zu beiden Seiten daran gehindert, mit ihren Strahlen das Kopfsteinpflaster der engen Fahrbahn zu berühren.

Vornehme Hotels säumen die Hoogstraat ebenso wie

kleine Imbisse und Kioske. Das *Charlie Rockets* ist eine riesige Kneipe, über der sich ein Hostel befindet. Früher war in diesem Gebäude einmal Brügges größtes Kino untergebracht.

Als Jona und Chris das Lokal betreten, ist es erst halb gefüllt. Die meisten Besucher treiben sich im hinteren Bereich an den Billardtischen herum. Hier sollen sie also den mysteriösen Maarten X finden, der täglich um diese Zeit für ein paar Partien herkommt, wie der lange Michel Chris geschrieben hat.

Aus den Boxen donnert laut ein Rocksong, und das digitale Dezibelmeter an der Decke zeigt, dass die zugelassenen Höchstwerte deutlich überschritten werden. Aber das stört hier niemanden, auch die Hostelgäste nicht, die direkt obendrüber wohnen und den infernalischen Lärm bis in die frühen Morgenstunden ertragen müssen.

Chris und Jona laufen zielgerichtet zu den Billardtischen, die alle besetzt sind.

»Wie erkennen wir den Typen denn?« Jona muss fast schreien, um sich verständlich zu machen, denn zu allem Überfluss rattert neben ihnen noch ein Spielautomat.

Chris zuckt mit den Schultern. »Ich weiß nur, dass er einen Pferdeschwanz haben soll«, brüllt er zurück.

Sie laufen Tisch für Tisch ab und halten Ausschau nach einem Mann mit Pferdeschwanz, allerdings ohne Erfolg. Schließlich ziehen sie sich an die riesige Theke zurück, die den Raum in zwei Hälften teilt. Von hier aus können sie das Geschehen an den Billardtischen im Auge behalten.

»Sieh mal, an dem Tisch steht einer mit dem Queue in

der Hand und wartet«, deutet Jona auf einen Tisch. »Vielleicht ist *Mister X* gerade in der Porzellanabteilung.«

»Hör auf, ihn so zu nennen«, ermahnt ihn Chris. »Nachher rutscht dir das ihm gegenüber noch raus, und er ist eingeschnappt.«

»Ach was.« Jona sieht jemanden von den Toiletten kommen. Es ist ein untersetzter Bursche mit Pferdeschwanz und schütterem Haar. Er geht mit schweren Schritten auf den Billardtisch mit dem wartenden Spieler zu. Dichte schwarze Brauen beschatten seine Augen und verleihen seinem Gesicht einen ständig misstrauischen Ausdruck.

Er nimmt sein Queue auf, geht um den Billardtisch herum, und auch seinen Bewegungen wohnt keine Leichtigkeit inne. Er beugt sich über den Tisch und holt mit dem Queue aus. Auf dem grünen Filz liegt neben der weißen nur noch die schwarze Kugel mit der Acht darauf. Offenbar peilt er eine der Taschen in der Tischmitte an.

Mit einem präzisen Stoß befördert er die Kugel in die Tasche, reißt die geballte Faust in die Höhe und sieht seinen Gegner triumphierend an.

Jona mag ihn auf Anhieb nicht.

»Das muss er sein«, sagt Chris. Bevor sie etwas unternehmen können, kommen die beiden Spieler zur Theke und stellen sich neben sie. Der Verlierer bestellt zwei Bier, stößt mit dem Sieger an und verkrümelt sich dann an einen Tisch im vorderen Bereich des Lokals.

»Hej, bist du zufällig Maarten X?«, fragt Chris.

Der Mann setzt sein Bier ab und blickt Chris misstrauisch an. »Wer will das wissen?«

»Der lange Michel hat mir gesagt, wo ich dich finde. Er hat dich doch auch informiert, dass wir herkommen, oder?« Zur Bestätigung zeigt Chris die Mail auf seinem Smartphone.

Der Mann wirft einen kurzen Blick darauf. »Und wenn das so wäre?«

»Wir hätten da eine Frage«, mischt sich Jona ein. »Ein Problem, bei dem du uns vielleicht weiterhelfen kannst. Falls du Maarten bist.«

Der Mann nimmt einen großen Schluck aus seinem Bierglas, das schon fast zur Hälfte leer ist.

»Spielt einer von euch Billard?«, fragt er plötzlich.

Chris und Jona werfen sich einen Blick zu. Klar haben sie hier schon mal eine Partie gemacht, aber sie sind garantiert keine Cracks wie der Mann vor ihnen.

»Sollen wir 'ne Runde?«, fragt Jona.

Ihr Gegenüber nickt. »Der Verlierer zahlt die Drinks.«

Jona beginnt, in seinen Taschen nach Münzen zu kramen. »Ich hab genug dabei, Alter«, sagt Chris und zieht einen zerknitterten Zehneuroschein hervor.

Jona lächelt ihm dankbar zu. »Ich geb's dir später wieder«, sagt er, aber sein Freund winkt nur ab.

Sie gehen zu einem Tisch, der gerade frei wird. »Ich bin Jona, das ist Chris«, sagt Jona. »Und du *bist* Maarten, oder?«

Der Mann nickt, während er mit einem Stück Kreide die Spitze seines Queues massiert. Er hat sich natürlich den besseren gegriffen, wie Jona feststellt, als er den zweiten Stab in die Hand nimmt, der kaum merklich gekrümmt ist.

Da der Hacker keine Anstalten macht, eine Münze einzuwerfen, übernimmt Jona das. Damit ist auch sein letztes Kleingeld weg. Sie ordnen die Kugeln auf dem Tisch und Maarten überlässt ihnen großzügig den ersten Stoß.

Irgendjemand hat die Lautstärke der Musik etwas heruntergedreht, sodass tatsächlich eine Unterhaltung möglich ist, ohne jedes Mal zu brüllen. Während Maarten scheinbar mühelos seine ersten zwei Kugeln versenkt, überlegt Jona, wie er wohl am besten sein Anliegen vorbringt. Der Hacker selbst scheint überhaupt nicht neugierig zu sein, was sie von ihm wollen.

»Wir sind hier, weil wir jemanden suchen«, sagt Jona schließlich. Chris ist gerade damit beschäftigt, die beste Richtung für seinen Stoß zu ermitteln.

»Seh ich aus wie das Einwohnermeldeamt, Mann?«, erwidert Maarten kühl.

»Weiß ich nicht, war noch nie da«, gibt Jona trocken zurück. Wenn der Hacker Spielchen spielen will, soll er das haben.

Bevor Maarten antworten kann, vergeigt Chris seinen Stoß. Mit triumphierendem Grinsen locht ihr Gegenspieler zwei weitere Kugeln ein. Dann versucht sich Jona, scheitert aber ebenso wie Chris. Das liegt nicht nur am krummen Queue, sondern auch daran, dass ihm das Spiel völlig egal ist.

»Also, wir suchen eine Hackerin namens Hannah«,

sagt er, nachdem Maarten erneut einen Doppelschlag gelandet hat. »Weißt du, wie wir sie erreichen können?«

»Die Verrückte? Ich hab von ihr gehört. Manche halten sie für eine der besten Coderinnen des Landes, aber ich hab da so meine Zweifel. Sie ist gut, keine Frage, aber sie muss noch viel lernen.«

Jona verdreht die Augen. »Wieso nennst du sie verrückt?«

»Weil sie crazy ist, Mann. Keine Wohnung, keine Freunde, taucht mal hier auf, mal da und keiner weiß, was sie so macht. Mit ihr soll nicht gut Kirschen essen sein.«

»Weißt du, wie wir Kontakt zu ihr aufnehmen können?«

»Was wollt ihr von ihr?« Ein spöttisches Lächeln umspielt Maartens Lippen. »Wenn ihr einen Job habt, dann seid ihr bei mir besser aufgehoben.«

»Es geht eher um eine private Sache«, sagt Jona.

Der Hacker kneift die Augen zusammen. »Privat gibt es nicht, Mann. Wir befinden uns im Krieg.«

»Im Krieg«, echot Jona skeptisch.

»Genau.« Maarten schlägt mit der Faust auf den Rand des Billardtischs. »Die Geheimdienste aller Nationen sind hinter unseren Daten her. Sie hören unsere Gespräche ab, lesen unsere Mails und arbeiten daran, auch unsere Gedanken lesen zu können. Das ist ein Krieg der Regierenden gegen das Volk! Und wir sind die einzig wahren Freiheitskämpfer. Wir streuen ihnen Sand ins Getriebe, greifen ihre Server an, legen ihre Netze lahm und schleusen unsere eigenen kleinen Spione ein, um sie auszuspähen.«

Jona starrt ihn an. »Du bist also eine Art Soldat?«

»Wir alle sind Soldaten, Mann, ob wir es wollen oder nicht. Du musst dich für eine Seite entscheiden.« Er legt den Kopf schräg und mustert Jona und Chris. »Ihr seht mir nicht gerade wie Kämpfer aus.«

»Danke für das Kompliment.« Jona macht eine ironische Verbeugung. »Wir sind noch in der Ausbildung.«

»In mehr als einer Hinsicht.« Maarten deutet auf den Billardtisch. Chris ist es inzwischen gelungen, ihre erste Kugel zu versenken. Die zweite geht haarscharf an der Tasche vorbei.

»Bestellt schon mal das Bier für mich«, tönt der Hacker siegesgewiss, bevor er seine nächste Kugel sicher ins Ziel befördert. Er muss nur noch zwei Kugeln versenken, sie haben noch sechs auf dem Tisch liegen.

Jona kneift die Lippen zusammen. Ganz kampflos will er sich diesem arroganten Typen nicht ergeben. Und die weiße Kugel liegt gut. Chris nickt ihm aufmunternd zu. Jona konzentriert sich, sperrt bis auf die Kugel alles aus seinem Bewusstsein aus, so wie er es mal in einem Buch gelesen hat, in dem es um fernöstliche Kampfkunst ging.

Bingo! Die erste Kugel ist drin!

Chris deutet auf eine weitere Kugel in aussichtsreicher Position. Jona nimmt Maß.

Treffer!

Jona hat das Gefühl, als ob eine fremde Kraft von ihm

Besitz ergriffen hat. Es gibt nur noch ihn und die Kugeln. Und jetzt nimmt er sich die nächste vor. Er legt die Richtung fest, konzentriert sich, holt aus und …

… in dem Augenblick schlägt rechts von ihm etwas Hartes auf der Bande des Tisches auf. Für den Bruchteil einer Sekunde ist Jona abgelenkt. Das reicht, um den Stoß zu verziehen. Die Kugel landet nicht in der angepeilten Tasche, sondern knapp daneben.

Langsam blickt Jona auf. Neben ihm hebt Maarten gerade sein Queue vom Tisch hoch. »Sorry, ist mir ausgerutscht«, sagt er, aber ihm ist anzusehen, dass es ihm keineswegs leidtut.

Jona weiß, dass der Hacker das absichtlich gemacht hat, um ihn zu irritieren, verkneift sich aber eine böse Bemerkung. Wenn er unbedingt gewinnen will, dann soll er doch. Hier geht es schließlich nicht um den Sieg, sondern um Hannah.

Maarten locht seine beiden restlichen Kugeln problemlos ein. Auch die schwarze Kugel stellt kein größeres Hindernis für ihn dar. Er ist wirklich gut, das muss Jona neidlos anerkennen. Deshalb wundert es ihn, dass er zu solchen unfairen Tricks greift wie gerade. Er hätte Chris und ihn doch auch auf faire Weise locker geschlagen.

Aber vielleicht ist er einfach der Typ, der so was macht, egal ob es sein muss oder nicht. Jona fühlt sich in seinem ersten Eindruck bestätigt. Er mag Maarten nicht.

Als sie alle wieder an der Bar stehen, Maarten mit einem großen Bier, Chris und Jona jeweils mit einer Cola, nimmt Jona das unterbrochene Gespräch wieder auf.

»Und, ist Hannah auch Teil dieses Kriegs, von dem du gesprochen hast?«

»Mann, du willst zu viel wissen.« Der Hacker hat sein Freibier bekommen und schaltet erneut auf unkooperativ. »Ich weiß ja nicht mal, wer ihr seid. Vielleicht arbeitet ihr für die Gegenseite und wollt mich nur aushorchen. Aber X schweigt wie ein Grab, darauf könnt ihr euch verlassen.«

Er lehnt sich zurück und verschränkt die Arme vor der Brust. Jona seufzt. Maarten mag ein guter Hacker sein, aber als Typ ist er eine absolute Flachpfeife. Eingebildet, sprunghaft und, wie es Jona vorkommt, auch ein bisschen dumm.

Er beugt sich zu Maarten hin. Der Hacker riecht nach Bier und kaltem Rauch und Schweiß. Jona muss sich Mühe geben, seinen Kopf nicht zurückzuziehen.

»Alter, es geht darum, dass ich einen Stick von Hannah habe, den ich ihr wiedergeben will«, sagt er. »Mich interessieren die Sachen, die du machst, nicht die Bohne. Führ deinen Krieg oder führ ihn nicht, das geht mich nichts an. Also, hilfst du mir nun oder nicht?«

Als Jona den Stick erwähnt, macht sich ein gieriger Ausdruck auf Maartens Gesicht breit. »Du hast ein Proggie von ihr?«

Jona nickt.

»Wie bist du da rangekommen?«

»Sie hat es mir gegeben.«

»Das versteh ich nicht.« Maarten wird sofort wieder misstrauisch. »Sie vertraut dir einen Stick mit einem Programm drauf an, und du weißt nicht, wo du sie finden kannst? Mann, das stinkt doch an beiden Enden!«

Er nimmt einen Schluck von seinem Bier und denkt einen Moment nach.

»Und was für ein Programm ist das?«

Jona zuckt mit den Schultern. »Keine Ahnung. Wir kriegen es nicht zum Laufen. Es ist zu gut gesichert.«

Maarten macht eine verächtliche Handbewegung. »Pah, es gibt fast keine Verschlüsselung, die ich nicht knacken kann. Hast du den Stick dabei?«

Jona schüttelt den Kopf. »Ich will ihn auch nicht knacken, sondern ihr zurückgeben.«

»Klar, Mann.« Der Hacker kann seine Enttäuschung nicht verbergen. »Korrekt von dir. Am besten, du überlässt ihn mir, und wenn ich sie das nächste Mal sehe, gebe ich ihr den Stick.«

Jona muss über so viel Dummdreistigkeit grinsen. »Alter, hältst du mich für blöd? Sag mir, wo ich Hannah finde, dann lass ich dich sehen, was auf dem Stick ist.«

Maarten bewegt seinen Kopf wie ein Wackeldackel hin und her. »Willst du mir etwa Bedingungen stellen?«

»Betrachte es als kleine Motivation«, erwidert Jona. »Oder als einen Handel, von dem wir beide etwas haben. Du eine Software, ich eine Kontaktinformation.«

»Mann, du bist ein echter Kapitalist, weißt du das? Unter uns teilen wir, ohne dafür eine Gegenleistung zu verlangen.«

»Na schön, dann sag mir, wie ich Hannah erreichen kann, und ich behalte den Stick.«

»He, jetzt versuchst du, mich für dumm zu verkaufen. Keine Chance, Mann. Der Deal steht.«

»Also raus mit der Information!«

Maarten seufzt gespielt. »Machst du Witze? Ich hab das doch nicht im Kopf. Da muss ich erst ein paar Erkundigungen einholen.«

»Und wie lange dauert das?«

»Mann, nun mach doch nicht so einen Stress. Morgen Abend vielleicht?«

Jona schüttelt den Kopf. »Morgen Mittag spätestens. Sonst ist der Deal geplatzt.«

»Na schön, wenn du noch ein Bier drauflegst. Wie erreiche ich dich?«

Jona sieht Chris fragend an, der ein paar Eurostücke auf den Tresen legt. Jona bestellt noch ein Bier für den Hacker und gibt ihm seine Mobilnummer, dann verabschieden sie sich. Maarten hat bereits ein neues Opfer für seine Billardwetten entdeckt und winkt nur kurz hinter ihnen her.

»Was für ein Loser!«, sagt Jona, als sie wieder auf der Straße stehen.

»Wahrscheinlich alles nur gespielt«, meint Chris.

Jona sieht seinen Freund ungläubig an. »Das meinst du nicht ernst, oder?«

»Alter, die Hacker befinden sich im Dauerclinch mit der Regierung. Da ist gute Tarnung alles.«

»Eine Tarnung als saufender Billardcrack. Echt super.«

»Hauptsache, er verschafft dir die Info, die du haben willst, oder?«

»Wenn wir das Geld mal nicht zum Fenster rausgeschmissen haben«, sagt Jona. »Ich glaube nicht, dass er Hannah näher kennt. Sie treibt sich nicht mit Typen wie dem rum.«

Chris runzelt die Stirn. »Woher willst du das denn wissen, Alter? Du hast sie doch gerade mal zwei Sekunden gesehen.«

»Manchmal reicht das«, erwidert Jona.

»Wow, ich habe einen Hellseher als Freund!«

Jona antwortet nicht darauf. Woher stammt diese Gewissheit? Das kann er weder Chris noch sich selbst erklären. Tief in seinem Inneren spürt er, dass Hannah und Menschen wie Maarten wie Feuer und Wasser sind. Aber woher kommt dieser Eindruck? Einen Herzschlag lang nur hat er Hannah in die Augen geblickt, hat kein Wort mit ihr gewechselt, und doch hat er das Gefühl, ihr Wesen durchschaut zu haben. Was für ein Mensch sie ist.

Geht das? Kann man einem Menschen wirklich in Sekunden auf den Grund der Seele sehen? Gibt es Gewissheit ohne Wissen? Denn nach wie vor weiß er nichts über Hannah außer dem, was sie aufgeschrieben hat. Und auch da geht es weniger um das, *was* sie geschrieben hat, sondern um die Art, *wie* sie es geschrieben hat.

»Und willst du Maarten echt eine Kopie der Software geben?«, unterbricht Chris seine Gedanken.

»Spinnst du? Das hab ich doch nur gesagt, um ihn zu locken.«

»Du willst ihn also austricksen? Alter, das hätte ich

nicht von dir gedacht.« Jetzt ist eine gute Gelegenheit für Chris, den moralischen Spieß mal umzudrehen.

»Wenn er es wirklich hinkriegt, mir einen Kontakt zu Hannah zu verschaffen, dann werde ich sie fragen, ob ihr Programm tatsächlich nicht zu knacken ist. Dann kann ich es ihm ja geben«, versucht Jona sich herauszuwinden.

Chris schüttelt scheinbar empört den Kopf. »Was soll schon passieren, wenn er das Programm zum Laufen kriegt?«

»Ich mag ihn nicht und ich trau ihm nicht«, erwidert Jona. »So ein Typ wie der reißt sich die Software von Hannah unter den Nagel und gibt sie hinterher als seine eigene aus.«

»Ach was, das wäre gegen die Hackerehre«, widerspricht Chris.

»Die du ja besonders gut kennst.«

»Fang nicht schon wieder an. Ich weiß, dass es unter diesen Leuten einen Ehrenkodex gibt.«

»Die Frage ist nur, ob Mister X sich daran hält.«

Sie haben inzwischen den Burgplatz erreicht. Die Sonne ist hinter den Dächern versunken, und die Touristen haben sich in die Restaurants zurückgezogen. Die Freunde überqueren den Platz und gehen durch die schmale Blinde-Ezelstraat zum Fischmarkt. Die Gasse verdankt ihren Namen einer Mühle, die hier früher einmal lag und die von einem Esel angetrieben wurde, dem man ein Tuch um die Augen gebunden hatte, damit er nicht merkte, dass er immer nur im Kreis lief.

So wie wir, denkt Jona, wir laufen auch im Kreis auf

der Suche nach Hannah, denn nach einem Nachmittag der Nachforschungen sind wir immer noch keinen Schritt weiter.

Sie biegen rechts ab auf den Rozenhoedkaai. Von hier aus hat man einen prächtigen Blick auf die Rückseiten der mittelalterlichen Häuser mit ihren Erkern, den weinroten Dachgauben und den zum Wasser hin gelegenen Terrassen, über denen in der Ferne der Belfried aufragt.

Was für ein Tag! In ein paar Stunden hat Jona mehr erlebt als im ganzen halben Jahr zuvor. Wie ein Tornado ist Hannah in sein Leben gefegt und hat alles durcheinandergewirbelt, was vorher noch so schön geordnet war. Vorbei ist es mit dem bequemen Trott, in dem er sich eingerichtet hatte. Eine tiefe Sehnsucht zerrt an ihm, fast schon schmerzhaft, die Sehnsucht, sie wiederzusehen, ihr erneut in die Augen zu blicken.

Chris hält ausnahmsweise mal den Mund. Wenn Jona Worte hätte, um das zu beschreiben, was in ihm vorgeht, dann würde er mit seinem Freund darüber sprechen.

Aber erst mal muss er diese Sache für sich selbst klären.

1.

Jona quält sich gerade mit der Lösung einer Differenzialgleichung herum, als sein Telefon vibriert. Er wirft einen schnellen Blick aufs Display: unbekannte Nummer. Beim Silentium ist das Telefonieren streng verboten, also eilt er auf den Flur – jeder darf das Silentium einmal für den Gang auf die Toilette verlassen – und hofft, dass er noch rechtzeitig vor dem Anspringen der Mailbox annehmen kann.

Doch als er vor der Tür steht, hat der Anrufer bereits aufgegeben.

Na schön. Wenn er schon mal hier ist, dann kann er die Gelegenheit auch nutzen, das Silentium dauert immerhin noch 45 Minuten. Jona läuft durch den menschenleeren Flur in Richtung Toiletten, als das Telefon erneut vibriert. In Sekundenschnelle nimmt er den Anruf entgegen.

»Hallo?«

»Hej, Jona«, sagt eine etwas heiser klingende Stimme.

Eine Stimme, die er kennt.

Er hat sie zwar bislang nur ein Wort sagen hören, aber das hat sich unauslöschlich in sein Gedächtnis eingraviert.

Schlagartig beginnt sein Herz zu rasen. »Hoi, Hannah«, krächzt er mehr, als er spricht.

»Du hast meine Nachricht also gelesen.«

»Ja, hab ich.« Und dann stellt er die Frage, die ihm seit ihrer Begegnung nicht aus dem Kopf geht: »Sag mal, woher kennst du mich?«

»Nicht am Telefon«, sagt Hannah. »Wir sollten uns treffen.«

Jona schluckt. »Klar, gern.«

»Heute um fünf? Da wo sich die Mönche umarmen?«

»Die Mönche …?«

»Das kriegst du schon raus. Bis nachher.«

Klick.

Jona starrt auf das Display seines Telefons. Was soll das nun wieder bedeuten? Mönche, die sich umarmen? Er hat keinen blassen Schimmer, was Hannah gemeint haben könnte. Geht es vielleicht um schwule Mönche? Und wenn ja, wo befinden sich die und wie soll er das in so kurzer Zeit herausbekommen?

»Alles in Ordnung?«, lässt ihn eine Stimme hinter sich zusammenzucken.

Er fährt herum. Da steht Willem, der Hausmeister, im blauen Arbeitskittel und mit Eimer und Putzlappen in der Hand. »Hast du jetzt nicht Silentium, junger Mann?«

Jona nickt. »Ich war nur gerade mal …« Er deutet auf die Tür der Toilette.

»Das seh ich«, lächelt Willem. »Los, ab mit dir.«

Er will gerade an Jona vorbei, als der eine Eingebung

hat. »Willem, Sie kennen sich doch aus hier in Brügge, oder?«

Der Hausmeister hält an. »Ich denke schon.«

»Wo finde ich hier Mönche, die sich umarmen?«

Willem legt den Kopf schräg und kneift die Augen zusammen. »Du willst doch nicht ins Kloster eintreten?«

»Ach was! Es interessiert mich nur.« Jona weiß selbst, wie lahm das klingt, aber er kann ja wohl schlecht die Wahrheit sagen. Auch wenn Willem ganz in Ordnung ist und sich bisher immer korrekt gegenüber den Schülern verhalten hat.

»Kennst du Oud Sint-Jan?«

Jona überlegt. Er hat den Namen schon mal gehört, aber wo? »Das alte Krankenhaus?«, fragt er zweifelnd.

Ein Lächeln erscheint auf Willems Gesicht. »Sehr gut. Genau das meine ich. Da gibt es im Hof eine Statue. Zwei Mönche, die sich in den Arm nehmen.«

»Aha.« Jona ist zwar schon dort gewesen, kann sich aber an die Mönche absolut nicht erinnern. »Danke, Willem, Sie haben mir sehr geholfen.«

»Immer gern«, sagt der Hausmeister und verschwindet in der Toilette, während Jona ins Silentium zurückkehrt. Allerdings löst er vor Aufregung keine einzige Aufgabe mehr.

Hannah will sich mit ihm treffen!

Also ist sie ihren Verfolgern entkommen. Und die Sache ist so heiß, dass sie nicht am Telefon darüber sprechen will!

Am liebsten würde er sofort aufspringen und zum

Treffpunkt rennen. Es kommt ihm vor, als schleppten sich die Zeiger der großen Wanduhr unendlich langsam vorwärts. Zum ersten Mal nimmt er bewusst wahr, wie lang fünf Minuten sein können, wenn man darauf wartet, dass sie vergehen.

Kaum ist es endlich vier Uhr und das Silentium vorbei, da steht auch Chris bereits neben ihm.

»Alter, was ist los?«

Jona stopft seine Unterlagen in den Rucksack. »Ich muss weg.«

»Hast du eine Nachricht von Maarten gekriegt?«

Das hat Jona ganz vergessen! Der Hacker wollte sich ja bis zur Mittagszeit melden, was er allerdings nicht getan hat.

Jona schüttelt den Kopf. »Ich hab doch gesagt, er ist ein Loser.«

»Vielleicht ist ihm einfach etwas dazwischengekommen. Oder es ist komplizierter als gedacht, deine Freundin ausfindig zu machen.«

»Sie ist nicht meine Freundin«, widerspricht Jona. Das stimmt sogar, denkt er, denn er weiß ja überhaupt nicht, wie sie zu ihm steht. Andererseits – warum empfindet er wegen des bevorstehenden Treffens diese überschwängliche Freude? Verwirrung, das ist vielleicht das richtige Wort für seinen Zustand. Ja, das ist es. Er ist verwirrt.

»Wie auch immer«, tut Chris seinen Widerspruch ab. »Maarten meldet sich bestimmt gleich noch.«

»Darauf kann ich leider nicht mehr warten, ich muss weg.«

»Was denn? Wie denn? Wohin?«

»Kann ich nicht sagen.«

Chris bedenkt ihn mit einem vorwurfsvollen Blick. »Was soll das denn heißen? Ich dachte, ich wäre dein bester Freund.«

»Chris, echt.« Jona sieht ihn fast flehend an. »Es geht nicht.«

Er macht sich auf den Weg in ihr Zimmer, seinen Freund im Schlepptau.

»Es hat was mit dieser Hannah zu tun, stimmt's?«

Jona gibt keine Antwort.

»Du triffst dich mit ihr, gib's zu.« Chris lässt nicht nach. »Dann frag sie auf jeden Fall, wie man an ihr Programm rankommt. Nachher ist das doch irgendwas anderes und wir sitzen echt in der Tinte. Dann sind sie auf einmal hinter *uns* her.«

»Klar, mach ich, o. k.?« Sie sprinten die Treppe hoch.

»In Ordnung. Oh, guck mal, da ist Lisa.«

Hört Jona so etwas wie Schadenfreude in der Stimme seines Freundes? Vor ihrer Zimmertür wartet tatsächlich Lisa Kuijper auf sie, wie immer erste Sahne gestylt. Es steht ihr gut, das muss Jona einräumen. Orangefarbene Turnschuhe, eine dunkelgrüne labbrige Hose, die aussieht wie eine Trainingshose, aber natürlich keine ist, darüber ein psychedelisch gemustertes langärmliges T-Shirt. Ihre langen blonden Haare hat sie zu einem Pferdeschwanz gebunden.

»Hi, Johnny!«, ruft sie, als Jona und Chris näher kommen. Jona kneift die Augen zusammen. Warum kann sie ihn nicht einfach so nennen, wie er heißt? Er ist kein Johnny, will kein Johnny sein.

»Johnny hat's eilig«, grinst Chris.

Jona stößt seinen Freund in die Seite. »Hör auf!«, zischt er ihm zu.

Aber da steht Lisa auch schon vor ihm. Der Duft ihres Parfüms steigt ihm in die Nase, ein angenehmer Geruch, nicht so aufdringlich wie bei vielen anderen Mädchen.

»Ich muss dich gerade mal sprechen«, lächelt sie. »*Ohne* deinen Freund hier.«

Sie wartet Jonas Antwort gar nicht erst ab, sondern hakt ihn unter und zieht ihn auf die andere Seite des Flurs zum Fenster.

»Ich hab's echt eilig, Lisa«, entgegnet Jona und macht sich möglichst unauffällig aus ihrem Griff los.

»Es dauert nicht lange.« Sie beugt sich vor, als wollte sie ihm ein Geheimnis verraten. »Mein Papa will dich gern kennenlernen.«

Lisas Vater ist irgend so ein Industrieller, auf jeden Fall mit viel Geld, das weiß Jona. Die Familie wohnt in Brügge, deshalb besucht sie lediglich die Schule, übernachtet aber zu Hause.

Er stöhnt innerlich. Auch das noch!

»Das ist doch nicht nötig«, versucht er, das Unheil abzuwenden.

»Er besteht darauf. Und ich auch. Schließlich begleitest du mich zum Ball.« Jetzt klingt sie wie ein trotziges kleines Mädchen.

Jona verdreht die Augen. »Muss das wirklich sein? Ich meine, so ein Ball, das ist doch keine große Sache.«

»Für Papa schon.« Sie legt ihm die Hand auf den Arm. »Ach, komm schon, Johnny, er ist echt ganz nett und beißt nicht. Tu es für mich, bitte.«

Jona atmet tief durch. Das Leben kann manchmal ganz schön hart sein. Am liebsten würde er Lisa absagen, den Ball abblasen, jetzt, da er Hannah getroffen hat. Aber das wäre natürlich nicht besonders klug, denn ein Mädchen wie Lisa macht man sich besser nicht zur Feindin. Zumindest jetzt nicht, da er nur ein Ziel kennt: Möglichst schnell weg von ihr und hin zum alten Hospital zu kommen. Außerdem ist ihr Vater, wie er gehört hat, ein großer Förderer des Internats und spendet regelmäßig hohe Summen. Mit solchen Leuten, das hat Jona in seinem Leben bereits gelernt, sollte man es sich nicht verscherzen.

»Na schön«, willigt er ein. »Und wann?«

»Morgen Abend?«

»So bald?«, entfährt es Jona. Er hat auf ein wenig mehr Vorbereitungszeit gehofft, ein paar Tage vielleicht. Da hätte er dann notfalls auch einen Grund finden können, um abzusagen. Ein plötzliches Fieber, das ist immer eine gute Entschuldigung.

Lisa ignoriert seine Bemerkung. »Ich mail dir die Adresse«, sagt sie. »Wir wohnen nicht weit von hier.«

»Alles klar.« Jona wedelt mit der Hand. »Ich muss dann jetzt mal …«

»Wohin musst du denn so eilig?« Sie macht keine Anstalten, aus dem Weg zu gehen.

»Ich … äh …« Jona sucht fieberhaft nach einer Ausrede. Über Lisas Schulter sieht er Chris vor der Zimmertür, der mit dem Finger auf seine Wange deutet.

»Ja, also, die Backe, äh … ich muss zum Zahnarzt«, stottert Jona.

»Oh, du Armer. Zahnschmerzen? Wo denn? Hier?« Lisa streckt die Hand aus und berührt seine Wange.

Jona zuckt zurück. »Aua!«

Lisa lässt die Hand sinken und sieht ihn skeptisch an. War das ein bisschen zu dick aufgetragen? Jona fasst sich an die Stelle, an der gerade noch ihre Hand lag, und verzieht sein Gesicht. Lisas Skepsis macht einem mitfühlenden Gesichtsausdruck Platz. »Willst du eine Schmerztablette?«

Jona schüttelt den Kopf. »Der Zahnarzt klärt das hoffentlich gleich.«

»Dann will ich dich nicht länger aufhalten. Man sieht sich.«

»Ja, man sieht sich.« Hat sie ihm das nun abgenommen oder nicht? Jona wartet, bis Lisa außer Sichtweite ist, dann drückt er Chris seine Tasche in die Hand. »Ich muss los, Alter. Bis später.«

»Scharfe Braut«, flüstert Chris und grinst. »Und sie hat dich gestreichelt. Guter Trick, das mit den Zahnschmerzen. Muss ich mir merken. Hast du noch mehr davon auf Lager?«

Jona verzieht das Gesicht und zeigt Chris den Finger, bevor er sich umdreht und zum Ausgang läuft.

Manchmal kann sein Freund ganz schön nerven.

2.

Zum Glück ist es nicht weit bis zum alten Hospital. Jona rennt vorbei an der mächtigen Liebfrauenkirche in die geschäftige Mariastraat. Beim ersten Mal verpasst er den tunnelartigen Zugang zu Oud Sint-Jan, so unauffällig fügt er sich in die Gebäudereihe ein. Als er umdreht und zurückgeht, kommt ihm ein Mann entgegen, den er irgendwoher kennt. Er ist jung, trägt eine Jogginghose und hat den Kopf, bis auf ein Büschel Haare obenauf, rundum geschoren.

Einer plötzlichen Eingebung folgend, biegt Jona nicht in den Torweg zum alten Hospital ein, sondern wechselt auf die andere Straßenseite. Dort führt eine kopfsteingepflasterte Straße an der Liebfrauenkirche entlang zu einem Durchgang, hinter dem ein kleiner Platz liegt. An seinem Ende führt eine schmale Steinbrücke über eine Rei. Hier ist immer viel Touristenverkehr. Und das ist gut so, denn Jona weiß zwar nicht, was sein Verfolger will oder ob er ihn überhaupt verfolgt, aber unter so vielen Menschen fühlt er sich doch sicherer als allein mit dem Mann.

Vor der Brücke hält er an, zieht sein Mobiltelefon aus der Tasche und tut so, als würde er eine App aufrufen. Dabei dreht er sich in die Richtung, aus der er gerade gekommen ist. Und siehe da, wen entdeckt er auf halbem Weg zur Brücke?

Den Burschen mit der Jogginghose!

Der Mann ist cool. Er geht einfach weiter, vorbei an Jona und über die Brücke. Da wird er dann wohl auf ihn warten, um ihm wieder zu folgen.

Wie soll er Jogginghose bloß abschütteln? Im Film sieht das immer so leicht aus, aber hier fällt ihm absolut nichts dazu ein. Und vor allem: Wer ist der Mann und warum stellt er ihm nach? Folgt er ihm schon seit dem Internat? Das würde bedeuten, er kennt Jonas Wohnort, was wiederum nahelegt, dass er seinen Namen weiß. Aber woher?

Für solche Gedanken ist jetzt keine Zeit. Jonas Blick fällt auf den mächtigen Bau der Liebfrauenkirche. Vorhin hat er gesehen, wie sich die Touristen hineindrängten, denn in der Kirche gibt es eine Statue der Madonna von Michelangelo zu besichtigen.

Fünf Minuten Zeit hat er noch, dann soll er bei den Mönchen sein!

Er steckt sein Smartphone weg und tut das Einzige, was ihm einfällt. Halb geht er, halb läuft er durch den kleinen Park und die sich anschließende Straße zur Kirchentür, in der Hoffnung, dort eine Möglichkeit zu finden, seinen Verfolger abzuschütteln. Er drängt sich an einem älteren Ehepaar vorbei in die Kirche. Sonnenlicht fällt durch die hohen Fenster in den langen Raum, der in der Mitte durch eine provisorisch hochgezogene Wand geteilt wird. Die andere Seite des Kirchenschiffs ist für Besucher gesperrt, weil sie gerade restauriert wird, informiert ihn ein großes Schild.

Mist!

Da kommt er also nicht raus!

Und was noch viel schlimmer ist: In dem schmalen, für Besucher zugänglichen Bereich gibt es keinerlei Gelegenheit, sich zu verstecken. Der einzige Ausgang befindet sich weiter drinnen im Gebäude, wo es an einer Kasse vorbei zur Madonna geht.

Er sitzt in der Falle!

Hektisch blickt er sich um. Irgendwo muss es doch ein Versteck geben! Dabei lässt er sich in einer Gruppe von Besuchern Richtung Kasse treiben, nur weg vom Eingang, wo er jeden Moment seinen Verfolger zu sehen erwartet.

Auf der linken Seite steht eine meterhohe Orgel, deren Pfeifen silbern im hereinfallenden Sonnenlicht glänzen. Rechts und links davon recken sich zwei mächtige Steinsäulen in die Höhe.

Und da!

Zwischen der rechten Säule und der Orgel befindet sich eine schmale Lücke, gerade breit genug, dass er sich hindurchpressen kann. Und was viel wichtiger ist: Hinter die Orgel hat jemand eine große Spanplatte gestellt. Sie ist nur an die Rückseite des Instruments angelehnt und es sieht so aus, als wäre zwischen der Platte und der Abtrennung der anderen Kirchenhälfte genug Platz, um sich dort zu verstecken.

Jona wirft einen schnellen Blick zurück zur Eingangstür.

Niemand zu sehen.

Ohne lange zu überlegen windet er sich an der Orgel vorbei, drückt die Spanplatte zur Seite und schlüpft durch den schmalen Spalt ins Halbdunkel dahinter.

Im Dämmerlicht erkennt er diverse Maurerwerkzeuge, die zwischen Putzsplittern auf dem Boden liegen, einen Hammer, eine Wasserwaage, verschiedene Kellen, einen Kunststoffbottich, in dem ein halb voller Plastikkanister mit einer durchsichtigen Flüssigkeit steht.

Vorsichtig geht Jona in die Hocke und schiebt seinen Kopf ein wenig vor, um in den Gang blicken zu können. Niemand scheint seine Aktion bemerkt zu haben. Trotzdem ist er sich nicht sicher, unentdeckt zu bleiben, wenn er hinter der Platte hervorlugt.

Vielleicht hat sein Verfolger auch gar nicht gesehen, dass er in die Kirche gelaufen ist, und ist einfach vorbeigegangen. Dann säße er jetzt umsonst hinter der Orgel. Lange wird er sich hier sowieso nicht aufhalten können, denn ein Blick auf sein Smartphone zeigt ihm, dass er in zwei Minuten am Treffpunkt bei den Mönchen sein sollte.

Gerade überlegt er, sein Versteck zu verlassen, als der Mann in der Jogginghose auftaucht. Ruckartig reißt Jona seinen Kopf zurück. Hat der Mann ihn gesehen? Sein Herz hämmert wie wild, zum zweiten Mal in zwei Tagen, dabei hat er doch gar nichts verbrochen und keinen Grund, sich zu fürchten, sieht man mal von dem zähnefletschenden Monster am Vortag ab.

Was ist nur mit ihm los? Seit er Hannah begegnet ist (oder sie ihm), scheint sein Leben aus den Fugen zu geraten.

Jona zählt langsam bis zehn und schiebt den Kopf dann wieder nach vorn. Keine Spur von Jogginghose.

Ob er die Kirche wieder verlassen hat? Oder ist er weitergegangen zur Madonna, um Jona dort zu suchen?

Egal. Er hat jetzt keine Zeit mehr.

Jona zwängt sich hinter der Spanplatte hervor, rast zur Tür, drängt sich durch eine hereinströmende Besuchergruppe aus Japan, wobei er eher verwunderte als böse Blicke erntet, rast über die Mariastraat, stößt fast mit einem Radfahrer zusammen und taucht in den Torbogen ein, durch den man zu Oud Sint-Jan gelangt. Erst als er im Hof steht und ein paar Schritte zur Seite gelaufen ist, sodass er von der Straße aus nicht mehr zu sehen ist, atmet er durch.

Er wirft einen Blick auf sein Smartphone. Mist! Fünf Minuten über der Zeit! Hoffentlich ist Hannah nicht schon wieder abgehauen. Im Hof ist von ihr jedenfalls nichts zu entdecken.

Jona geht zur Statue der beiden Mönche, die sich freundschaftlich umarmen. Ihm gegenüber erklärt ein Fremdenführer gerade einer weiteren Gruppe japanischer Touristen die Geschichte des Hospitals. Seine Zuhörer lauschen aufmerksam und nicken unablässig zu seinen Worten, wenn sie nicht gerade Fotos machen.

Jona lässt sich auf eine Bank vor der Apotheke sinken, nur ein paar Schritte von der Statue entfernt. Wenn Hannah auftaucht, wird er sie von hier aus sicher bemerken. Von Jogginghose ist nichts zu sehen, also hat er ihn wohl abgehängt.

Er nutzt die Zeit, um sich Oud Sint-Jan genauer anzusehen. Rechts und links hinter ihm erstrecken sich die alten Gebäude aus dem Mittelalter, ihm gegenüber befindet sich der Krankenhausbau aus dem 19. Jahrhundert, in dem jetzt ein Ausstellungs- und Kongresszentrum angesiedelt ist, wie man auf großen Schildern lesen kann. Die Spätnachmittagssonne fällt auf den kopfsteingepflasterten Platz vor ihm. Doch die Idylle täuscht, das weiß er nun.

Warum hat Hannah gerade ihn ausgesucht? Irgendwas muss sie sich dabei wohl gedacht haben. Zum Glück, denn sonst wäre er ihr ja nie begegnet. Und hätte nie gemerkt, dass in seinem Leben etwas fehlt. Oder steigert er sich da gerade in etwas rein? Vielleicht ist sie ja gar nicht näher an ihm interessiert. Schließlich hat er doch gar nichts mit der Szene zu tun, in der sie sich bewegt, und dem Leben, das sie führt. Er sollte sich keine großen Hoffnungen machen, sondern erst einmal abwarten, das wäre sicher besser.

Aber irgendwie kann er das nicht.

Jona seufzt und wirft einen Blick auf sein Smartphone. Schon zehn Minuten über die Zeit. Es sieht so aus, als würde Hannah nicht mehr kommen.

»Na, so schwer kann es doch nicht sein«, sagt eine heisere Stimme an seinem Ohr.

Jona fährt herum.

Hinter ihm, zwischen der Bank und der alten Apotheke, steht Hannah. Wie ist sie da nur hingekommen, ohne dass er sie bemerkt hat?

Er springt auf. Sie sieht genauso aus wie vorgestern, als er sie zum ersten Mal gesehen hat. Aber diesmal rennt sie nicht sofort weiter, sondern steht ihm gegenüber, und er hat Gelegenheit, sie näher zu betrachten.

Da sind natürlich die Augen, ein blasses Graublau.

Große Augen.

Schöne Augen.

Augen, in denen er versinken möchte. Und in denen er schon eine Million Mal versunken ist. Denn Hannah ist ihm auf merkwürdige Weise vertraut, obwohl sie ihm doch fremd ist.

Sie ist ein paar Zentimeter größer als er. Ihre Ohren sind gepierct, mit mehreren Steckern darin, die keine besondere Ordnung zu haben scheinen. Ihre Haut ist weiß, so wie bei einem Menschen, der nie an die Sonne kommt. Mit den dunklen Rändern unter den Augen sieht ihr Gesicht fast so aus wie eine Maske, wäre da nicht dieses Funkeln in ihrem Blick und ein entschlossener Zug um die zusammengepressten Lippen.

Und das Tattoo, das unter dem Kragen ihres Pullovers hervorscheint! Was es darstellt, kann er nicht genau erkennen - ein Fabelwesen, ein Symbol oder vielleicht etwas ganz anderes. Es könnte ein Schmetterlingsflügel sein, denkt er unvermittelt. Ja, das würde ihm gefallen, ein bunter Schmetterling, der mit den Flügeln schlägt, so wie sein Herz in diesem Moment.

»Wenn du genug gesehen hast, dann können wir ja irgendwohin, wo wir nicht so leicht zu entdecken sind, oder?« Kurz zieht Hannah einen Mundwinkel hoch.

Soll das die Andeutung eines Lächelns sein?

Jona weiß es nicht. Er weiß nur, dass dieses Mädchen

ihn mit einer Macht anzieht, die er bisher noch nie erlebt hat.

»Ja, klar«, erwidert er ganz automatisch.

Aber da ist sie schon hinter der Bank hervorgekommen und hat sich auf den Weg quer über den Innenhof gemacht. Mit einer ungeduldigen Kopfbewegung bedeutet sie ihm, ihr zu folgen.

Jona gibt sich einen Ruck und läuft ihr nach. Träumen kann er später immer noch.

Hannah betritt eine Passage, in der sich ein paar Geschäfte und Cafés befinden, die allesamt ziemlich einsam und nicht besonders einladend wirken. Sie läuft daran vorbei bis zu einer Glastür, durch die sie das Gebäude wieder verlassen.

»Wohin gehen wir?«, fragt Jona, während sie über den Platz vor dem ehemaligen Krankenhaus laufen.

»In ein Café, in dem ungestört sind«, erwidert Hannah, ohne ihn anzublicken. Sie überqueren einen Parkplatz und kommen an einer Straße heraus, die Jona kennt, denn das Internat ist nicht weit von hier. Den Parkplatz hat er auch schon häufiger gesehen, nur nicht gewusst, dass man auf diesem Weg direkt zum Oud Sint-Jan gelangt.

Hannah geht jetzt in Richtung Walplein. »Ist dir jemand gefolgt?«, fragt sie.

Jona nickt. »Da war so ein Typ, den hab ich aber abgehängt.«

Hannah kneift die Augen zusammen. »Was für ein Typ?«

»So ein Mann, in einer Jogginghose und mit halb kahl geschorenem Schädel.«

»O. k. Und du bist sicher, dass du ihn abgeschüttelt hast?«

»Ziemlich.« Jona berichtet von seinem Versteckspiel in der Kirche. »Ich frage mich, wie die auf mich gekommen sind.«

Hannah nickt nachdenklich. »Das frage ich mich auch. Hast du sonst noch was unternommen?«

»Mein Freund und ich waren gestern bei *Olympos*. Das war allerdings ein Schlag ins Wasser.«

»So haben sie mich auch gefunden«, sagt Hannah. »Kamera auf dem Dach, hab ich aber selbst auch zu spät bemerkt.«

»Und wer sind *sie*?« Endlich kommt Jona zu der Frage, die ihn schon die ganze Zeit beschäftigt. »Und warum hast du gerade *mich* ausgesucht?«

Statt einer Antwort legt sie einen Finger gegen die Lippen. Was soll das nun wieder bedeuten? Will sie seine Fragen nicht beantworten? Aber warum treffen sie sich dann? Er ist verwirrt, verwirrt wie immer, wenn es um Hannah geht. Ist sie ebenso verwirrt, wenn es um ihn geht? Es sieht nicht so aus.

Sie haben den Walplein inzwischen überquert und gehen weiter in Richtung Katelijnenstraat. Mit einem Mal stoppt Hannah und betritt ein kleines Café, das Jona noch nie aufgefallen ist. Es heißt *Zoetekoeke* und besteht lediglich aus einem länglichen Raum mit fünf oder sechs kleinen Tischen und einer Theke. Dahinter steht eine kurzhaarige Frau mittleren Alters, die gerade heißes Wasser in eine gläserne Teekanne gießt. Nur die beiden Tische am Fenster sind besetzt.

Die Frau blickt kurz auf und nickt Hannah mit einem freundlichen Lächeln zu. Ob die beiden sich kennen? Hannah lotst Jona zu einem Tisch an der holzvertäfelten Wand. Sie setzen sich auf die einfache Bank, wo sie durch einen Wandvorsprung vor neugierigen Blicken von der Straße aus geschützt sind.

Jona ist nervös. Nicht nur, weil er zum ersten Mal in seinem Leben verfolgt worden ist, sondern vor allem, weil er zum ersten Mal im Leben ein Date mit einem Mädchen hat.

Wenn man ihre Begegnung denn ein Date nennen kann.

Nervös zupft er an seiner Jeans herum. Es ist komisch, so neben Hannah zu sitzen, da muss er immer ein Stück zur Seite rutschen und den Kopf drehen, damit er sie sehen kann.

Und das will er.

Jona steht auf und setzt sich auf den Stuhl ihr gegenüber, aber Hannah blickt ihn scharf an und schüttelt den Kopf. »Da kann dich jeder sehen, der ein bisschen genauer durch die Scheibe guckt. Willst du das?«

Jona kehrt wieder zurück auf die Bank. Irgendwie fühlt er sich wie ein Erstklässler, der Angst hat, alles falsch zu machen, und immer die Lehrerin beobachtet, um aus ihrem Gesicht abzulesen, was sie von ihm erwartet.

Wie bescheuert bist du denn!, ermahnt er sich selbst. Benimm dich normal, so wie bei anderen auch!

Aber es ist schwer, sich normal zu verhalten, wenn neben einem ein Mädchen sitzt, deren Gegenwart allein seinen Puls zum Rasen bringt.

Jona holt tief Luft. Zum Glück kommt in diesem Augenblick die Frau von der Theke an ihren Tisch und fragt nach ihren Wünschen. Hannah bestellt eine Limo und Jona schließt sich an. Schweigend warten sie, bis die Frau mit ihren Getränken zurückkommt. Es dauert höchstens zwei oder drei Minuten, aber Jona kommt die Zeit wie eine Ewigkeit vor. Sein ganzer Körper kribbelt, und er muss sich zusammenreißen, um nicht einfach mit einem belanglosen Spruch herauszuplatzen.

Denn Hannah ist niemand für belanglose Sprüche, das spürt er.

Und sie kann schweigen, etwas, das ihm sehr schwerfällt. Zumindest bei ihr. Wahrscheinlich ist er einfach nur total nervös, aber diese Erkenntnis hilft ihm auch nicht weiter.

Hannah trinkt ihr Glas in einem Zug halb leer. Als sie es abstellt, sieht sie zum ersten Mal ein bisschen entspannter aus. Sie dreht sich zu ihm. »Du hast gelesen, was ich geschrieben habe?«

Jona nickt stumm. Seine Zunge liegt ihm wie Blei im Mund, sobald er in diese Augen sieht. Das Blut pocht hinter seinen Schläfen und er ist sich sicher, einen knallroten Kopf zu haben.

»Dann weißt du also von dem Angriff auf meinen

Rechner. Aber was du nicht weißt: Ich habe mein Programm an mir selbst getestet.«

Jona nickt erneut.

»Hörst du mir überhaupt zu?« Hannah wedelt mit der Hand vor seinen Augen herum.

»Ja, klar«, stößt er hervor. »Du hast dein Programm an dir selbst getestet. Aber das verstehe ich nicht.«

»Was verstehst du nicht?«

»Du hast nach jemandem gesucht, der zu dir passt?« Jona schüttelt den Kopf. »Wieso? Ich meine, so eine Singlebörse, das ist doch was für ältere Leute, nicht für uns. Du kannst doch wahrscheinlich jede Menge Jungen treffen.«

Hej, jetzt lächelt sie sogar! *Er* hat sie zum Lächeln gebracht! Ein warmer Schauer durchströmt Jona.

»Ich hab doch gesagt, ich hab das Proggie nur getestet. Und bevor der Angreifer mein Programm gekillt hat, hat es mir einen Namen genannt.«

Jona starrt sie an. »Du meinst …«

»Jona Schneider in Brügge. Das bist du doch, oder?«

»Ja, aber … Das ist unmöglich. Ich hab doch gar nichts groß von mir im Web stehen. Wie kann dein Programm da was matchen?«

»Hast du eine Facebook-Seite? Twitterst du? Hast du schon mal online eine Bestellung aufgegeben? Was ist mit der Seite deiner Schule? Oder mit WhatsApp? Kommentare auf irgendwelchen Webseiten? E-Mail?«

Jona ist sprachlos. Natürlich nutzt er das Internet regelmäßig, aber er hat nie daran gedacht, dass jemand all diese Informationen sammeln könnte, um daraus ein Profil von ihm zu erstellen. Und waren diese Apps und Mailprogramme nicht alle sicher, geschützt mit Verschlüsselung und Passwörtern und so weiter?

Er schüttelt erneut den Kopf. »Das ist nicht möglich.«

»Aber wir sitzen hier, oder?« Die graublauen Augen scheinen ihm direkt in die Seele zu schauen.

»Und selbst wenn … Du hast einen Namen gehabt. Wie hast du mich gefunden?«

Hannah macht eine Handbewegung, die »Kinderspiel« signalisiert. »Jemanden übers Internet zu finden ist eine meiner Spezialitäten. Ich war gerade auf dem Weg zu dir, um dich ein wenig näher in Augenschein zu nehmen, als die beiden Kerle mich aufgespürt haben.«

»Und wer sind *die*?«

Hannah zuckt mit den Schultern. »Keine Ahnung. Handlanger, geschickt von Leuten, die nicht wollen, dass ich mein Proggie fertigstelle.«

»Aber wer könnte das sein? Konkurrenten? Ist es in der Branche denn üblich, mit solchen Methoden zu arbeiten?«

»Du hast keine Ahnung, was alles üblich ist, wenn es um viel Geld geht. Aber inzwischen glaube ich nicht mehr an Konkurrenzkampf. Das war keine andere Partnerbörse, die meinen Rechner kapern wollte. Dahinter muss mehr stecken.«

Jona legt den Kopf schief. »Du kennst dich mit so was aus, was?«

»Es ist nicht das erste Mal, dass jemand hinter mir her ist, wenn du das meinst.«

»Und jetzt auch hinter mir«, murmelt Jona.

»Sorry, das war nicht beabsichtigt.« Sie leert ihr Glas aus und deutet auf Jonas Limo, die noch unberührt dasteht. »Willst du nicht?«

»Was?« Jona versucht, sich einen Reim auf all das zu machen, ist nicht ganz da. »Doch … Ich meine, nein, du kannst sie gerne haben.« Er schiebt ihr das Glas hin.

»Und was tun wir jetzt?«, fragt er, während sie sein Glas beinahe ganz leert, so als hätte sie heute noch nichts getrunken.

»Wir müssen herausfinden, wer dahintersteckt, ist doch klar.«

»Für dich vielleicht. Aber ich kenn mich damit doch gar nicht aus«, widerspricht Jona. »Ich bin nur ein normaler Schüler, der weder was mit Hackern noch mit Partnerbörsen zu tun hat, und schon gar nicht mit irgendwelchen geschorenen Kerlen in Jogginghosen, die anderen nachstellen.«

Das ist jetzt etwas heftiger aus ihm herausgeplatzt, als er wollte. Aber es ist die Wahrheit, es ist das, was er empfindet. Das hat er vorhin gemerkt, als ihn Jogginghose verfolgt hat. Er hat nicht die Nerven, um so ein Katz-und-Maus-Spiel länger durchzuziehen. Für ihn ist es ja schon stressig genug, Lisa Kuijper aus dem Weg zu gehen.

Doch er muss sich noch mehr von der Seele reden. »Ich weiß ja nicht mal, wie du mit Nachnamen heißt, wo du wohnst, was du bisher gemacht hast. Aber du scheinst alles über mich zu wissen, findest du das fair?«

So, das war's! Jetzt wird sie aufstehen und gehen, denkt

Jona, und ich sehe sie nie wieder. Er ist selbst überrascht über seinen Ausbruch, aber er fühlt sich nicht schlecht dabei. Es ist, als sei ihm eine Last vom Herzen gefallen. Gespannt wartet er auf Hannahs Reaktion.

Ihre Miene hat sich bei seinen Worten nicht verändert. Jetzt beugt sie sich vor, bis ihr Gesicht nur noch wenige Zentimeter von seinem entfernt ist.

»Ich heiße Hannah Vermeulen. Ich bin mit vierzehn von zu Hause abgehauen, weil meine Mutter Alkoholikerin ist und sich einen Dreck um mich gekümmert hat. Ich bin in Gent aufgewachsen und lebe zurzeit bei einer Freundin in Blankenberge. Nächsten Monat werde ich sechzehn. Programmieren tue ich schon seit fast acht Jahren. Die Polizei sucht mich, weil ich nicht zur Schule gehe und weil ich in ein paar Rechner eingebrochen bin, in denen ich nichts zu suchen hatte. Ich habe zwar ein paar Freundinnen und Freunde, aber niemanden, der durch dick und dünn zu mir hält. Als mein Programm deinen Namen ausgespuckt hat, dachte ich, du könntest das vielleicht sein – einer, der zu mir hält. Deshalb habe ich dir auch den USB-Stick gegeben.«

Jona ist total verblüfft. Er hat alles erwartet, nur das nicht. Hannah zieht ihren Kopf nicht zurück, er kann ihre Intensität fast spüren. Und ihre Verletzlichkeit, die sich hinter dem toughen Äußeren verbirgt. Und bevor er über das, was sie gesagt hat, nachdenken kann, platzt es aus ihm heraus: »Ich bin dein Freund. Und ich halte durch dick und dünn zu dir.«

1.

In der Biologiestunde klopft es an die Tür des Klassenraums. Frau Kerckhove, die Sekretärin des Direktors, steckt den Kopf zur Tür herein. »Darf ich Ihnen Herrn Schneider für ein paar Minuten entführen?«, fragt sie die Lehrerin, die sich soeben bemüht, die Mechanismen des Zellstoffwechsels zu erklären.

Jona, der gerade etwas weggedriftet ist und weniger an Zellwände denkt als an Hannah, schreckt hoch. Die Lehrerin gibt ihm ein Zeichen. Langsam steht er auf und geht zur Tür. Was hat das nun wieder zu bedeuten?

Während er Frau Kerckhove zum Büro des Direktors folgt, versucht er, aus ihr etwas herauszukriegen, aber sie erwidert nur, dass sie auch nicht wisse, worum es geht.

Die Tür zum Büro des Direktors ist geschlossen. Frau Kerckhove klopft kurz an und öffnet sie dann sofort. Mit leichtem Nachdruck schiebt sie Jona in den Raum.

»Kommen Sie rein, Jona, setzen Sie sich.« Der Direktor winkt Jona zu einem runden Besprechungstisch unter dem Fenster, neben dem ein kleiner, untersetzter Mann steht.

Der Direktor trägt den Spitznamen »Shorty«, obwohl

oder weil er groß und dürr ist, ein Brite mit leuchtend blauen Augen. Damit, so denkt Jona manchmal, kann er direkt in die Köpfe seiner Schüler blicken und erkennen, was sie vor ihm zu verbergen versuchen. So mancher Schüler hat schon unter dem prüfenden Blick Shortys freiwillig seine Missetaten eingestanden, auch wenn sie ihm nicht zu beweisen gewesen wären.

»Dies ist Inspektor van Leeuwen«, sagt der Direktor, als sie den Tisch erreichen. »Er ist von der Polizei und möchte Ihnen ein paar Fragen stellen.«

Jona betrachtet den untersetzten Mann näher. Er sieht unauffällig aus, geradezu unscheinbar, in seinem abgetragenen grauen Anzug mit der schief sitzenden Krawatte. Unter einem grauen Bürstenhaarschnitt wölben sich zwei buschige Augenbrauen über wässrigen Augen, die überall und nirgends hinzuschauen scheinen.

»Vielen Dank, Herr Direktor«, sagt der Inspektor.

Shorty nickt und zieht einen Stuhl zurück, um sich zu setzen.

»Ich würde das Gespräch mit dem jungen Mann gern unter vier Augen führen«, sagt van Leeuwen.

Der Direktor hält in seiner Bewegung inne und runzelt die Stirn. »Ich fürchte, das wird nicht möglich sein. Jona ist noch nicht volljährig und hat ein Anrecht auf die Anwesenheit eines Sorgeberechtigten.«

»Ihr Schüler wird ja nicht einer Straftat beschuldigt, sondern lediglich nach Informationen befragt.«

Shorty schüttelt den Kopf. »Auch das kann nur in meiner Gegenwart stattfinden.«

Van Leeuwen starrt den Direktor an, der starrt zurück. Jona findet es cool, dass sich Shorty nicht einschüchtern lässt. Ihm ist es eigentlich egal, ob er dabei ist oder nicht, denn er hat ja nichts verbrochen – oder?

Hat der Alte aus dem Lagerhaus ihnen vielleicht die Polizei auf den Hals gehetzt? Unmöglich, denn woher sollte er ihre Namen und ihre Adresse haben? Andererseits war da sein Verfolger in der Jogginghose. Wenn der mit dem Alten unter einer Decke steckt, dann wissen sie möglicherweise doch, wer er ist.

Der Inspektor gibt beim Anstarrspiel als Erster auf. Er seufzt und setzt sich. Mit einer Handbewegung fordert er Jona auf, ebenfalls Platz zu nehmen.

Als sie alle sitzen, kommt wie auf Kommando Frau Kerckhove herein. Sie stellt vor den Direktor und den Inspektor jeweils eine Tasse Kaffee, Jona bekommt ein Glas Mineralwasser.

»Sie fragen sich gewiss, warum ich hier bin«, beginnt van Leeuwen, nachdem er seine Tasse mit Milch und Zucker aufgefüllt hat.

Jona zuckt mit den Schultern. »Klar, schon.«

»Nun, wir hoffen, dass Sie uns bei einer Ermittlung ein wenig weiterhelfen können.« Der Inspektor greift in seine Jackentasche und zieht einen Umschlag heraus. Er entnimmt ihm ein Foto, das er zu Jona hinüberschiebt. Es ist ein Porträt von Hannah!

Das Foto scheint schon ein wenig älter zu sein. Den Ring im rechten Nasenflügel gibt es noch nicht. Hannah hat die Lippen zusammengepresst, die Mundwinkel herabgezogen und die Augen leicht zusammengekniffen. Man sieht, dass sie nicht gern fotografiert worden ist.

»Kennen Sie diese junge Frau?«, fragt van Leeuwen.

Jona überlegt fieberhaft. Was soll er machen? Soll er leugnen, dass er Hannah kennt? Oder soll er die Wahrheit sagen? Er erinnert sich an einen Satz, den er mal in einem Spionagefilm gehört hat. Auch wenn man lügt, sollte man immer ein Stückchen Wahrheit mit einbauen, das macht die Lüge überzeugender.

»Ich habe sie schon mal gesehen«, antwortet er langsam.

»Und wo?«

»Auf dem Simon Stevinplein, vor drei Tagen.«

»War das diese Situation?« Van Leeuwen zieht ein weiteres Foto aus dem Umschlag. Es zeigt Hannah und Jona bei ihrer ersten Begegnung.

»Woher haben Sie das Foto?«

Der Inspektor lächelt selbstgefällig. »Ein Teil der Innenstadt von Brügge wird videoüberwacht. Nur so haben wir Sie auch ausfindig gemacht.« Er nimmt das Foto wieder an sich. »Was haben Sie mit dem Mädchen besprochen?«

»Gar nichts«, sagt Jona, und das ist sogar die Wahrheit. »Sie kam angerannt, ist gegen meinen Stuhl gestoßen und dann war sie schon wieder weg.«

»Und Sie hatten sie vorher noch nie gesehen?«

Jona schüttelt den Kopf. »Nie.«

»Wer ist diese junge Dame denn?«, meldet sich der Direktor zu Wort. »Und warum sind Sie hinter ihr her?«

»Sie ist eine gefährliche Kriminelle, nach der wir schon länger fahnden.«

»Und was hat sie ausgefressen?«

»Die Frau ist eine Hackerin. Wir vermuten, dass sie im Auftrag einer fremden Regierung oder irgendwelcher Syndikate Viren in die Rechnersysteme der EU und der NATO einschleust.«

»Danach sieht sie gar nicht aus«, sagt Jona unschuldig.

»Lassen Sie sich von ihrem Äußeren nicht täuschen, junger Mann. Die Frau ist gefährlich.«

»Dann habe ich also Glück gehabt, als ich ihr begegnet bin?« Jona kann die Ironie in seiner Stimme nicht ganz verbergen.

Van Leeuwen geht nicht darauf ein. Seine wässrigen Augen fixieren Jona unentwegt. Möglicherweise hätte sich Jona die letzte Bemerkung doch besser verkneifen sollen.

»Hat sie Ihnen irgendwas gesagt, als Sie sie getroffen haben? Oder haben Sie sie danach noch einmal gesehen?«

»Nein und nein«, erwidert Jona.

»Ist Ihnen vielleicht aufgefallen, ob sie noch Begleiter hatte?«

»Warten Sie mal …« Jona tut so, als ob er nachdenkt. »Da war ein Kerl in einer Jogginghose, ein junger Mann, der schien hinter ihr herzulaufen. Ich dachte, sie wäre eine Ladendiebin, die was geklaut hat, und er wäre der Ladendetektiv.«

In dem Moment, als er das sagt, fällt es ihm wie Schuppen von den Augen. Jogginghose! Der Kerl, der ihn vor seinem Treffen mit Hannah verfolgt hat! Warum ist er da nicht früher drauf gekommen?

Van Leeuwen merkt, dass Jona etwas durch den Kopf geht. Er starrt ihn weiter unentwegt an. Jona wird das langsam unangenehm.

»Mehr weiß ich wirklich nicht«, entfährt es ihm.

»Aber es ist doch merkwürdig, finden Sie nicht? Eine der gefährlichsten Hackerinnen Europas hält ausgerechnet bei Ihnen an, obwohl sie offenbar verfolgt wird, und opfert so wertvolle Sekunden …«

»Wird das jetzt doch ein Verhör?«, mischt sich der Direktor ein. »Beschuldigen Sie den Jungen? Dann ist es besser, wir brechen das Gespräch ab und ich informiere die Eltern.«

»Nein, nein.« Van Leeuwen schiebt die Fotos wieder in den Umschlag. »Natürlich ist Herr Schneider nicht verdächtig.« Er steckt das Kuvert zurück in seine Jackentasche. »Noch nicht«, fügt er vielsagend hinzu.

»Was soll denn das jetzt heißen?«, fragt Jona, dem es nun doch ein wenig mulmig wird. So freundlich der Inspektor auch tut, er ist bestimmt kein Mensch, der Spaß versteht.

»Nun, es könnte sein, dass Ihnen die junge Frau noch einmal über den Weg läuft. Falls das passiert, möchte ich Sie bitten, mich anzurufen.« Er fischt eine Visitenkarte aus der Brusttasche und reicht sie Jona. »Dann weiß ich sicher, dass Sie wirklich nichts mit ihr zu tun haben.«

Jona wirft einen Blick auf die Karte. Über dem Namen des Inspektors, Hendrik van Leeuwen, ist das Logo von

EUROPOL aufgedruckt. Das ist das europäische Gegenstück zum FBI, eine Polizeibehörde, die sich nicht um kleine Fische kümmert. Da muss Hannah schon einiges angestellt haben!

»Sind wir fertig?«, fragt er.

»Für heute ja«, antwortet der Inspektor.

Jona lässt sich seine Erleichterung nicht anmerken. »Dann kann ich zurück in meine Klasse?«

Shorty nickt. »Gehen Sie nur. Herr van Leeuwen und ich haben noch etwas unter vier Augen zu besprechen.«

Es sieht so aus, als käme der Inspektor nun in den Genuss einer von Shortys seltenen, aber gefürchteten Standpauken. Da wäre Jona natürlich gern dabei gewesen und hätte Mäuschen gespielt, aber er nickt bloß und verlässt das Büro.

Europol. Das ist echt der Hammer. Das muss er sofort Chris erzählen!

Während er zum Klassenraum zurückgeht, muss er an die Worte von Maarten, dem Hacker, denken, der sich noch immer nicht gemeldet hat: »Wir befinden uns mitten in einem Krieg.«

Damals hat Jona das als Wichtigtuerei abgetan, aber jetzt? Jetzt sucht Europol nach Hannah, die doch nun wirklich keine Gefahr für den Staat darstellt.

Oder?

Obwohl er sie bei ihrem Treffen danach gefragt hat, wollte sie nicht so recht damit rausrücken, was sie in den letzten Jahren alles programmiert hat. War das, weil sie ihn nicht mit technischen Details langweilen wollte? Oder waren vielleicht doch nicht ganz so harmlose Sachen dabei? Immerhin hat sie damit ihr Geld verdient, hat davon gelebt. Das bedeutet, irgendwer muss sie für ihre Arbeit bezahlt haben. Was für Leute waren das wohl?

Es ist eine verwirrende Welt, in die er da hineingeraten ist. Auf der einen Seite sieht er Hannah an und er *weiß* einfach, dass sie nichts Schlimmes machen würde. Aber ist das nicht nur eine Frage der Definition, was schlimm ist und was nicht? Eines ist ihm auf jeden Fall klar: Hannah hat eine Reihe von Gesetzen gebrochen. Angefangen bei der Umgehung der Schulpflicht bis hin zu irgendwelchen Spionageprogrammen, die sie geschrieben hat. Selbst ihre Partnerbörse bedient sich ungeniert bei den Datenbanken anderer Unternehmen.

Aber ist sie deswegen ein schlechter Mensch? Sollte er sie deswegen weniger mögen?

Jona seufzt. Moral, das war bislang ein Thema im Philosophieunterricht. Jetzt ist es auf einmal eine Frage seines Lebens geworden. Und da ist es viel schwerer, zu einem Standpunkt zu gelangen, den man auch begründen kann.

Genau das hat Hannah gestern auch gesagt: »Moral ist etwas, was du dir leisten können musst. Wenn du ums Überleben kämpfst, dann tritt das in den Hintergrund. Aber du kannst beruhigt sein, die Leute, mit denen ich arbeite, haben einen festen Moralkodex, auch wenn der nicht unbedingt mit dem der Herrschenden übereinstimmt.«

Jona hat gestern nicht weiter nachgefragt, denn ihn interessierten andere Dinge viel mehr. Hannah erzählte ihm ein wenig von ihrer Kindheit, und er hat zum ersten Mal gemerkt, was für ein Glück er damit hatte, aus einem stabilen Elternhaus zu kommen. Sofort ist das Verlangen in ihm erwacht, ihr von diesem Glück etwas abzugeben. Aber wie stellt man das an?

Gestern hat er jedenfalls keine Antwort auf diese Frage gefunden. Irgendwann hat Hannah erklärt, sie müsse los. Jona hat genickt, obwohl er gerne noch mehr Zeit mit ihr verbracht hätte. Sie hat ihm ihr Smartphone mit ihrer Telefonnummer hingehalten, damit er sie auswendig lernen konnte, und ihm das Versprechen abgenommen, die Nummer unter keinen Umständen zu speichern oder irgendwo aufzuschreiben. »Und auf keinen Fall irgendwelche Botschaften schreiben«, fügte sie noch hinzu. »Dann kannst du die Nummer gleich an die Polizeiwache hängen.«

Als sie vor der Tür des Cafés standen, fasste sich Jona ein Herz und wollte Hannah zum Abschied in den Arm nehmen. Aber sie ahnte wohl, was er vorhatte, als er etwas ungeschickt ausholte, und machte einen Schritt nah hinten.

»Noch nicht«, sagte sie.

Also war es bei einem »Ciao« geblieben und dem Versprechen, sich möglichst bald wieder zu treffen.

»Noch nicht.« An diesen beiden Worten hatte sich Jona auf dem Heimweg festgeklammert. Denn das hieß ja zugleich auch: »Irgendwann schon.«

Irgendwann schon. Bei diesem Gedanken wird Jona

sofort wieder ganz warm ums Herz und er vergisst darüber fast den Polizisten.

»Na, dich trifft man ja häufiger auf dem Flur als im Klassenraum«, reißt ihn eine Stimme aus den Gedanken. Es ist Willem, der Hausmeister, der ihm mit einem Werkzeugkasten entgegenkommt.

»Ich war gerade bei Shorty«, sagt Jona.

Willem zieht die Augenbrauen hoch. »Ärger?«

»Nein, es ging nicht um mich, sondern um jemanden, den ich kenne. Die Polizei wollte etwas über sie wissen.«

»Du bist von einem Polizisten befragt worden?« Willem setzt den Werkzeugkasten ab und öffnet ihn. »Das ist aber hoch irregulär.«

»Das hat Shorty auch gesagt, deshalb war er die ganze Zeit dabei. Und außerdem konnte ich dem Beamten sowieso nichts über Hannah erzählen.«

Mit einem lauten Klirren fällt Willem der Schraubenschlüssel, den er gerade ergriffen hat, aus der Hand und auf den gefliesten Boden. Langsam richtet er sich auf. Sein Gesicht nimmt in schneller Abfolge verschiedene Ausdrücke an, aber als Jona genauer hinsieht, ist alles schon wieder vorbei, und er hat die gewohnt freundliche Miene des Hausmeisters vor sich.

»Hannah heißt das Mädchen also«, sagt er langsam, während er sich bückt, um den Schraubenschlüssel aufzuheben.

»Ja«, antwortet Jona wortkarg und ein wenig verwirrt. »Eine Hackerin. Aber ich kenne sie nicht wirklich. Das habe ich dem Polizisten auch gesagt.«

»Und wie kommt er darauf, dass du ihm Informationen über sie liefern kannst?«

»Keine Ahnung. Wir sind wohl beide auf einem Überwachungsvideo vom Simon Stevinplein zu sehen. Wahrscheinlich befragen die alle, die sie identifizieren können.«

Und dann stellt sich ihm eine Frage, an die er vorhin schon einmal denken musste. Wie hat van Leeuwen eigentlich herausgefunden, wer er ist? Ein Video ist eine Sache, aber den Namen einer Person darauf zu ermitteln, von der es keine Polizeiakte gibt, dürfte so ziemlich unmöglich sein.

Woher kennt der Inspektor also seinen Namen? Und woher weiß er, dass Jona das Internat besucht?

»Was ist?«, fragt Willem, der anscheinend bemerkt, dass Jona etwas im Kopf herumgeht.

»Ach nichts.« Jona winkt ab. »Ich muss zurück in meine Klasse. Bis später, Willem.«

»Bis später.« Willem macht keine Anstalten, wieder an die Arbeit zu gehen, sondern blickt Jona nachdenklich nach.

Was hat das nun wieder zu bedeuten?

Jona hebt kurz die Hand und trabt dann weiter zu seinem Klassenraum. Wahrscheinlich sieht er schon Gespenster, denkt er. Er hat wirklich andere Sorgen als Willems merkwürdiges Verhalten. Trotzdem nimmt er sich vor, Hannah bei ihrem nächsten Treffen zu fragen, ob sie ihn vielleicht kennt.

Und der Gedanke daran, sie hoffentlich bald wiederzusehen, lässt ihn die Tür zu seiner Klasse in bester Stimmung öffnen.

Auch wenn heute Abend erst einmal der Besuch bei Lisas Vater auf dem Programm steht.

2.

Das Haus der Kuijpers liegt an einem kleinen Platz in einer schmalen Gasse und ähnelt von der Größe her einem Hotel mehr als einem Wohnhaus. Jona ist erstaunt, wie eine einzige Familie einen solchen Palast bewohnen kann, denn neben der Eisenpforte, die einen winzigen Vorgarten vom Platz trennt, steht nur ein Name.

Er zögert. Noch kann er umkehren und so tun, als wäre er plötzlich krank geworden oder hätte eine wichtige Aufgabe für die Schule erledigen müssen. Aber das würde Lisa nicht nur sauer machen, sie würde ihn wahrscheinlich weiterhin zu einem Besuch nötigen, und dann wäre er so weit wie jetzt.

Überhaupt, wieso will Lisas Vater ihn eigentlich sehen? Es ist ja nicht so, als hätte er um ihre Hand angehalten und wäre nun der künftige Schwiegersohn. Aber wer weiß, was Lisa ihren Eltern erzählt hat?

Jona gibt sich einen Ruck und drückt den Klingelknopf. Augen zu und durch, hat ihm Chris als Rat mitgegeben. Das ist wahrscheinlich die beste Lösung.

Wie von Geisterhand schwingt das Tor vor ihm auf. Jona macht zwei zaghafte Schritte hindurch, als sich die mächtige Holztür vor ihm öffnet. Lisa strahlt ihn an. Der Lichtschein, der hinter ihr aus dem Flur fällt, legt einen goldenen Kranz um ihre blonden Haare, und Jona muss zugeben, dass sie einfach hinreißend aussieht.

Natürlich trägt sie heute Abend wieder andere Klamotten als morgens in der Schule. Diesmal ist es ein einfaches schwarzes Kleid, das ihr bis zu den Knien reicht, und dazu ein paar schneeweiße Tennisschuhe. Er hingegen hat dieselben Klamotten wie schon den ganzen Tag über an. In diesem Augenblick wünscht er sich, er hätte zumindest ein paar feste Schuhe angezogen anstatt seiner nicht mehr ganz einwandfreien Sneakers.

»Komm schon, oder willst du da draußen Wurzeln schlagen?«, sagt sie und macht eine einladende Geste.

Langsam steigt Jona die paar Stufen zur Tür hoch und hält ihr die Hand hin. »Hi, da bin ich.«

Lisa ignoriert seine Hand. »Das seh ich«, sagt sie und umarmt ihn, berührt mit ihren Wangen nacheinander seine, so wie es viele Erwachsene machen, die Jona kennt. Jona lässt das widerstandslos über sich ergehen. Sie hat sich leicht an ihn gedrückt, und er kann die Wärme ihres Körpers spüren. Ihre Haut auf seinem Gesicht fühlt sich sanft an, wie ein Streicheln, und er muss sich eingestehen, dass er diese Nähe und Berührung sehr angenehm findet. Fast ist er enttäuscht, als Lisa sich wieder einen Schritt von ihm entfernt.

»Na, dann auf in die Höhle des Löwen«, fordert sie ihn auf und geht den langen Flur hinunter, den Jona jetzt erst richtig wahrnimmt. Seine Wangen glühen noch von ihrer Berührung, und er hat ein schlechtes Gewissen, das so zu genießen. Er will überhaupt nichts von Lisa Kuijper, wie kann das dann sein? Ja, wenn es Hannah wäre, die ihn so berühren würde, aber Lisa? Jona schüttelt den Kopf. Warum ist sein Leben auf einmal nur so kompliziert?

Der Flur ist riesig, bestimmt zehn Meter lang, und von beiden Seiten gehen Türen ab, die allerdings geschlossen sind. An den hohen Wänden hängen Kunstwerke, moderne Kunst, von der Jona nicht viel versteht, aber alles Originale, das erkennt er. Das hier sind keine Bilder, die man im Postershop oder in einfachen Kunsthandlungen kaufen kann.

Kurz vor dem Ende des Flurs öffnet Lisa eine Tür und winkt ihn herein. Der Raum ist fast so groß wie ihr Klassenzimmer. Die Wände sind bis zur Decke von Bücherschränken verdeckt, die aus warmem hellbraunem Holz bestehen. Die meisten Bücher in den Regalen sehen alt aus: lederne Einbände, goldene Schrift auf dem Buchrücken. Neben dem Fenster steht ein hölzernes Lesepult, und in der Mitte des Raums ein kleiner Tisch, um den herum vier Sessel angeordnet sind, keine Ledersessel, wie Jona erwartet hätte, sondern modernes Design mit rotem Stoffbezug.

»Wow!«, entfährt es Jona.

»Nicht schlecht, was?«, strahlt Lisa.

»Ist dein Vater Sammler von alten Büchern?«

»Unter anderem. Er hat mehrere Hobbys.«

»Aha. Und du? Interessierst du dich auch dafür?«

»Nicht wirklich. Sie riechen.« Sie rümpft die Nase.

Jona schnuppert, und sie berührt ihn leicht am Arm. »Jetzt doch nicht, du Dummer, sie stehen hinter Glas.«

»Aber ich hab 'ne gute Nase«, sagt Jona und grinst.

Was ist das? Flirtet er etwa mit Lisa? Er muss aufpassen, dass er nichts tut, was er später bereut.

Zum Glück geht in diesem Moment die Tür auf, und ein Mann und eine Frau betreten den Raum. Das müssen Lisas Eltern sein.

Der Mann hat ein freundliches Gesicht, ein wenig kantig, denn er ist eher der hagere Typ, mit funkelnden blauen Augen und einem breiten Mund. Die Frau ist einen Kopf kleiner als er, und ihre Lippen sind zu schmalen Strichen zusammengepresst, mit denen sie offenbar so etwas wie ein Lächeln zu formen versucht. Ihre dunkelbraunen Haare hat sie zu einem Knoten hochgebunden. Sie macht insgesamt einen eher freudlosen und strengen Eindruck, findet Jona.

»Aha, da haben wir ja den Kavalier, der unsere Lisa zum Ball ausführen will«, dröhnt Herr Kuijper. Er ist die Art von Mensch, die einen Raum sofort mit ihrer Anwesenheit füllt und es gewohnt ist, wahrgenommen zu werden.

»Darf ich vorstellen?«, sagt Lisa. »Mein Vater – Jona Schneider.«

Kuijper ergreift Jonas Hand und schüttelt sie kräftig. »Sehr erfreut, junger Mann. Ich hoffe, Sie nehmen es mir nicht krumm, dass ich Lisa gebeten habe, Sie einzuladen. Ich bin beruflich sehr eingespannt und bekomme nur wenig vom Alltag meiner Tochter mit. Das wollte ich diesmal wenigstens anders machen.«

»Vielen Dank für die Einladung«, murmelt Jona und befreit sich aus Kuijpers Griff. »Ich freue mich, Sie kennenzulernen.«

»Und das ist meine Tante Ellen. Tante Ellen - Jona Schneider«, sagt Lisa.

Jona blickt sie erstaunt an. Die Frau ist nicht ihre Mutter?

Da steht Lisas Tante auch schon vor ihm, und er schüttelt erneut eine Hand, aber diese ist kalt und schlaff wie ein Fisch. Er ist froh, dass die Frau ihre Hand genauso schnell zurückzieht wie er.

Im Gegensatz zu ihrem Bruder sind ihre Augen nicht groß und blau, sondern klein und schwarz. Zumindest kommen sie Jona so vor. Sie verleihen ihrem Blick etwas Stechendes, und er fühlt sich sofort ertappt, als sie ihn mustert, obwohl er gar nichts gemacht hat.

Zum Glück befreit ihn Lisas Vater aus den Klauen seiner Schwester. »Kommen Sie, junger Mann, setzen Sie sich«, dröhnt er und dirigiert Jona zu einem der Sessel.

Jona lässt sich in das Polster sinken. Lisa setzt sich neben ihn, Kuijper und ihre Tante ihnen gegenüber. Wie auf ein geheimes Zeichen öffnet sich die Tür und eine junge Frau in schwarzem Kostüm mit weißer Bluse darunter schiebt einen Servierwagen in den Raum. War ja klar, dass sie Bedienstete haben, denkt Jona. Die Haushälterin (oder wie auch immer man sie nennt) stellt vor jeden eine leere Tasse mit verziertem Unterteller sowie ein schmales Glas mit langem Stiel vor Jona und Herrn Kuijper. Schweigend sehen sie dabei zu.

»Tee? Kaffee?«, fragt sie Jona.

»Äh ... Kaffee bitte.«

Sie nimmt eine elegante Porzellankanne vom Wagen und schenkt ihm ein. Nachdem alle versorgt sind - nur Kuijpers Schwester trinkt Tee –, reicht sie Lisas Vater eine silbergraue Steingutflasche.

»Sie haben doch sicher nichts gegen einen kleinen Genever einzuwenden?«, fragt Kuijper und schenkt, ohne eine Antwort abzuwarten, eine klare Flüssigkeit in Jonas Glas. Dann füllt er das Glas, das vor ihm steht, während Lisa und ihre Tante leer ausgehen.

»Bei uns im Haus ist diese Labsal nur den Herren der Schöpfung vorbehalten«, erklärt Kuijper und hebt sein Glas. Etwas zögernd tut Jona es ihm nach. Er ist eigentlich kein Freund von Alkohol, auch wenn er verschiedene Getränke schon mal probiert hat. Aber bislang hat ihn davon noch nichts überzeugen können.

Verstohlen wirft er einen Blick auf Lisa und ihre Tante, aber denen scheint es überhaupt nichts auszumachen, dass sie außen vor bleiben. Also hebt Jona pflichtschuldig das Glas an seine Lippen und nimmt einen kleinen Schluck. Der Schnaps brennt wie Feuer in seiner Kehle, und er muss sich Mühe geben, nicht zu husten. Trotzdem treibt es ihm die Tränen in die Augen, was seinem Gegenüber nicht verborgen bleibt.

»Ja, es ist nicht leicht, ein Mann zu werden«, schmunzelt Lisas Vater. »Wir alle sind diesen Weg gegangen.

Aber genug davon.« Er setzt sein Glas ab. »Sie sind ja heute nicht hier, um gute Ratschläge von mir zu bekommen. Darf ich Sie nach Ihrer Familie fragen oder ist das zu indiskret?«

Jona ist froh, sein Glas abstellen zu können. »Meine Eltern arbeiten beide in Brüssel bei der EU«, sagt er. »Sie sind Juristen. Mein Vater hat etwas mit dem Thema Gesetzgebung zu tun, meine Mutter mit zwischenstaatlichem Recht.«

»Sehr interessant«, lächelt Kuijper. »Ein junger Mann aus gutem Haus also. Das beruhigt mich ein wenig. Lisa ist mein einziges Kind und mein Ein und Alles. Sie werden verstehen, dass ich da einen gewissen Wert auf ihren Umgang lege.«

»Selbstverständlich«, pflichtet Jona ihm bei. Er fragt sich, wie lange er das hier noch ertragen muss. Und wie Lisa das erträgt, die bislang noch kein Wort gesagt hat. Sie ist diese Vorträge ihres Vaters wahrscheinlich gewohnt und lässt sie einfach an sich vorbeiziehen.

Kuijper macht eine ausladende Armbewegung. »Wie gefällt Ihnen meine Bibliothek?«

»Sehr beeindruckend«, sagt Jona. »So viele alte Bücher zusammenzutragen, das muss eine ganze Menge Arbeit sein.«

»Da haben Sie recht. Ich hoffe, Sie lesen gern? Lisa hat diese Leidenschaft leider nicht von mir geerbt.«

»Na ja, ich lese schon«, sagt Jona. »Für die Schule natürlich, aber auch spannende Romane.« Irgendwie hört sich das ziemlich lahm an, findet er. Er wirft einen schnellen

Blick zu Lisa hinüber. Sie lächelt ihm aufmunternd zu. Wahrscheinlich ist sie nicht zum ersten Mal Zeugin einer solchen Befragung.

»Sehen Sie, junger Mann, es mag Ihnen merkwürdig vorkommen, dass ein erfolgreicher Geschäftsmann wie ich sich mit alten Folianten beschäftigt«, erklärt Lisas Vater. »Aber wenn ich eins im Laufe meines Lebens gelernt habe, dann die Tatsache, dass auch in dem, was die Menschen für Legenden oder Aberglauben halten, oftmals der Keim für ein gutes Geschäft verborgen liegt. ›Ein Blick ins Buch und zwei ins Leben, das soll die rechte Form dem Geiste geben‹. Das ist nicht von mir, das ist von Goethe, dem größten deutschen Dichter. Da steckt viel Wahrheit drin. So habe ich es auch immer gehalten. Und, wie Sie sehen, hat es sich bezahlt gemacht.«

»Sie meinen, Sie waren erfolgreich, weil sie so viel gelesen haben?«, fragt Jona.

»Unter anderem. Sehen Sie, die Grundprinzipien des Wirtschaftslebens sind fast so alt wie die Menschheit selbst. Und dieses Wissen ist immer wieder erweitert worden. Ganz zu schweigen von direkt verwertbaren Informationen, die sich in manchen alten Büchern finden lassen.«

»Direkt verwertbare Informationen?«

Kuijper springt auf und winkt Jona zu einem der Schränke. Er deutet auf ein ziemlich alt aussehendes Buch. »Das ist das Tagebuch eines Geistlichen, der die spanische Flotte bei einer ihrer Reisen nach Amerika begleitet hat. Ich habe es vor vielen Jahren, als ich gerade die Universität verlassen hatte, in einem kleinen Antiquariat in Bilbao erstanden. Darin wird berichtet, wie englische Freibeuter auf der Rückreise ein spanisches Schiff mit einer Goldladung versenkt haben. Aufgrund dieser Informationen ist es mir gelungen, das Schiff zu finden und das Gold zu bergen. Damit habe ich den Grundstein zu meinem heutigen Vermögen gelegt.«

Jona nickt stumm. Was soll er auch dazu sagen? Lisa und ihre Tante lassen Kuijpers Redeschwall ebenfalls regungslos über sich ergehen.

»Sehen Sie, junger Mann, Lesen lohnt sich«, betont Kuijper und führt Jona zum Tisch zurück. »Es gibt noch immer einige Bücher auf dieser Welt, die der Schlüssel zu großen Reichtümern sind. Vielleicht gehören Sie ja zu denjenigen, die eines davon finden. Darauf wollen wir anstoßen!«

Er prostet Jona zu, und der hat keine andere Wahl, als noch mal an dem Genever zu nippen. Hoffentlich zum letzten Mal!

Zum Glück springt Lisa auf.

»Ich glaube, Jona und ich klinken uns jetzt aus«, sagt sie.

»Gewiss, entschuldigen Sie, junger Mann«, sagt ihr Vater. »Wir sind im Eifer des Gefechts etwas vom Thema abgekommen. Aber ich habe gesehen, was ich sehen wollte, und weiß meine Tochter in guten Händen. Haben Sie also vielen Dank für Ihr Kommen.«

Er steht auf und schüttelt Jona, der sich ebenfalls erhoben hat, die Hand. Nachdem er sich auch von der Tante verabschiedet hat, folgt Jona Lisa zur Tür.

»Mein Vater ist nicht immer so«, entschuldigt sie sich. »Ich weiß auch nicht, was heute in ihn gefahren ist.«

»Kein Problem«, erwidert Jona, der froh ist, die ganze Sache hinter sich gebracht zu haben. »Dann bis morgen also.«

»Bis morgen.« Sie beugt sich vor und haucht ihm einen flüchtigen Kuss auf die Backe. Jona spürt, wie er errötet, lächelt Lisa kurz zu und läuft dann die paar Schritte zum Tor. Wenige Minuten später steht er auf dem Markt, wo er sich erst einmal auf die Stufen am Sockel des Denkmals für die Brügger Volkshelden Breydel und de Coninck sacken lässt und tief durchatmet.

Das war eine harte Nummer gerade! Fast hat er Mitleid mit Lisa, die ja echt nett sein kann und die mit solchen Erwachsenen zusammenleben muss. Da hilft auch das ganze Geld nichts! Vor allem die Tante, was für eine unangenehme Person, auch wenn sie so gut wie kein Wort gesagt hat. Jona hofft, dass er ihr nicht mehr begegnen muss.

Um diese späte Stunde fahren immer noch Kutschen, denn es sind noch viele Besucher auf dem Platz und in der Stadt unterwegs. Jonas Blick gleitet den erleuchteten Belfried empor. Von den Restaurants wehen das Klappern der Bestecke und das Klirren der Gläser zu ihm herüber. Genau, eine Portion Pommes, das ist jetzt genau das Richtige. Er springt auf und läuft zur nächsten Pommesbude, und mit der wohl gefüllten Pappschale in der Hand kehrt er zurück zu seinem Platz vor dem Denkmal.

Während er genüsslich die Fritten verspeist, die, so will es eine Legende, in Belgien erfunden worden sein sollen, klettern immer wieder Touristen neben ihm auf die Stufen, um den Belfried im Abendlicht zu fotografieren. Er ist fast fertig mit seinem Imbiss, als erneut eine ganze Gruppe herandrängt. Nun wird es langsam Zeit zu gehen. Er will gerade aufstehen, als etwas von oben in seiner Pommesschale landet.

Verblüfft starrt Jona auf einen kleinen Briefumschlag. Er dreht sich um, ob den vielleicht einer der Menschen um ihn herum verloren hat, aber da ist niemand direkt in seiner Nähe und auch niemand, der sich suchend umblickt.

Jona nimmt den Umschlag aus der Pappschale und stellt sie neben sich ab. Es ist eines dieser winzigen Kuverts, die gemeinsam mit Geschenkkarten verkauft werden. Er wendet es hin und her, aber es steht kein Name drauf. Nachdem er sich noch einmal vergewissert hat, dass der Besitzer des Umschlags nicht doch irgendwo in seiner Nähe danach sucht, öffnet er die Lasche und zieht ein zusammengefaltetes Blatt Papier heraus. Vorsichtig entfaltet er es. In großen Druckbuchstaben steht da:

DU HAST 5 TAGE ZEIT, UNS DAS
BUCH ZU ÜBERGEBEN.
SONST WERDEN WIR DEINER
HACKERFREUNDIN WEHTUN.
WIR MELDEN UNS WIEDER.
DIES IST KEIN SCHERZ!

Verständnislos starrt Jona auf das Blatt in seiner Hand.

Welches Buch?

Und wem soll er es übergeben? Den Leuten, die ihn verfolgen, also Jogginghose und seinen Komplizen?

Und woher hat der Schreiber gewusst, wo er zu finden ist? Ist er schon wieder verfolgt worden?

Nur eines ist klar: Hannah ist in Gefahr. Und es liegt in seiner Hand, sie vor dieser Gefahr zu bewahren.

1.

Das zweite Treffen mit Hannah beginnt wie das erste.

Jona hat mehrmals versucht, sie anzurufen, aber nie ist sie drangegangen. Er hat schon geglaubt, sich eine Ziffer der Nummer falsch gemerkt zu haben, als sie sich schließlich doch meldet. Jona wollte sofort mit dem Besuch des Inspektors heraussprudeln, aber Hannah hat ihn gleich unterbrochen: »Nicht am Telefon!« Also haben sie sich verabredet, wieder mit einem kryptischen Hinweis Hannahs: »Die Musik spielt unter dem Ort, an dem das Blut in Bewegung ist.«

Ob das eigentlich Tests von ihr sind, um herauszufinden, wie clever er ist? Oder sind es wirklich nur Vorsichtsmaßnahmen, um eventuelle Mithörer nicht auf den genauen Treffpunkt aufmerksam zu machen?

Diesmal jedenfalls wird er Willem nicht um Hilfe bitten. Das merkwürdige Verhalten des Hausmeisters hat ihn misstrauisch gemacht. Aber vielleicht ist das auch nur eine Paranoia, die plötzlich von ihm Besitz ergriffen hat, ausgelöst durch Hannahs Vorsicht und die Verschwörungstheorien von Mister X? Der übrigens noch immer nichts von sich hat hören lassen.

Aber Chris ist genau der Richtige für solche Rätsel.

»Alter, das ist doch die einfachste Sache der Welt«, tönt er, kaum hat Jona ihm von Hannahs Hinweis berichtet. »Das hat sie wahrscheinlich extra so simpel formuliert, damit du auch garantiert dahinterkommst.«

»Vielen Dank für das Lob«, brummt Jona. »Ich bin nun mal kein Superhirn. Aber vielleicht lässt du mich jetzt an deiner unermesslichen Weisheit teilhaben?«

»Nichts lieber als das«, grinst Chris. »Wo spielt denn die Musik, was meinst du?«

»Keine Ahnung. In einem Klub? Auf einer Bühne? Im Konzertsaal?«

»Kalt, Mann, ganz kalt. Die Musik spielt in einer Kapelle.«

»Und?«

»Was *und*? Bist du echt so begriffsstutzig? Oder willst du mich auf den Arm nehmen?«

Jona überlegt. Kapelle? Dazu fällt ihm nur ein, dass das ein inzwischen ziemlich ungebräuchliches Wort ist. Heute spricht man von Band oder Orchester. Aber Kapelle?

Chris sieht ihm eine Weile zu und platzt dann heraus: »Alter! Kapelle! Blut! Hallo?«

»Die Heilig-Blut-Basilika?«

»Bingo! Hundert Punkte für den Kandidaten! Träräää!« Chris führt ein ironisches kleines Siegertänzchen rund um seinen Schreibtisch auf.

»Ja, ja, du bist der Schlaueste.« Jona ärgert sich allerdings schon ein wenig, dass er nicht selbst drauf gekommen ist. Das »unten« ist ihm jetzt auch klar. Gemeint ist die kleine Kapelle unter der Heilig-Blut-Kirche.

»Ich treff mich übrigens heute Nachmittag mit Lisa Kuijper«, sagt Chris gespielt beiläufig.

»Ehrlich?« Jona fragt sich, was das nun wieder zu bedeuten hat. Nicht wegen Lisa, sondern wegen Chris. Bislang hat er sich doch immer vehement gewehrt, wenn es um Mädchen im Allgemeinen und um Lisa im Besonderen ging. Und jetzt trifft er sich auf einmal mit ihr. »Woher der Sinneswandel?«

»Welcher Sinneswandel?« Chris wird später einmal einen guten Politiker abgeben, denkt Jona, den sein Geschwätz von gestern nicht mehr kümmert. Und gegen ihn zu argumentieren und ihm vorzuhalten, dass er die Dinge doch bislang ganz anders gesehen hat, das würde nicht viel nützen.

»Du triffst dich also mit Lisa. Schön. Vielleicht möchtest du ja auch mit ihr zum Ball gehen?«

»Mann, nun mach mal halblang. Es ist nur ein freundschaftlicher Gedankenaustausch, mehr nicht.«

Jona muss unweigerlich grinsen. Chris bemüht sich krampfhaft, sein Image aufrechtzuerhalten, der Junge, der mit Mädchen nichts am Hut hat, weil sie nur Energie verschlingen und keine Ahnung von den Sachen haben, die er gern macht. Aber Lisa Kuijper scheint seine Verteidigungslinie unterminiert zu haben. War er, Jona, dabei dann nur Mittel zum Zweck? Hat ihn Lisa als Partner für den Ball ausgewählt, um Chris eifersüchtig zu machen und ihn endlich mal aus der Reserve zu locken? Ein wenig kratzt das schon an seinem Ego, aber er wäre froh, wenn es wirklich so wäre. Außerdem dürfte dann auch

Chris einen Antrittsbesuch beim alten Kuijper abstatten, und darauf freut sich Jona bereits jetzt.

Er verschwindet in der Dusche, denn er muss sich beeilen, um Hannah rechtzeitig zu treffen.

Wenig später eilt er durch die schmalen Gassen rund um die Salvatorkirche in Richtung Burgplatz. Bewusst hat er diesen Weg gewählt, denn hier kann er sofort sehen, ob ihm jemand folgt. Als er sicher ist, unbeobachtet zu sein, steuert er auf die Blinde-Ezelstraat zu und steht wenige Minuten später vor der Heilig-Blut-Basilika.

Von außen ist sie sicher eine der unauffälligsten Kirchen Brügges. Wären da nicht die goldenen Figuren an der grauen Fassade, würde das Gebäude völlig unscheinbar wirken. Irgendwie sieht sie auch gar nicht aus wie eine Kirche, findet Jona. Mit ihren vielen Ornamenten erinnert sie ihn eher an ein arabisches Bauwerk, so wie er in Spanien viele gesehen hat.

Die Sonne scheint und die Touristen drängen die Treppe hoch in die Kirche im ersten Stock, in der die Glasampulle mit dem angeblichen Blut Jesu zu besichtigen ist. Sie wird nur zu bestimmten Zeiten ausgestellt, das muss Hannah mit dem Wort »Bewegung« gemeint haben. Einmal im Jahr gibt es sogar eine große Prozession, bei der das Blut durch die Straßen Brügges getragen wird. Viele der Besucher schwitzen, denn dies ist nicht die erste Station, die sie heute Nachmittag aufsuchen. Niemand beachtet die im Schatten der Treppe gelegene Tür, die in die zweite, weitaus schlichtere Kapelle im Erdgeschoss führt. Jona überlegt, ob er vor der Tür auf Hannah warten soll.

Hier im Schatten der Treppe ist er so gut wie unsichtbar. Er öffnet die Tür und wirft einen schnellen Blick hinein, um sicherzugehen, dass sie nicht bereits drinnen auf ihn wartet, dann zieht er sich so weit wie möglich zurück.

Diesmal taucht Hannah nicht wie ein Phantom hinter ihm auf, sondern ruft ihn an. »Du scheinst sauber zu sein«, sagt sie. »Ich kann keine Verfolger sehen.«

Jona sucht den Platz ab. Sie muss doch irgendwo sein, wenn sie ihn beobachten kann! Aber er kann sie zwischen den vielen Menschen, die ununterbrochen über den Platz ziehen, nirgendwo entdecken.

»Gib dir keine Mühe«, sagt sie, so als könnte sie seine Gedanken lesen. »Komm zum Fischmarkt.« Und damit beendet sie das Gespräch.

Jona schüttelt den Kopf. Muss sie das immer so geheimnisvoll machen? Kann sie nicht einfach herkommen, »Hoi« sagen und mit ihm woanders hingehen?

Er läuft über den sonnenbeschienenen Burgplatz, zurück durch die Blinde-Ezelstraat und über die kleine Brücke zum Fischmarkt. Die Händler sind schon lange weg, nur an der Brücke steht noch ein Wagen mit Gemüse, Obst und Eiern. Aber keine Spur von Hannah.

Der Fischmarkt ist eine fast zweihundert Jahre alte Säulenhalle, die einem römischen Bauwerk nachempfunden ist und in der tatsächlich an einigen Wochentagen noch fangfrischer Fisch verkauft wird. Auch Wild, Geflügel und Wurst werden hier angeboten. Wenn die Fischverkäufer Ruhetag haben oder abgezogen sind, verwandelt er sich in einen Markt für Kunsthandwerk.

Heute sind weder die einen noch die anderen da. Jona tritt unter das Dach in den Schatten. Langsam dreht er sich im Kreis. Und natürlich taucht sie genau aus der Richtung auf, in die er gerade nicht blickt.

Wie macht sie das bloß?

Jedenfalls zuckt er diesmal nur kurz zusammen, als er ihre Stimme hinter sich hört. »Komm, wir gehen an einen etwas ruhigeren Ort.«

»Ich wünsch dir auch einen guten Tag«, sagt Jona, während er Hannah die Straße hinab an der Groenerei entlang folgt.

»Nun hab dich mal nicht so«, erwidert sie. Heute trägt sie keinen Pullover, sondern ein ärmelloses T-Shirt mit einem verwaschenen Schriftzug, den Jona nicht genau entziffern kann. Dafür ist ihr Tattoo besser zu sehen. Es ist tatsächlich ein farbenprächtiger Schmetterling, der bei jeder Kopfbewegung, die sie macht, mit dem Flügel zu schlagen scheint.

Jona ist fasziniert von dem Effekt. Bisher hat er ja nie besonders viel von Tattoos gehalten, auch wenn einige in seiner Klasse eines haben, meistens etwas Kleines am Handgelenk oder am Fußknöchel, damit es nicht so auffällt. Aber wenn er Hannah so betrachtet, dann kann er sich auch vorstellen, sich eines stechen zu lassen. Was würden seine Eltern wohl dazu sagen? Und was würde das kosten?

Hannah führt ihn fast um die halbe Innenstadt herum, bis sie schließlich an einer kleinen Seitengasse anhält. Hier fließt eine schmale Rei zwischen zwei Häuserreihen entlang. Nur auf der rechten Seite läuft parallel dazu eine Straße, die nicht viel breiter ist als ein Kleinwagen.

Hannah setzt sich auf die Ufermauer der Rei und lässt die Beine baumeln. Jona nimmt neben ihr Platz. Die Steine sind von der Sonne angenehm warm, die Luft ist mild und man kann den zu Ende gehenden Sommer darin riechen.

Hierhin verirren sich nur selten Touristen, und es ist auch unwahrscheinlich, dass einer von Hannahs Verfolgern sie in diesem Viertel suchen wird. Trotzdem kontrolliert Jona immer wieder die kleine Straße, die hinter ihnen verläuft. Er wundert sich, dass Hannah so sorglos zu sein scheint.

»Hast du denn keine Angst, dass dich die Polizei oder diese Leute erwischen, die dich verfolgen?«

Hannah zuckt mit den Schultern. »Deshalb kann ich mich nicht verstecken. Aber jetzt brauche ich das auch nicht, denn die Videoüberwachung in Brügge ist seit heute Mittag um zwei Uhr nicht aktiv.«

»Woher weißt du das?«

Statt einer Antwort sieht Hannah ihn nur vielsagend an.

Es dauert einen Augenblick, bis bei Jona der Groschen fällt. »Das kannst du?«, fragt er staunend.

Sie nickt. »Die Videosysteme haben überraschend viele Hintertüren. Man muss nur ein bisschen suchen, dann findet man eine. Mein kleiner Schalter stellt seine Aktivität am frühen Abend ein und löst sich auf. In der Zwischenzeit werden sie ihn mit Sicherheit noch nicht gefunden haben. So kann ich dasselbe bei Bedarf noch mal wiederholen.«

Sie sagt das so dahin, ganz ohne jede Angeberei. Das gefällt Jona. So, wie ihm alles an Hannah gefällt, was er bislang gesehen hat. Na ja, das meiste zumindest. Und wie sie hier am Ufer nebeneinander sitzen, das fühlt sich ganz selbstverständlich an, so als hätten sie seit vielen Jahren nichts anderes getan.

Ob ihr das auch so geht?

Aber viel wichtiger ist jetzt, was er zu berichten hat. Über den Besuch des Inspektors von Europol und über die Warnung, die er bekommen hat.

Hannah studiert den Zettel mit gefurchter Stirn.

»Weißt du, was für ein Buch da gemeint sein könnte?«, fragt Jona.

»Keine Ahnung.« Sie gibt ihm das Blatt zurück.

»Es muss etwas sein, von dem sie, wer immer *sie* auch sind, annehmen, dass einer von uns es besitzt oder weiß, wo es zu finden ist.«

»Und sie müssen glauben, dass wir wissen, worum es sich überhaupt handelt«, ergänzt Hannah seine Gedanken. »Denn sie halten es nicht einmal für erforderlich, einen Titel anzugeben. Sie müssen aus irgendwelchen Gründen annehmen, wir würden das Buch kennen. Und alles, was sie über uns wissen, sind zwei Dinge: dass ich dieses Partnerbörsen-Proggie geschrieben habe und dass wir beide bei *Olympos* waren.«

»Und ich kann nur zu *Olympos* gegangen sein, weil ich von dir wusste, dass von dort der Angriff auf deinen

Rechner kam. Also haben sie angenommen, wir würden beide unter einer Decke stecken.«

»Und das Buch, das sie haben wollen, muss etwas mit meinem Proggie zu tun haben, also entweder etwas mit Programmiertechniken ...«

»... oder mit dem Finden des perfekten Partners.«

Sie starren sich einen Moment sprachlos an und sind beide verblüfft, wie nahtlos sich ihre Gedanken ergänzt haben!

»Das bringt uns alles nur leider keinen Schritt weiter«, sagt Jona.

»Das stimmt. Aber zumindest um den zweiten Teil des Briefs brauchst du dir keine Sorgen zu machen. Um mir wehzutun, müssen sie mich erst einmal finden. Und das wird ihnen nicht so leichtfallen, denke ich.«

Ist sie wirklich so unbesorgt, wie sie tut? Jona blickt ihr prüfend ins Gesicht.

Hannah lächelt ihm zu und lehnt ihren Kopf gegen seine Schulter.

Jona hält den Atem an. Er wagt nicht, sich zu bewegen.

Muss er jetzt irgendwas tun? Seinen Arm um sie legen oder so?

Besser nicht. Bei Hannah ist es wohl klüger, abzuwarten. Obwohl er sie so gern in den Arm nehmen würde. Denn in diesem Moment kommt sie ihm zerbrechlich vor und gar nicht so stark und selbstbewusst wie sonst immer.

»Brügge ist einmal der Schauplatz einer großen Liebe gewesen, wusstest du das?«, fragt Hannah. Selbst ihre Stimme klingt anders als sonst, weicher und verträumter.

Jona schüttelt vorsichtig den Kopf. »Nein, darüber habe ich noch nie etwas gehört oder gelesen.«

»Das war im Jahr 861. Judith war die Tochter des Karolingerkönigs Karl des Kahlen, der auch über Brügge herrschte. Sie war gerade mal zwölf Jahre alt, als sie von ihrem Vater mit dem König von Wessex im heutigen England verheiratet wurde. Kannst du dir das vorstellen? Der Mann war 51 Jahre alt! Als er zwei Jahre später starb, musste sie dessen Stiefsohn heiraten, der zehn Jahre älter war als sie.«

»Und daran hat sich niemand gestört?«, fragt Jona.

»Damals war es üblich, Königskinder wie Schachfiguren zu verschieben. Es ging nicht um Liebe, sondern darum, Bündnisse zu schmieden. Jedenfalls segnete ihr neuer Mann ebenfalls nach zwei Jahren das Zeitliche. Judith wurde von ihrem Vater im französischen Kloster Senlis ›geparkt‹, um dort auf die nächste Ehe zu warten.«

»Was für eine traurige Geschichte«, sagt Jona.

Hannah bewegt leicht den Kopf an seiner Schulter, was wohl ein Nicken bedeuten soll. »Ich stelle mir das auch echt hart vor. Aber in Senlis beginnt dann die große Liebesgeschichte. Zu Weihnachten hielt sich nämlich auch zufällig der junge flämische Graf Balduin, genannt Balduin Eisenarm, in Senlis auf. Natürlich begegneten sich die beiden. Und verliebten sich sofort ineinander.«

»Und lebten glücklich und zufrieden bis an ihr Lebensende, oder? So gehen diese Geschichten doch meistens aus.«

»In diesem Fall nicht. Judiths Vater wollte nichts von

einer Hochzeit mit Balduin wissen. Er war ja nicht mal ein Königssohn, sondern nur ein kleiner Graf aus einem entlegenen Winkel des karolingischen Reichs. Also schmuggelte Balduin Judith mit der Hilfe ihres Bruders aus dem Kloster und floh mit ihr durch das eiskalte und schneebedeckte Nordfrankreich in seine Heimat.

Als sie nach einem anstrengenden Ritt Brügge fast schon erreicht hatten und noch einmal eine kurze Rast in einem Wald einlegten, tauchte plötzlich ein riesiger Bär vor ihnen auf. Und zwar nicht irgendein Bär, sondern der berüchtigte *Bär von Brügge*, der schon seit einigen Jahren die Gegend unsicher machte. Er wog sechshundert Kilo und war drei Meter groß, wenn er auf den Hinterpfoten stand. Sie hatten den Bären wohl beim Winterschlaf gestört. Entsprechend schlecht gelaunt war er dann auch. Die Soldaten, die das Paar begleiteten, flohen in alle Richtungen.

Nur Balduin stellte sich schützend vor seine Geliebte. Als Waffe hatte er sich eine Lanze gegriffen, und als der Bär sich vor ihm aufrichtete, um ihn anzugreifen, holte er mit aller Kraft aus und durchbohrte den Bären mit solcher Wucht, dass die Lanze in den Baum hinter ihm fuhr und ihn dort festnagelte.«

»Wow«, staunt Jona. »Ein echter Eisenarm.«

»Das dachten die Bürger von Brügge auch, die ihm aus Dank für die Vernichtung des Untiers das Standbild eines Bären schenkten. Daher kommt es, dass der Bär bis heute ein Wahrzeichen von Brügge ist.«

»Und Balduin und Judith …«

»… mussten kurz darauf aus Brügge fliehen, denn Karl der Kahle fand die ganze Angelegenheit überhaupt nicht witzig und wollte seine Tochter zurückhaben. Sie schlüpften bei Judiths Onkel unter, der über das mittelfränkische Reich herrschte und der seinen Bischof anwies, das Paar zu trauen. Karl der Kahle enteignete Balduin daraufhin, ließ das Paar in den Kirchenbann schlagen und forderte ihre Auslieferung. Kein anderer Fürst wollte sie mehr aufnehmen. Deshalb beschlossen sie, direkt zum Papst zu reisen. Der hob den Bann auf und vermittelte zwischen ihnen und Judiths Vater. Balduin drohte außerdem damit, sich auf die Seite der Normannen zu schlagen, die das Karolingerreich bedrängten. Daraufhin willigte Karl der Kahle zähneknirschend in die Hochzeit ein. Balduin bekam seine Ländereien und seinen Titel zurück und noch ein bisschen was dazu.«

»Und sie lebten glücklich und zufrieden bis an ihr Lebensende«, wiederholt Jona.

»Das stimmt. Und das kam leider ziemlich schnell, denn Judith starb sieben Jahre später im Alter von gerade mal 26.«

»Oh.« Jona stellt sich vor, wie das wohl gewesen sein mag. Aber immer, wenn er an Judith denken will, schieben sich Hannahs Bild und die Frage dazwischen, wie es ihm wohl gehen würde, wenn *sie* plötzlich nicht mehr da wäre.

Als wenn ein Stück aus seinem Leib gerissen würde, so würde er sich fühlen.

Komisch, dass er das so genau weiß. Er kennt Hannah

gerade einmal ein paar Tage, und eigentlich kann von Kennen ja noch gar keine Rede sein.

Und doch …

»Woher weißt du das alles?«, fragt er. »Diese Geschichte mit Balduin und Judith?«

»Daran ist mein Großvater schuld.«

»Dein Großvater? Von dem hast du mir noch gar nichts erzählt.«

»Wann auch? Wir haben doch gerade mal ein paar Stunden miteinander verbracht.«

»Dein Opa hat dir also die Stadtgeschichte von Brügge erzählt?«

»Nicht direkt. Er war ein Sammler von alten Büchern, weißt du, und eine seiner Leidenschaften waren große Liebesgeschichten. So wie Helena und Paris oder eben Balduin und Judith.« Sie springt unvermittelt auf. »Komm, ich zeig dir, wo ich früher mal gewohnt habe.« Sie streckt ihm die Hand entgegen.

Jona ist überrascht von ihrem plötzlichen Entschluss. Zugleich freut er sich, dass sie ihm etwas mehr über ihre Vergangenheit mitteilen will. Er ergreift ihre Hand, schwingt die Beine zurück auf die Straße und steht auf. Viel zu schnell lässt Hannah ihn wieder los.

Und dann zeigt sie ihm ihr Brügge.

Es geht auf sieben Uhr zu, als sie sich in einem Viertel der Stadt wiederfinden, in dem Jona noch nie gewesen ist. Hier gibt es keine Geschäfte und kaum Passanten. So ruhig hat er die Straßen von Brügge nur selten erlebt.

Selbst Autos fahren nur ab und an durch die schmalen Gassen oder an den Ufern der breiten Rei entlang, der sie folgen.

Den ganzen Spaziergang über hat Hannah von ihren Erinnerungen berichtet, Erzählungen aus einer Zeit, als sie noch ein mehr oder weniger unbeschwertes Kind war. Jona könnte ihr ewig zuhören. Es ist nicht nur das, *was* Hannah erzählt, sondern auch *wie* sie es erzählt. Immer wieder muss er sie aus den Augenwinkeln betrachten und kann sich nicht an ihr sattsehen.

»Hier habe ich früher mal eine Zeit lang gewohnt«, sagt Hannah, als sie durch eine der vielen schmalen Straßen gehen, die alle in weitere enge Gassen zu münden scheinen. »Das war, als ich bei meinem Opa gelebt habe.«

»Wie alt warst du da?«, fragt Jona.

»Beim ersten Mal war ich sechs Jahre alt.« Hannah legt den Kopf in den Nacken und schnuppert. »Riechst du das? So hat es damals hier auch immer gerochen.«

Jona reckt die Nase in die Höhe, kann aber keinen besonderen Geruch wahrnehmen.

»Na los, streng dich mal ein bisschen an«, lacht Hannah und stößt ihn in die Seite.

»Ich rieche ...« Jona bemüht sich, ein Wort für diesen kaum wahrnehmbaren Duft zu finden. »Moder! Es riecht nach Moder!«

»Hundert Punkte für den Kandidaten.« Hannah nickt. »Irgendwo liegen hier immer alte Blätter herum, ob im Frühjahr oder Herbst, die niemand wegräumt und die dann langsam vor sich hinfaulen. Deshalb habe ich die Gegend auch das Moderviertel genannt.«

»Hört sich nicht gerade wohnlich an«, kommentiert Jona.

»Ach, so schlimm ist das nicht, wenn die Sonne scheint wie jetzt.« Hannah fällt in einen leichten Trab. »Komm, ich zeig dir, wo mein Opa gewohnt hat.«

Jona holt Hannah am Ende der Gasse ein. Sie mündet in einen Platz, auf dessen einer Seite eine verlassene Kirche steht, zumindest kommt sie Jona verlassen vor. Der Putz bröckelt von den Wänden, aus der Eingangstreppe sind Stücke herausgebrochen, und die riesige Tür sieht so aus, als wäre sie schon lange nicht mehr geöffnet worden. Dabei könnte das Gebäude mitsamt dem Platz auch irgendwo in Spanien oder Italien stehen, so südländisch wirkt es im Licht der Frühabendsonne.

»Die Kirche habe ich früher oft verflucht«, sagt Hannah. Sie stehen vor einem vergitterten Tor, durch das man eine verlassene Villa in einem kleinen verwilderten Park sehen kann. »Mein Zimmer war da oben« – sie deutet auf die Fensterreihe im Dachgeschoss – »und ich brauchte keinen Wecker, denn die Kirchenglocken fingen jeden Morgen um sechs Uhr an zu läuten.«

»Hier hast du gewohnt?«, staunt Jona. »Dann muss dein Großvater aber ein wohlhabender Mann gewesen sein.«

Hannahs Gesicht nimmt einen versonnenen Ausdruck an. »Das war er auch. Und er war vor allem ein lieber Mann. Er hat mich mehr als einmal aus den Klauen meiner Mutter gerettet. Aber weil er viel auf Reisen war, konnte ich nie länger als ein paar Wochen bei ihm unterkommen, bevor ich wieder zurück musste. Ich erinnere mich noch gut an seine riesige Bibliothek, in der ich mich stundenlang aufgehalten habe. Er hatte unglaublich viele alte Bücher in allen möglichen Sprachen zusammengetragen. Verstanden habe ich nichts davon, aber ich hab sie gern durchgeblättert und mir die Illustrationen angesehen. Landkarten, Zeichnungen von Pflanzen, Tieren oder Landschaften. Oder Porträts von Herrschern vergangener Zeiten. Dann habe ich die nachgemalt. Mein Großvater meinte immer, ich hätte ein fotografisches Gedächtnis.«

»Und? Stimmt das?«

Hannah zuckt mit den Schultern. »Nicht wirklich. Es gibt manche Sachen, die kann ich mir gut merken, auch wenn ich sie nur einmal kurz gesehen habe. Aber das funktioniert nicht immer.«

»Und was ist mit deinem Großvater passiert?«

»Na, was passiert schon mit alten Männern? Sie sterben.«

»Aber so alt kann dein Opa doch gar nicht gewesen sein«, widerspricht Jona.

»Na ja, für mich schon. Er war, glaube ich, siebzig, als es ihn dahingerafft hat.«

»Warst du bei seiner Beerdigung?«

Hannah schüttelt den Kopf. »Nein, denn die hat es nie gegeben. Er ist nicht hier in Belgien gestorben, sondern irgendwo in Asien. Wie und was genau damals passiert ist, das weiß ich bis heute nicht. Es gab nicht mal eine Trauerfeier.«

»Und wem gehört das Haus jetzt?«

Sie zuckt mit den Schultern. »Keine Ahnung. Ich weiß nur, dass er es vor seinem Tod an irgendeine Stiftung übertragen hat. Meine Mutter war stocksauer, dass sie es nicht geerbt hat, da hätte sie sich komfortabel zu Tode saufen können.«

Ihre Stimme klingt bitter, und Jona legt vorsichtig seine Hand auf ihre Schulter. Diesmal lässt sie es geschehen und wehrt sich nicht dagegen.

»Groß um das Haus zu kümmern scheint sich diese Stiftung aber nicht«, bemerkt Jona.

»Stimmt. Es sieht fast schon aus wie eine Geistervilla. Selbst damals kam es mir immer ein wenig unheimlich vor.«

Sie hält inne. Jona merkt, sie ist mit ihren Gedanken gerade ganz weit weg. Fast eine volle Minute steht sie so da, die Augen geschlossen, bis sie den Kopf schüttelt, als wollte sie sich aus einem tiefen Schlaf befreien.

»Alles, was ich von ihm habe, ist mein Tattoo«, sagt sie mit leiser Stimme.

»Du meinst den Schmetterling?«, fragt Jona erstaunt. »Hat den dein Großvater für dich ausgesucht?«

»Natürlich nicht«, sagt Hannah. »Ich war damals doch noch viel zu klein. Aber er hat mir die Vorlage dafür geschenkt, eine Zeichnung, die er selbst angefertigt hat. Das hab ich mir dann später stechen lassen. So habe ich wenigstens etwas, das mich an ihn erinnert und das mir keiner wegnehmen kann.«

Der Besuch der Villa hat Hannah schweigsam werden

lassen. Auf dem Weg zurück in die Innenstadt sagt sie kaum ein Wort. Jona spürt, dass ihr die Erinnerung immer noch zusetzt. Das tut allerdings ihrer Wachsamkeit keinen Abbruch, und ein- oder zweimal zieht sie Jona plötzlich in einen Hauseingang, weil sie meint, einen möglichen Verfolger entdeckt zu haben.

»Ich glaube, im Augenblick beobachten sie uns nur«, versucht Jona sie zu beruhigen. »Sie wollen ja, dass ich ihnen das ominöse Buch bringe. Dazu müssen wir uns frei bewegen können, zumindest die nächsten vier Tage. Solange brauchen wir uns keine Sorgen zu machen.«

Hannah sieht ihn an und schüttelt den Kopf. »Du kennst diese Leute nicht, Jona. Du hast dein Leben immer wohlbehütet verbracht. Du hast nie was zu tun gehabt mit der dunklen Seite des Lebens. Das ist eine Sache, in der ich mich echt besser auskenne. Vielleicht wollen sie uns im Moment wirklich nichts tun, aber es ist genauso schlimm, wenn sie wissen, wo ich wohne. Ganz zu schweigen von der Polizei. Mit der Wachsamkeit nachzulassen, nur weil sie ein paar Worte auf ein Blatt Papier gedruckt haben, wäre genau das Falsche.«

Da ist was dran, das muss Jona zugeben, auch wenn er nicht völlig überzeugt ist. Aber natürlich wird er Hannah den Gefallen tun und weiterhin aufpassen, um ihre Verfolger nicht versehentlich zu ihr zu führen.

In der Nähe des Theaters verabschieden sie sich voneinander. Diesmal verabreden sie sich gleich für den nächsten Tag, und diesmal ist es Hannah, die Jona zum Abschied kurz in den Arm nimmt.

Dann verschwindet sie in der Menge, ohne sich noch einmal umzudrehen.

2.

»Na, wie war dein Nachmittag?«, empfängt ihn Chris, als er ihr Zimmer im Internat betritt. Sein Freund ist ausnehmend gut gelaunt, das fällt Jona sofort auf.

»Ganz in Ordnung«, erwidert er ausweichend. »Und dein Treffen mit Lisa?«

»Spannend, Alter. Ich sage nur spannend.« Chris grinst über das ganze Gesicht.

»Nun komm schon, raus damit.« Jona merkt, dass sein Freund nur darauf wartet, mit dem Erlebten herausplatzen zu dürfen.

»Sie hat mir von deinem Besuch bei ihrem Vater und ihrer Tante berichtet. Weißt du eigentlich, dass der alte Kuijper zu den zehn reichsten Männern Belgiens gehört?«

Jona schüttelt den Kopf. »Ist mir auch ziemlich egal. Solange ich da nicht mehr hinmuss …«

»Er muss dich ganz schön zugetextet haben, hat Lisa gemeint.«

»Das kannst du laut sagen. Lisa hat mir fast ein wenig leidgetan.«

»Das sagst du?« Chris blickt ihn erstaunt an. »Ich denke, du hast für Lisa Kuijper nichts übrig.«

»Hab ich auch nicht«, sagt Jona. Zugleich muss er unwillkürlich daran denken, was er empfunden hat, als er ihre Wange an seiner gespürt hat. Aber das war, dessen ist er sich inzwischen sicher, nur eine momentane Verwirrung, verursacht dadurch, dass er sich mit Mädchen so gut wie gar nicht auskennt.

»Na ja, jedenfalls scheint sie dich wirklich zu mögen. Ich verstehe überhaupt nicht, warum die Mädels auf einmal so auf dich fliegen. Erst Lisa, dann diese Hannah. Wer weiß, wer als Nächstes kommt.«

»Es wird keine Nächste geben«, erwidert Jona und ist selbst überrascht von der Gewissheit, mit der er diese Worte ausspricht.

»Alter, wir sind gerade mal sechzehn. Da wird es für uns beide noch jede Menge Nächste geben. Das hoffe ich jedenfalls.«

Jona, der bislang am Fenster gestanden hat, lässt sich auf sein Bett plumpsen. Aus seinem Nachttisch holt er eine Packung Apfelsaft und trinkt sie ohne abzusetzen halb leer.

»Jedenfalls finde ich es cool, dass du dich mit Lisa triffst«, sagt er. »Hast du sie wegen des Jahresballs gefragt?«

Christopher hebt abwehrend die Hände. »So weit ist es noch lange nicht, Alter. Ich halte mich bedeckt. Außerdem bist du bei ihr am Zug, da dränge ich mich nicht dazwischen.«

»Meine Genehmigung hast du.« Jona hält ihm den Saft hin. »Willst du?«

»Danke.« Chris nimmt die Packung und trinkt einen Schluck. »Du bist dir also sicher bei Lisa?«

»Absolut. Ich wollte nie was von ihr und will es auch jetzt nicht.«

Chris wandert im Zimmer herum. »Mann, wenn uns das vor ein paar Tagen jemand gesagt hätte. Da waren wir noch glücklich und unverdorben. Und jetzt? Frauengeschichten! Der Ernst des Lebens hat begonnen.«

Chris sagt das mit einer solchen Leichenbittermiene, dass Jona lachen muss. »Nun übertreib mal nicht. Du kannst dich da ja auch völlig raushalten. Niemand zwingt dich, dich mit Lisa Kuijper zu treffen.«

»Es gibt Angebote, die kann man nicht ausschlagen«, zitiert Chris den *Paten*, einen seiner Lieblingsfilme.

»Aber es gibt auch Angebote, die sollte man ausschlagen, wenn man seine Tage in Ruhe verbringen möchte.«

»So wie du.« Chris bleibt vor ihm stehen und deutet mit der Apfelsaftpackung auf ihn. »Du bist ja völlig hin und weg, seitdem dich Hannah fast über den Haufen gerannt hat. Aber im Gegensatz zu mir, der ich dir alles berichte, erzählst du gar nichts. Ein schöner Freund bist du!«

Jona nimmt ihm den Saft aus der Hand und stellt ihn zurück in den Nachttisch. Er hat Chris bisher noch nichts von dem Drohbrief gesagt, weil er ihn da nicht auch noch mit reinziehen will. Wer weiß, vielleicht wird er ebenfalls schon beobachtet? Immerhin waren sie zusammen bei *Olympos* und wurden beide von der Kamera gefilmt. Und dann muss er noch daran denken, wie Chris reagiert hat, als er sich zum ersten Mal mit Hannah getroffen hat. Er, Jona, sollte aufpassen, damit sie nicht in irgendwas mit reingezogen werden. Deshalb hat er nichts von dem Brief berichtet. Und die anderen Sachen, die Hannah ihm erzählt hat, waren für seine Ohren bestimmt und nicht für Chris. Aber das will er seinem Freund so deutlich nicht sagen. »Weil es nicht viel zu berichten gibt. Wir gehen spazieren, unterhalten uns, das ist alles.«

»Wie langweilig«, sagt Chris. »Apropos – hast du eigentlich noch mal was von Maarten gehört?«

»Kein Wort. Aber das ist ja jetzt auch nicht mehr notwendig. Ich hab dir doch gesagt, der knöpft uns die Kohle ab und fertig.«

»Tja, die Welt ist schlecht«, philosophiert Chris. »Aber einen Versuch war's wert.«

»Das war's.« Jona erhebt sich von seinem Bett und geht zu seinem Schreibtisch. »Und jetzt ist es, fürchte ich, Zeit, noch ein paar Hausaufgaben zu erledigen.« Er nimmt ein dünnes Buch vom Stapel und schlägt es auf.

»Lateinische Vokabeln!«, ruft Chris mit gespieltem Entsetzen. »Alter, du bist nicht mehr zu retten!«

Aber das ist genau das, was Jona jetzt braucht, um seine Gedanken zur Ruhe zu bringen.

War der Tag gestern noch sonnig und warm gewesen, so kündigt sich heute der Herbst mit Macht und mit einem lang anhaltenden Regenschauer an. Die Tropfen prasseln gegen die Fensterscheiben und laufen in endlosen Strömen daran herab. Den Touristen macht das nichts aus; alle paar Minuten kommt eine Gruppe vorbei, die in Richtung Beginenhof zieht, und zwischendrin klappert immer mal wieder eine Kutsche durch die schmale Gasse.

Als Jona durch den Regen gehastet kommt und die Tür zum *Zoetekoeke* aufstößt, ist Hannah noch nicht da. Die Frau hinter der Theke scheint sich an ihn zu erinnern, denn sie nickt ihm freundlich zu, so wie man einen regelmäßigen Gast begrüßt. Jona sucht sich einen freien Tisch und bestellt einen Tee. Noch bevor die Tasse und die zugehörige Glaskanne vor ihm stehen, kommt auch Hannah an. Fast hätte er sie nicht erkannt in ihrem dunkelblauen Anorak und der abgewetzten Lederhose.

Jona springt auf, um Hannah zur Begrüßung zu drücken, so, wie sie sich gestern verabschiedet haben, aber sie scheint das gar nicht zu bemerken. Nachdem sie den Anorak ausgezogen und aufgehängt hat, sucht sie erst in ihrer Umhängetasche herum, bevor sie zu seinem Tisch kommt. Regentropfen glänzen ihr auf Gesicht und Händen, von denen sie ihm eine entgegenstreckt.

»Hoi«, begrüßt sie ihn.

»Hoi«, erwidert Jona, der seine Enttäuschung nur schwer verbergen kann. Sind die Mädchen alle so, fragt er sich, oder ist es nur Hannah, die so unberechenbar ist?

Trotzdem kramt er in seinen Hosentaschen nach einem sauberen Papiertaschentuch, das er ihr hinstreckt. »Zum Trockenwischen«, sagt er.

Hannah fährt sich mit dem Tuch über die Stirn und die Wangen. Dann setzt sie sich ihm gegenüber hin, denn durch die regennassen Scheiben ist für die Vorbeigehenden kein Blick ins Innere des Cafés möglich. Das *Zoetekoeke* scheint so was wie ihr Stammlokal zu werden, denkt Jona.

»Was ist los?«, fragt er. »Ärger?«

»Der übliche Stress«, erwidert Hannah in verächtlichem Ton. »Fast hätten sie mich im Zug erwischt.«

»Wer? Die Polizei?«

»Quatsch, die Schaffner.«

»Ah.« Jona überlegt kurz. »Lohnt sich der Ärger für die paar Euro?«

»Es geht mir nicht ums Geld, sondern ums Prinzip«, sagt sie entschieden. »Ich finde, öffentliche Verkehrsmittel sollten kostenlos sein.«

»Und deshalb praktizierst du das schon mal.«

»Solltest du auch mal probieren. Da bleibst du zumindest wach im Zug.«

Jona muss grinsen. »Ich mag es lieber etwas entspannter.«

Hannah atmet tief durch. »Wahrscheinlich hast du recht. Aber es fällt mir schwer, gegen meine Überzeugungen zu handeln.«

»Es macht das Leben manchmal ein wenig leichter«, meint Jona. »Und deine Überzeugungen musst du deshalb ja nicht aufgeben.«

»Ich weiß nicht ... Wenn ich nicht nach meinen Überzeugungen lebe, was sind sie dann wert?«

Jona wird vor einer Antwort durch die Cafébesitzerin bewahrt, die Hannahs Bestellung aufnimmt. Er will sie gerade danach fragen, ob sie etwas über die Leute herausgefunden hat, die hinter ihr her sind, als die Tür aufgestoßen wird und eine hagere Gestalt eintritt, das Gesicht fast völlig unter der Kapuze verborgen. Als der Neuankömmling sich aus seinem Anorak schält, erkennt Jona verblüfft, dass es Willem ist, der Hausmeister des Internats.

Willem scheint ebenso erstaunt zu sein, Jona hier anzutreffen. Er kommt auf den Tisch zu, an dem Jona und Hannah sitzen, die ihm den Rücken zukehrt.

»Hoi, Jona«, grüßt Willem und lächelt. Hannah dreht sich um, um zu sehen, wer da hinter ihr steht.

Sie erstarrt.

Jona blickt von einem zum anderen. Was ist hier los?

»Hej, Jan«, sagt Hannah schließlich.

Jan? Wieso Jan?

»Hoi, Hannah«, erwidert Willem. Er scheint überhaupt nicht überrascht zu sein. Und Jona muss unwillkürlich an

Willems Reaktion im Schulflur denken, als er aus dem Verhör mit dem Polizeibeamten kam und dem Hausmeister gegenüber Hannahs Namen erwähnte.

Jona bedeutet Willem, sich zu setzen. »Klärt mich einer von euch mal bitte auf, woher ihr euch kennt?«

Willem hängt seinen Anorak an einen Kleiderhaken an der Wand und setzt sich zwischen Jona und Hannah.

»Was für ein Zufall«, sagt er.

»Ich glaube nicht an Zufälle.« Hannahs Stimme klingt aggressiv, und Jona hat den Eindruck, sie ist bereit, jeden Moment aufzuspringen und aus dem Café zu stürzen.

Die Frau hinter der Theke wirft einen fragenden Blick zu ihnen herüber. Jona hebt die Hand und macht eine beschwichtigende Geste, dass alles in Ordnung ist. Aber gar nichts ist in Ordnung.

»Also, wieso Jan?«, fragt er.

»Weil ich ihn als Jan Havelaer kenne«, sagt Hannah. »Und du?«

»Ich kenne ihn als Willem Morbeke«, erwidert Jona. »Er ist bei uns im Internat Hausmeister.«

Hannah sieht Willem fragend an. »Vom Wissenschaftler zum Hausmeister? Was für eine interessante Karriere.«

Willem ignoriert ihren Sarkasmus. »Ich glaube, wir sollten Jona darüber aufklären, woher wir uns kennen.«

»Jan – oder Willem, wie er sich jetzt nennt – war früher einmal der Assistent meines Großvaters«, erklärt Hannah.

Willem lächelt traurig. »Aber deshalb vertraust du mir trotzdem nicht.«

»Ich vertraue *niemandem*«, sagt Hannah.

Jona spürt einen Stich im Herzen. Sie vertraut niemandem? Auch ihm nicht? Meint sie das ernst oder ist das nur eine Art Redewendung für sie?

»Es ist schon merkwürdig, dass du hier auftauchst«, fährt Hannah fort. »Und erzähl mir jetzt nicht wieder, das sei ein Zufall und du bist nur gerade so vorbeigekommen und hattest Lust auf einen Kaffee.«

Bevor Willem antworten kann, bringt die Besitzerin des Cafés Hannahs Saft und fragt ihn, was er trinken möchte. Er bestellt einen Milchkaffee.

»Sonst alles in Ordnung hier?«, fragt die Frau. Jona weiß, dass sie damit nicht meint, ob sie noch etwas bestellen möchten.

»Alles gut«, antwortet Hannah. Die Frau scheint nicht ganz überzeugt zu sein. Sie sieht Willem streng an und kehrt dann hinter die Theke zurück.

»Ich merke schon, ihr habt eine Beschützerin«, versucht Willem zu scherzen. Als keiner von ihnen darauf reagiert, atmet er tief durch. »Also schön, ich gebe zu, ich bin euch gefolgt. Als Jona mir vorgestern in der Schule erzählte, dass er eine Hannah kennt, die von der Polizei gesucht wird, habe ich eins und eins zusammengezählt und mir gedacht, dass du das bist. Also bin ich Jona heute nachgegangen. So habe ich euch hier aufgespürt.«

Hannah wirft Jona einen vorwurfsvollen Blick zu. »Und du hast nicht gemerkt, dass er hinter dir hergestiefelt ist?«

Hannahs Wangen sind vor Erregung gerötet, und Jona findet, dass sie so noch schöner aussieht als sonst.

»Sorry.« Er senkt schuldbewusst den Blick. »Ich hab auf Jogginghose geachtet, nicht auf Willem.«

»Dann wollen wir doch mal von Jan oder Willem hören, warum er sich unbedingt mit uns treffen wollte.« Hannahs Ton ist immer noch unversöhnlich.

»Das ist eine längere Geschichte«, hebt Willem an. Er macht eine kleine Pause, während die Cafébesitzerin ihm seinen Milchkaffee hinstellt. »Und sie kommt euch vielleicht völlig fantastisch vor. Aber ich bitte euch, sie anzuhören und nicht vorschnell ein Urteil zu fällen.« Er nimmt einen Schluck von seinem Kaffee. »Kennt ihr die Geschichte von den Kugelmenschen?«

Hannah und Jona schütteln die Köpfe.

»Die Legende findet sich in den Schriften des griechischen Philosophen Platon. Sie besagt, dass in uralten Zeiten die Erde von Wesen bewohnt wurde, die zwei Gesichter hatten, vier Beine und vier Arme. Ihr Körper war kugelrund, daher der Name. Die Kugelmenschen waren ausgesprochen kräftig, und sie waren die freundlichsten und glücklichsten Wesen, die man sich nur vorstellen kann.«

»Aber dann …«, wirft Jona ein, denn so geht es in den Märchen und Sagen, die er kennt, immer weiter.

»Genau, aber dann«, nickt Willem. »Dann kamen die griechischen Götter ins Spiel. Sie betrachteten die Kugelmenschen mit großem Misstrauen, weil diese so perfekt waren. Denn das waren die Götter selbst nicht, wie wir aus den griechischen Sagen nur zu genau wissen.«

»Sie waren also eifersüchtig«, wirft Hannah ein.

»Eifersüchtig und auch besorgt. Vielleicht kämen diese perfekten Wesen eines Tages auf den Gedanken, die weniger perfekten Götter nicht mehr zu verehren? Das konnte auf keinen Fall zugelassen werden. Also setzten sie sich zusammen und berieten, was sie dagegen tun könnten. Umbringen wollten sie die Kugelmenschen nicht, das wäre dann doch eine sehr drastische Maßnahme gewesen. Schließlich kam Zeus, der Göttervater, auf eine Idee. Er schlug vor, die Kugelmenschen zu halbieren, um sie auf diese Weise zu schwächen. Dann wären sie nicht mehr perfekt und würden keine Gefahr für die Götter darstellen. Und so geschah es. Die Götter riefen die Kugelmenschen unter einem Vorwand zusammen, und diese folgten dem Aufruf arglos. Als alle versammelt waren, bombardierte sie Zeus mit Blitzen. So wurden alle Kugelmenschen in der Mitte zerteilt. Übrig blieben die Menschen, wie wir sie heute kennen, mit einem Gesicht, zwei Armen und zwei Beinen.«

»War's das?«, fragt Hannah, die so wenig wie Jona weiß, worauf Willem mit seiner Geschichte hinauswill.

»Nicht ganz. Zur Sicherheit verteilten die Götter die Menschen noch über die ganze Welt, damit nur keiner seine andere Hälfte wiederfinden konnte. Für die Menschen aber bedeutete das, so schreibt Platon, den Beginn einer unstillbaren Sehnsucht. Jeder Mensch sehnt sich seitdem nach seinem Gegenüber, dem fehlenden Teil, ohne das er sich nicht vollständig fühlt. Die Suche nach der *einen* großen Liebe ist also in Wirklichkeit die Suche nach der fehlenden Hälfte.«

Jona wirft Hannah einen vielsagenden Blick zu. »Das heißt, es gibt nur einen Menschen auf dieser Welt, mit dem ich absolut glücklich bin. Mein perfektes Gegenstück sozusagen.«

Willem nickt. »So ist es. Zumindest dann, wenn man der Legende Glauben schenkt.«

»Aber es ist doch nur ein Märchen«, wirft Hannah ein. »Oder glaubst du etwa wirklich daran?«

»Nun, die Geschichte ist noch nicht ganz zu Ende.« Willem leert sein Kaffeeglas mit einem langen Zug. »Es gibt nämlich noch eine weitere Legende, die aber nur wenige Eingeweihte kennen und die Platon nicht erwähnt hat.«

»Und du kennst sie?«, fragt Hannah skeptisch.

»Zufällig ja.« Willem beugt sich vor und senkt die Stimme zu einem Flüstern. »Angeblich soll Aphrodite, die Göttin der Liebe, nicht damit einverstanden gewesen sein, die Kugelmenschen zu teilen. Deshalb hat sie eine Liste angelegt, in der jeder Mensch und sein einzigartiges Gegenstück verzeichnet sind. Und zwar nicht nur für die damalige Zeit, sondern in alle Ewigkeit.«

»Ein Buch, das die Namen aller Menschen enthält, die jemals gelebt haben, leben oder leben werden? So wie ein Adressbuch, in dem ich einfach nur nachschlagen muss, um mein fehlendes Gegenstück zu finden?« Jona schüttelt den Kopf. »Entschuldigung, aber das ist doch wirklich völliger Nonsens. So ein Buch wäre Millionen Seiten dick!«

Willem lehnt sich zurück und presst die Augen zusammen, bis sie nur noch zwei schmale Schlitze sind. Zum ersten Mal merkt Jona, dass hinter dem Gesicht des freundlichen Hausmeisters noch eine andere Persönlichkeit steckt, wenn er auch noch nicht erkennen kann, welche genau.

»Es wird nie der Mensch fliegen«, erwidert Willem.

»Und was soll das nun wieder heißen?«, fragt Hannah irritiert.

»Das ist aus einem Gedicht von Bertolt Brecht«, erklärt Jona, denn das haben sie zufällig vor ein paar Monaten durchgenommen. »Es heißt *Der Schneider von Ulm*. Der Schneider hat eine Flugmaschine erfunden, aber der Bischof von Ulm verspottet ihn mit dem Satz ›Es wird nie der Mensch fliegen‹. Der Schneider kommt bei seinem Flugversuch um und der Bischof wiederholt triumphierend seinen Ausspruch.«

»Aha.« Hannah starrt Willem verständnislos an. »Und was haben die Kugelmenschen mit dem Schneider zu tun?«

»Dein Freund bezeichnet die Geschichte als Nonsens. Ich wollte ihn nur darauf hinweisen, dass er sich einen offenen Geist bewahren sollte.«

»Ich finde es auch schwierig, sich einen offenen Geist zu bewahren für ein Buch, das Millionen Seiten dick ist. Und erzähl mir nicht, dass du daran glaubst.« Hannah schüttelt den Kopf. »Ich habe dich immer für einen vernünftigen Menschen gehalten, und jetzt kommst du mit solchen Geschichten an.«

»Und was glaubst du, warum sie hinter dir her sind?«

»Woher weißt du das?« Sofort ist Hannah wieder auf Angriffskurs.

»Jona hat mir von dem Besuch des Inspektors in der Schule erzählt. Und sein Freund Chris hat mir von eurer ersten Begegnung berichtet, bei der du offensichtlich auf der Flucht warst. Und von der Software, die du geschrieben hast.«

Chris, die alte Schwatznase! Wieso verrät er Willem das? Jona nimmt sich vor, ihm heute Abend gehörig die Meinung zu sagen.

Hannah scheint mit der Antwort erst einmal zufrieden zu sein. »Sie sind hinter meiner Software her, nehme ich an. Aber was hat die mit deinen Kugelmenschen zu tun? Da geht es nur …«

Hannah stockt mitten im Satz.

Und auch Jona fällt es auf einmal wie Schuppen von den Augen.

»*Verdomme*!«, flucht Hannah und springt auf. Polternd kippt ihr Stuhl um, und alle Augen in dem kleinen Café richten sich auf sie.

Hannah stürmt die schmale Treppe zu den Toiletten hoch. Jona macht eine beschwichtigende Handbewegung, während Willem sich vorbeugt und den Stuhl wieder aufrichtet. Er nickt der Frau hinter der Theke mit einem Lächeln und einem Schulterzucken zu, so als wollte er sagen: Junge Leute, was soll man machen?

Das Interesse der Besucher lässt rasch nach, und als Hannah nach einigen Minuten wieder zurückkommt, scheinen alle den Vorfall vergessen zu haben.

Eine Minute starren sie sich abwechselnd in die Augen und auf den Tisch. Dann sagt Hannah: »Selbst mal angenommen, meine Software und dieses Buch, sofern es denn existiert, würden in irgendeiner Verbindung zueinander stehen – woher kommt es, dass du so viel darüber weißt?«

»Die Frage hatte ich eigentlich viel eher erwartet«, erwidert Willem. »Eines habe ich euch nämlich noch nicht erzählt. Es gibt eine Gruppe mächtiger Leute, deren höchstes Ziel es ist, das *Buch der Aphrodite* in die Finger zu kriegen, um es zu vernichten. Und das sind nicht irgendwelche Spinner, sondern einflussreiche Menschen. Politiker, Geschäftsleute, hohe Beamte und so. Seit Jahrhunderten sind sie hinter dem Buch her.«

Er bemerkt die skeptischen Blicke von Hannah und Jona. »Ich weiß es genau, denn ich habe vor vielen Jahren eine ziemlich unangenehme Begegnung mit diesen Leuten gehabt. Ich habe einmal an der Universität von Gent gearbeitet, mit den besten Aussichten auf eine Professorenstelle. Das habe ich alles verloren, weil ich den falschen Leuten in die Quere gekommen bin. Deshalb auch der Namenswechsel, sonst hätte ich nie wieder eine Anstellung hier in der Gegend gekriegt.«

»Heißt das, diese Leute, die hinter dem Buch her sind, gibt es auch hier in Belgien?«, fragt Jona.

Willem nickt. »Und ganz besonders in Brügge. Seit vielen Jahren hält sich in gewissen Kreisen hartnäckig das Gerücht, dass das *Buch der Aphrodite* hier in Brügge oder in der Nähe versteckt ist. Das hat sie natürlich angezogen wie das Aas die Geier. Ihr seid da in eine sehr gefährliche Sache reingeraten, fürchte ich.«

»Das Buch!«, ruft Jona. »Das muss das Buch sein, das in dem Brief erwähnt wird!« Er kramt den Zettel aus der Tasche, den man ihm in die Pommesschale geworfen hat, und legt ihn auf den Tisch. »Damit wäre auch das erklärt.«

»Und das ist dann zugleich die Verbindung«, sagt Hannah.

»Weil deine Software ja auch etwas damit zu tun hat, dass sich zwei Menschen finden«, ergänzt Jona.

So wie wir, hätte er beinahe hinzugefügt, kann sich das aber gerade noch verkneifen. Aber vielleicht liegt er da gar nicht so falsch? Diese Anziehungskraft, die er und Hannah trotz aller Unterschiede aufeinander ausüben, diese Selbstverständlichkeit im Umgang mit ihr, die er empfindet, so als würde er sie schon viele Jahre kennen und nicht erst ein paar Tage – vielleicht steckt wirklich mehr dahinter als nur ein Algorithmus zum Partner-Matching?

Willem hat die Nachricht inzwischen überflogen. »Ich denke, Jona ist auf der richtigen Spur«, pflichtet er ihm bei. »Deine Software muss ziemlich perfekt sein, sonst wärst du denen nicht aufgefallen.«

»Okay«, sagt Jona. »Versuchen wir doch mal, uns in unsere Verfolger reinzuversetzen. Sie sind also hinter dem Buch her. Und sie vermuten auch, jemand könnte das Buch nutzen, um daraus Profit zu schlagen.«

»Deshalb überwachen sie das Web«, führt Hannah

seinen Gedanken fort. »Partnervermittlung spielt sich heute vorwiegend im Internet ab, also treffen sie auch da ihre Vorsichtsmaßnahmen.«

»Dann bekommst du den Auftrag, einen Algorithmus für eine neue Dating-Plattform zu entwickeln. Und der ist so gut, dass die Frühwarnsysteme unserer Verfolger Alarm schlagen und sofort deinen Rechner lahmlegen.«

»Weil sie offenbar davon ausgehen, dass ich das Buch habe und die Informationen daraus in mein Programm habe einfließen lassen.«

»Deshalb sind sie jetzt hinter dir her. Dumm nur, dass du das Buch überhaupt nicht besitzt.«

»Und wenn ich es besitzen würde, dann würde ich damit garantiert kein Geld machen, sondern es allen Menschen kostenlos zur Verfügung stellen.«

»Dann würde aber alle Welt wissen, dass du dieses Buch hast«, wendet Willem ein. »Wäre es nicht klüger, eine schöne Oberfläche und ein cleveres Programm darüber zu stülpen, damit niemand das wahre Geheimnis hinter den perfekten Matches erkennen kann?«

Jona schüttelt verzweifelt den Kopf. »Wie sollen wir denen bei solchen verzwickten Gedankengängen klarmachen, dass Hannah einfach eine verdammt gute Software entwickelt hat?«

»Die! Die! Immer diese mysteriösen ›die‹! Komm schon, Jan oder Willem, du weißt bestimmt mehr darüber!«, ruft Hannah.

Willem hebt beschwichtigend die Hände. »Nicht so

laut. Ja, ich weiß noch ein bisschen mehr, zum Beispiel, wie sich diese Gruppe nennt.«

»Und warum sie das Buch unbedingt vernichten wollen«, sagt Jona. »Das verstehe ich nämlich überhaupt nicht.«

»Oh, so schwer ist das nicht. Sie nennen sich *Custodes Societatis,* Beschützer der Gesellschaft also, abgekürzt CS. Sie wollen, dass in unserer Welt alles so bleibt, wie es ist, denn davon profitieren sie. Und das würden sie nicht, wenn jeder freien Zugang zum *Buch der Aphrodite* hätte.«

»Und wieso nicht?« Jona begreift einfach nicht, was an so einem Buch so gefährlich sein soll.

»Was passiert denn, wenn jeder Mensch auf einmal seinen Seelenpartner findet? Genau den Menschen, der ihn ganz macht, alle seine Sehnsüchte erfüllt? So jemand ist dann wahrscheinlich zufrieden und glücklich. Unsere Gesellschaft braucht aber Menschen, die unzufrieden und unglücklich sind. Die deshalb lange und hart arbeiten und ausgiebig konsumieren. Unsere gesamte Konsumgesellschaft könnte zusammenbrechen, wenn die Menschen auf einmal wirklich glücklich sind.«

»*Verdomme*«, wiederholt Hannah, diesmal allerdings etwas leiser.

Willem deutet auf den Zettel mit der Drohung. »Und du bist sicher, dass du das Buch nie in den Händen gehabt hast?«, fragt er Hannah.

Sie schüttelt den Kopf. »Das hab ich doch schon gesagt. Ich wohne seit zwei Jahren nur noch bei Freunden. Alles, was ich besitze, sind mein Notebook, ein paar Klamotten und Waschzeug.«

»Und dir hat niemand bei der Entwicklung deiner Software geholfen?«

Hannah verzieht den Mund. »Ich arbeite immer allein.«

»Hätte ja sein können, dass du eine Programmbibliothek übernommen hast oder so …«

»Nein, hab ich nicht. Die sind ganz einfach hinter der Falschen her. Die Frage ist nur, wie überzeuge ich diese CS davon, dass ich das Buch nicht habe? Wie werde ich sie wieder los?«

»Eine gute Frage«, sagt Willem. »Das dürfte ziemlich schwierig werden.«

»Vielleicht könnte man mit ihnen reden und sie davon überzeugen, dass sie auf der falschen Fährte sind«, meint Jona. Aber zugleich muss er an den Alten und seinen Hund denken, der keinen besonders gesprächsbereiten Eindruck gemacht hat.

»Und wie willst du das anfangen?«, fragt Hannah.

»Wir sprechen den Kerl in der Jogginghose drauf an, wenn er wieder auftaucht.«

»Was für ein Kerl in der Jogginghose?«, hakt Willem nach. Sie berichten von ihrem Verfolger, den Hannah Zippy nennt, wie Jona feststellt.

»Das ist bestimmt nur ein Handlanger«, sagt Willem.

»Aber er kann uns vielleicht zu seinen Bossen führen.«

»Das glaube ich nicht. Ich denke, er kennt diejenigen, die ihn beauftragt haben, nicht einmal. So etwas läuft stets über fünf Ecken, damit die wirklich wichtigen Entscheider der CS immer eine weiße Weste behalten.«

»Aber wir müssen doch irgendwas gegen diese Leute unternehmen können!« Jona hat sich selten so hilflos gefühlt. Wie soll man jemanden davon überzeugen, dass man etwas *nicht* hat?

»Was ist denn mit dem Buch?«, fragt Willem.

Hannah und Jona starren ihn an.

»Was soll mit dem Buch sein?«, fragt Jona.

»Na ja, wenn ihr es hättet, dann könntet ihr es euren Verfolgern geben und fertig.«

»Das meinst du jetzt nicht ernst«, sagt Hannah schließlich, nachdem sie ihre Verblüffung überwunden hat.

»Wir wissen ja nicht einmal, ob das Buch wirklich existiert«, ergänzt Jona. »Und wenn, wo sollen wir mit der Suche beginnen?«

»Aber wenn es der einzige Weg ist, euch diese Leute vom Hals zu schaffen?«, insistiert Willem.

»Vergiss es«, winkt Hannah ab. »Wie sollen wir in ein paar Tagen schaffen, was eine so mächtige Geheimgesellschaft in vielen Jahren nicht hinbekommen hat?«

Erneut schweigen sie einige Minuten, jeder in seine Gedanken versunken. Jona hat überhaupt keine Ahnung, wie sie es anstellen sollen. Sie haben ja nicht den kleinsten Hinweis darauf, wo sich das Buch befinden könnte! Wenn es wenigstens eine *klitzekleine* Spur gäbe, aber so …

»Und?« Hannah blickt in die Runde. »Irgendwer irgendeine Idee?«

Jona seufzt hörbar. Auch Hannah und Willem scheinen nicht weiterzuwissen.

»Wir sollten uns auf morgen vertagen«, schlägt Jona vor. »Dann haben wir Zeit, über alles noch einmal nachzudenken. Vielleicht kommt ja einer von uns auf eine Idee, wie wir aus dieser Sache rauskommen können.«

»Ich weiß nicht ...«, sagt Hannah zweifelnd. »Irgendjemand ist in den letzten Jahren immer hinter mir her gewesen, und jedes Mal hat sich die Aufregung nach einiger Zeit wieder gelegt. Warum sollte es diesmal anders sein?«

»Weil dir diesmal nicht einfach irgendwer was heimzahlen will. Diesmal wollen sie etwas von dir haben. Und so, wie ich diese Leute kenne, werden sie gar nichts vergessen, sondern alles tun, um ihr Vorhaben in die Tat umzusetzen.« Willem beugt sich vor. »Versprecht mir, ab jetzt ganz besonders vorsichtig zu sein. Ich habe keine Lust, einen von euch irgendwann aus einer Rei zu fischen.«

Jona spürt, wie ernst der Hausmeister es mit seinen Worten meint. Auf einmal ist aus dem Abenteuer etwas geworden, mit dem er nie und nimmer gerechnet hätte. Und er kann nicht sagen, dass es ihm gefällt. Zugleich wird ihm bewusst, dass Willem die Antwort auf Hannahs Frage danach, woher er das eigentlich alles weiß, geschickt umgangen hat.

Sie kommen überein, sich am nächsten Tag wieder hier zu treffen, in der Hoffnung, dass einer von ihnen eine Idee für das weitere Vorgehen hat. Bis dahin bleibt Hannah und Jona nichts weiter übrig, als zu recherchieren, was es mit dieser ganzen Geschichte auf sich hat.

»Erwartet nicht zu viel davon«, dämpft Willem ihre Hoffnungen. »Ich glaube eher, dass Hannah der Schlüssel zur Lösung ist. Denk einfach noch mal nach, ob du nicht doch irgendwann einmal mit dem Buch in Berührung gekommen sein könntest, zum Beispiel während eines deiner Aufenthalte bei deinem Großvater.«

Hannah zuckt mit den Schultern. Das kann »Vielleicht« bedeuten, aber auch: »Das wird nichts bringen«.

Als sie vor die Tür treten, hat der Regen aufgehört, lediglich ein kalter Wind pfeift durch die Gassen der Stadt.

Willem verabschiedet sich mit wenigen Worten und verschwindet in Richtung Katelijnenstraat. Jona besteht darauf, Hannah bis zum Bahnhof zu begleiten, der nicht weit vom Internat entfernt liegt. Schweigend stemmen sie sich gegen den aufgefrischten Wind, jeder in seine Gedanken vertieft. Das Kopfsteinpflaster glänzt im Licht der Straßenlaternen, die sich wegen des wolkigen Himmels schon früher eingeschaltet haben als sonst.

»Was hältst du von der Sache mit der Seelenverwandtschaft?«, bricht Jona schließlich das Schweigen.

»Eine schöne Geschichte, aber deshalb muss sie nicht wahr sein.«

»Du glaubst also nicht dran?«

Hannah zuckt mit den Schultern. »Ich weiß nicht. Wie soll man erkennen, ob man seinen Seelenverwandten getroffen hat? Er oder sie wird ja kein Schild um den Hals tragen. Und was heißt das überhaupt, seelenverwandt?

Dass man dieselben Interessen hat? Dass man dieselben Dinge mag, dieselben Grundüberzeugungen teilt?«

Jona nickt. Die Frage hat er sich auch gestellt. Ist das, was er für Hannah empfindet, etwas Besonderes? Oder ist das ganz normal, wenn man sich in jemanden verliebt?

»Ich glaube, man erkennt erst nach längerer Zeit, ob das Gegenüber seelenverwandt ist oder nicht«, sagt Hannah. »Anfangs ist doch immer alles rosig und toll. Aber dann kommt die Zeit, in der man sich näher kennenlernt, mit all seinen Fehlern, und dann erst merkt man wirklich, was der andere für einen bedeutet.«

Sie spricht, als hätte sie schon solche Erfahrungen gemacht, und Jona spürt einen Stich im Herzen. Er kann hier überhaupt nicht mitreden. Also nickt er wortlos.

»Was ist deine Meinung dazu?«, fragt Hannah ihn.

»Keine Ahnung.« Und er muss an das denken, was Lisas Vater gesagt hat. »In vielen alten Legenden steckt ein wahrer Kern. Warum sollte das hier nicht auch der Fall sein?«

»Angenommen, es stimmt. Was ist dann der Kern und was ist frei erfunden?«

Jona überlegt kurz. »Na, das mit dem Buch natürlich. Das müsste ja eine ganze Bibliothek sein. Ich habe mal gelesen, dass bereits über hundert Milliarden Menschen gelebt haben. Wenn man das auf die Zukunft ausdehnt, dann kommt da locker mehr als eine Billion zusammen, sofern nicht vorher ein Komet der Welt den Garaus macht. Das Buch müsste also Millionen von Seiten haben.«

»Und heute passt eine solche Menge locker auf eine

winzige tragbare Festplatte.« Hannah stutzt. »Vielleicht ist das *Buch der Aphrodite* gar kein Buch im klassischen Sinn, sondern eine Art historischer Datenspeicher.«

»Jedes Buch ist ein Datenspeicher«, korrigiert Jona sie.

»Klar, das weiß ich auch. Aber dieses Buch kann nicht nur aus den Wörtern auf seinen Seiten bestehen. Es muss mehr dahinterstecken. Die Leute, die danach suchen, sind ja nicht blöd.«

»Dann hat Willem uns nicht alles erzählt.«

»Das nehme ich an. Deshalb traue ich ihm auch nicht.«

»Du traust ja *niemandem.*« Jona beißt sich auf die Lippen. Zu spät. Das ist ihm einfach so rausgerutscht, und es klingt auch noch wie ein Vorwurf.

Hannah hält an und dreht sich zu ihm hin. Sie blickt ihm tief in die Augen. »Doch, dir traue ich.«

Ein paar Sekunden stehen sie so da. Dann nimmt Jona ihre Hand und drückt sie wortlos.

»Zumindest hat Willem uns einige Informationen geliefert«, sagt er, als sie ihren Weg fortsetzen. »Ohne ihn wüssten wir überhaupt nicht, worum es hier geht.«

»Wir wissen nur, was er uns wissen lassen wollte. Den Rest müssen wir selbst rausfinden. Damit werde ich gleich anfangen, wenn ich zurück bin.«

Vor ihnen liegt der riesige Bahnhofsvorplatz. Pendler und Besucher manövrieren um die Pfützen herum zum Stationsgebäude - eine Szene, die so gar nicht zu dem Brügge passen will, aus dem sie gerade herausgetreten sind wie aus einem Mittelalterpark, denkt Jona.

Hannah umarmt ihn kurz zum Abschied, flüstert ihm »Ich melde mich« ins Ohr, dann läuft sie über die breite Straße, die Stadt und Bahnhof trennt. »Nicht schwarzfahren!«, ruft ihr Jona hinterher, aber er ist sich nicht sicher, ob sie ihn gehört hat. Und wenn doch, ob sie seinen Rat befolgt.

Er wartet noch, bis Hannah im Bahnhofsgebäude verschwunden ist, bevor er kehrtmacht und zum Internat zurückgeht. Seine Gedanken sind bei ihr. Sie ist es schließlich, die in viel größerer Gefahr schwebt als er. Auch wenn sie immer so selbstbewusst tut – er hat gespürt, dass sie diese Sache nicht kaltlässt.

Einer plötzlichen Eingebung folgend, zieht er sein Smartphone heraus und textet eine kurze Mitteilung an sie. Egal, ob er das soll oder nicht. Er will einfach irgendwie bei ihr sein, auch wenn es nur mit ein paar Worten ist.

»Mach dir keine Sorgen, ich glaube, ich hab eine Idee. Alles wird gut. Gute Nacht, Jona«, schreibt er und setzt noch einen Smiley dahinter.

Jetzt fehlt nur noch die Idee.

1.

Nach einer heftigen Auseinandersetzung mit Chris über sein loses Mundwerk gegenüber Willem fällt Jona in einen traumlosen Schlaf, aus dem er mitten in der Nacht erwacht.

Und dann kann er nicht wieder einschlafen.

Unruhig wälzt er sich im Bett hin und her, springt schließlich auf, um sich ein Glas Wasser zu holen.

Wie soll er, wie sollen sie aus dieser Sache bloß wieder rauskommen? Und wie kann er sein Versprechen Hannah gegenüber einlösen?

»Alter«, tönt es verschlafen aus Chris' Zimmerecke. »Bist du jetzt unter die Schlafwandler gegangen?«

Jonas Ärger über Chris ist verraucht. Er kann seinem Freund nicht lange böse sein. Und auch Chris scheint den Streit von vorhin vergessen zu haben.

»Ich muss einen Weg finden, um Hannah zu helfen. Aber ich weiß einfach nicht wie.«

Chris wirft die Bettdecke zurück, setzt sich auf und knipst die Nachttischlampe an. »Traust du mir noch genug, um mir zu erzählen, was los ist?«

»Klar.« Jona stellt das Glas ab und hockt sich neben seinen Freund. Er berichtet von dem anonymen Brief und von dem Buch, nach dem ihre Verfolger suchen. »Hannah scheint davon unberührt, aber ich glaube, diese Leute machen Ernst und werden ihr wirklich etwas antun.«

»Schwierig, schwierig«, murmelt Chris und gähnt. Geistesabwesend kratzt er sich am Arm. »Andererseits …«

Jona blickt seinen Freund gespannt an. Aber der hat die Augen geschlossen und sieht so aus, als würde er jeden Augenblick wieder aufs Bett zurückfallen.

Jona rüttelt ihn an der Schulter. »Hej, nicht einschlafen! Was wolltest du gerade sagen?«

Chris reißt die Augen auf. »Wer? Was?«

»Ganz ruhig, Mann«, besänftigt ihn Jona. »Du bist kurz weggenickt.«

»Oh sorry.« Ein weiteres langes Gähnen. »Was wollte ich gerade noch mal sagen?«

»Das weiß ich ja eben nicht!«, ruft Jona. »Du hattest eine Idee, wie man das Buch finden kann.«

»Ja, ich erinnere mich.« Chris legt die Hand gegen die Stirn. »Da war was. Aber es fällt mir nicht mehr ein.«

»Mach mich nicht fertig!« Jona springt auf und läuft im Zimmer auf und ab. »Du musst doch wissen, was du gerade gedacht hast!«

»Ich streng mich ja an«, beteuert Chris. »Vielleicht weiß ich es morgen früh wieder, wenn ich geschlafen habe.«

Jona lässt sich entnervt auf sein Bett fallen. »Das glaub ich zwar nicht, aber wenn du sicher bist, dass es dir jetzt nicht einfällt …«

»Echt, Alter, mein Kopf ist total leer.«

»Das gibts doch nicht!« Jona wirft verzweifelt die Arme in die Höhe. »Ich meine, das mit dem leeren Kopf nehm ich dir schon ab, so kenne ich dich ja, aber wie kannst du etwas vergessen, an das du gerade noch gedacht hast?«

»Warte mal …« Chris greift sich erneut demonstrativ an die Stirn. »Da kommt es wieder … Ja, ich glaube, das war es!«

Jona stöhnt. »Warum musst du nur immer um alles so ein Theater machen?«

»Ich verhalte mich ganz normal«, erwidert Chris in beleidigtem Ton. »Aber wenn du es nicht hören willst, können wir auch weiterschlafen.«

»Nein, nein, erzähl schon.«

»Ich dachte mir, das Geheimnis liegt unter Umständen irgendwo in der Software verborgen, die sie geschrieben hat. Sie hat Willem erzählt, dass der Code komplett von ihr stammt. Vielleicht hat sie da irgendwas reingeschrieben, an das sie sich selbst nicht mehr erinnert. Wenn man das untersucht, findet sich möglicherweise ein Hinweis. Oder es könnte sogar sein, dass ihr Proggie eine Datenbank anzapft, von der sie gar nichts weiß und in der die Namen aus diesem Buch stehen.«

Jona findet das zwar ziemlich weit hergeholt, hat aber auch keine bessere Idee.

»Gut«, erwidert er, »ich werde Hannah gleich morgen bitten, sich das noch mal alles genau anzugucken. Sofern sie das nicht schon selbst gemacht hat.«

»Dann wirst du ja jetzt hoffentlich schlafen können.« Chris gähnt und kriecht zurück unter seine Decke. »Gute Nacht.«

»Gute Nacht. Und danke.«

»Gern geschehen«, brummelt Chris, und Jona beneidet seinen Freund nicht zum ersten Mal um dessen gesunden Schlaf.

Er wird noch einige Zeit brauchen, bis er wieder die Augen schließen kann.

2.

Der Regen hat sich so schnell verzogen, wie er über das Land gekommen ist. Seit den frühen Morgenstunden scheint die Sonne, und was noch an Pfützen und Feuchtigkeit übrig war, ist schon nach wenigen Stunden verdampft.

Hannah sitzt auf dem Balkon der Wohnung ihrer Freundin. Das Haus liegt direkt hinter der Strandpromenade von Blankenberge und man hat einen wunderbaren Blick auf die Nordsee, die im Sonnenglanz strahlt und schimmert wie das Geschmeide einer Königin.

Nur dass Hannah sich nicht wie eine Königin fühlt.

Die Begegnung mit Willem gestern und seine Enthüllungen über das *Buch der Aphrodite* haben ihr ganz schön zugesetzt. Natürlich hat sie das ihre Begleiter nicht spüren lassen. Aber zurück in Blankenberge, in der menschenleeren Wohnung, ist sie fast zusammengebrochen.

Ihre Freundin, mit der sie über fast alles sprechen kann, ist für eine Woche irgendwohin verreist, und Hannah haben nichts als leere Räume erwartet. Nichts, was sie vor der Wucht ihrer Erkenntnisse hätte schützen können.

Sie wird gejagt. Von einer Geheimorganisation und der Polizei.

Sie soll etwas finden, von dem sie nicht einmal sicher ist, ob es existiert.

Sie hat Monate auf die Programmierung einer App verwendet, von der sie nicht weiß, ob sie jemals einen Cent dafür sehen wird. Wie soll sie dann ihre Schulden begleichen? Und ihre Freunde werden da mit reingerissen, denn der Auftraggeber, so viel wurde ihr verraten, ist ein großes Medienunternehmen, das sich nicht so leicht damit abfinden wird, zum vereinbarten Zeitpunkt kein fertiges Produkt zu erhalten.

Ihre Freunde haben ihr einen Gefallen getan, als sie ihr den Job verschafft haben. Und was bekommen sie dafür zurück? Nada.

Ihr Leben ist ziemlich im Eimer.

Den ganzen gestrigen Abend hat sie sich dem Selbstmitleid hingegeben, bis ihr die Augen zugefallen sind, und der heutige Morgen ist der beste Beweis gegen den Spruch »Morgen sieht alles besser aus«.

Nichts sieht besser aus heute Morgen.

Vor allem hat sie nach wie vor keinen Anhaltspunkt, wie sie aus der Sache rauskommen können. Jona hat zwar etwas von einer Idee getextet, aber das ist wohl eher als kleiner Trost zu verstehen. Sie glaubt nicht, dass er wirklich eine Lösung gefunden hat.

Aber die Geste ist nett. So, wie er überhaupt nett ist. Nicht die Art von Typen, mit denen sie seit Jahren zu tun hat, die entweder verschüchterte Nerds oder narzisstische Egomanen sind.

Nein, Jona Schneider ist ganz normal.

Etwas, das sie bisher immer strikt abgelehnt hat.

Denn normal ist spießig. Normal ist langweilig. Normal ist fantasielos. Normal ist gesetzestreu und grau, Mainstream und Konsum.

Normal waren die Mitschüler in ihrer Klasse, die sich über ihre Mutter und ihre kaputten Klamotten lustig gemacht haben.

Normal waren die Lehrer, die ihr Verwarnungen geschrieben haben, weil sie keine ordentlichen Schulhefte dabeihatte.

Normal waren die Sozialarbeiter, die sie besuchten, wenn sie wieder mal die Schule geschwänzt hatte, und ihr gute Ratschläge gaben.

Normal war alles, was sie verabscheute.

Und jetzt ist da Jona, den sie mag, obwohl er so normal ist.

Nein, nicht einfach *mag*. Sie empfindet viel mehr.

Und das verwirrt sie zusätzlich.

Das soll also der perfekte Partner für sie sein?

Kommt es daher, dass sie einem so normalen Jungen tatsächlich so tiefe Gefühle entgegenbringt?

Oder ist es vielleicht nur Einbildung, weil das Programm diesen Namen nun mal ausgespuckt hat? Kann das wirklich nur das Ergebnis eines Stückchens Software sein, die sie geschrieben hat? Ein paar Hundert Zeilen Code und sie findet ihr perfektes Gegenstück?

Nein, das will sie nicht glauben.

Aber sie spürt, Jona ist ein Mensch, auf den sie sich verlassen kann. Und erst seit sie ihn getroffen hat, weiß sie, wie wichtig das für sie ist.

Klar, er ist völlig anders als sie. Als sie ihm das erste Mal begegnet ist, war sie fast schockiert über seine Naivität und sein gutbürgerliches Leben. Wie sollte so einer sie jemals verstehen können?

Aber dann hat sie gemerkt, wie sie in seiner Gegenwart zur Ruhe kommen kann. Gerade weil er so anders ist als sie. Fast ist es so, als verkörpere er die ihr fehlende Hälfte, das Yin zu ihrem Yang. So, wie Tag und Nacht zwar Gegensätze sind, es den Tag aber ohne die Nacht nicht geben kann und umgekehrt.

Auch wenn sie sich dagegen wehrt, es sich einzugestehen, so spürt sie doch, dass sie ohne Jona nicht mehr sein will. Nicht mehr sein *kann*.

Ist also was dran an der Annahme ihrer Verfolger? Das Buch, nach dem sie suchen, hat sie nie gesehen, dessen ist sie sich immer noch sicher. Sie hat fast nie Bücher besessen, obwohl sie gern liest. Meistens bekommt sie von Leuten, die sie kennt, gelesene Bücher geschenkt und verschenkt sie anschließend weiter. Der einzige Ort, an dem sie damit im Übermaß in Berührung gekommen ist, war bei ihrem Großvater. Und das ist schon einige Jahre her.

Aber … war da vielleicht doch was?

Sie versucht, sich an ihre letzten Besuche in der Villa zu erinnern. Hat ihr Großvater jemals etwas von einem *Buch der Aphrodite* erwähnt?

Doch alles, was ihr einfällt, ist … nada.

Hannah seufzt. Sie nimmt den Teller mit den Krümeln des Aufbackcroissants, das ihr Frühstück gewesen ist, und bringt ihn zurück in die Küche. Es ist Zeit, das Grübeln zu beenden und aktiv zu werden.

Und sie weiß auch schon, wo.

Irgendwie lässt sie das Gefühl nicht los, dass die Villa ihres Großvaters etwas mit der Sache zu tun hat. Vielleicht kann sie ihrer Erinnerung auf die Sprünge helfen, wenn sie das Gebäude vor Augen hat. Denn so ganz will sie nicht mehr ausschließen, dass da eine Verbindung besteht zwischen ihrer Software und dem ominösen Buch.

Eine Stunde später steht sie vor dem Haus. Das eiserne Gartentor ist verschlossen, und die Villa sieht so unbewohnt aus wie bei ihrem letzten Besuch hier. Hannah überlegt gerade, wie sie das Tor am besten überwinden kann, als sie ein Auto herankommen hört.

Sie fährt herum.

Ein Streifenwagen!

Ruhig bleiben, ermahnt sie sich. Das muss nichts mit ihr zu tun haben. Das sieht nach einer ganz normalen uniformierten Streife aus, nicht nach Europol.

Mit langsamen Schritten geht sie in die schmale Straße

zwischen der Villa und der alten Kirche. Sie ist kaum zwanzig Meter weit gekommen, als sie hört, wie der Polizeiwagen hinter ihr stoppt.

Alles in ihr schreit: »Renn weg!«, aber sie zwingt sich, weiter ganz normal zu gehen. Dabei dreht sie ein- oder zweimal den Kopf zur rechten Seite, so als betrachtete sie die Kirche. Aus dem Augenwinkel sieht sie, dass der Streifenwagen noch immer da steht.

Hat sie sich irgendwie verraten?

Die Videokameras in der Innenstadt hat sie vor ihrer Abreise noch schnell bis zum frühen Abend lahmgelegt, sodass die Polizei eigentlich keine Gefahr für sie darstellen dürfte.

Oder hat sie ihre Gegner unterschätzt? Haben die IT-Leute ihren Code entschlüsselt und ihn heute, bei ihrem erneuten Besuch, einfach ausgeschaltet?

Ist sie zu arrogant gewesen? Hat sie den Fehler, den sie anderen Hackern immer vorwirft, jetzt selbst begangen?

Sie hört hinter sich den Motor lauter werden und dreht sich um.

Der Wagen ist weitergefahren. Also doch nur eine Routinestreife, der sie einfach wegen ihres Äußeren aufgefallen ist.

Puh, das hat sie ganz schön ins Schwitzen gebracht!

Hannah beschließt, nicht direkt zum Haus zurückzugehen, sondern eine Runde um den Block zu drehen, falls die Streife noch in der Nähe ist. Vor ihr liegt eine etwas stillere Rei, wenn sie da rechts abbiegt, ist sie in fünf Minuten wieder bei der Villa.

Aber sie merkt, dass sie jetzt unruhig geworden ist. Die Sache mit den Videokameras lässt ihr keine Ruhe. War das nun erfolgreich oder nicht? Sobald sie in Reichweite eines WLANs kommt, muss sie das erst mal überprüfen. Zum Glück hat sie, wie immer, ihren Mini-PC dabei, gut verstaut in ihrem schmalen Rucksack.

Sie erreicht die Straße, die an der Rei entlangführt, und will gerade rechts abbiegen, als sie sieht, wie sich von links der Streifenwagen nähert.

Verdomme! Was hat das zu bedeuten? Sind die Polizisten nur einfach routinemäßig um den Block gefahren oder sind sie ihretwegen hier? Wenn sie jetzt losrennt, macht sie sich auf jeden Fall verdächtig. Wenn sie langsam weitergeht, läuft sie Gefahr, angehalten zu werden.

Was tun?

Der Wagen ist noch etwa dreißig Meter entfernt. Die nächste Abzweigung zur Rechten liegt ungefähr ebenso weit weg.

Gehen? Rennen? Hannah ringt noch mit sich, als sie das Fahrrad sieht. Es ist einen Meter vor ihr gegen eine Hauswand gelehnt, rot und weiß lackiert und trägt auf dem Rahmen die Aufschrift *Dienstfiets Stad Brugge*. Und es ist nicht abgeschlossen!

Das gibt den Ausschlag. Hannah ist mit einem Satz bei dem Rad, schwingt sich in den Sattel und strampelt los. Sofort beschleunigt der Streifenwagen hinter ihr, aber da ist sie auch schon in die Seitengasse abgebogen. Das Rad ist eine behäbige alte Dame. Hannah steht in den Pedalen und tritt mit aller Kraft.

Aber das wird nicht ausreichen. Sie wird einen anderen Weg finden müssen, um ihre Verfolger abzuschütteln. Zum Glück wird die Gasse, durch die sie radelt, schmaler und schmaler. Die Hauswände zu beiden Seiten rücken mehr und mehr zusammen, bis ein Auto nicht mehr hindurchpasst. Hannah hört die Bremsen des Streifenwagens irgendwo hinter sich, aber da schießt sie auch schon auf eine Querstraße, von der sie weiß, dass sie nach links in Richtung Hoogstraat führt.

Sie legt die paar Meter bis zur nächsten Einmündung im Rekordtempo zurück, biegt rechts ab und dann sofort wieder links in eine schmale Gasse, die durch einen Steinpoller gesichert ist. Hier kann ihr kein Auto folgen. Wenige Meter weiter gelangt sie zu einer kleinen Brücke, die über eine Rei führt, und hält an. Jetzt müsste sie eigentlich in Sicherheit sein.

Hannah lehnt das Fahrrad gegen eine Wand. Mit einem Behördenrad durch die Stadt zu radeln, ist vielleicht doch etwas zu auffällig, ob mit oder ohne funktionierende Videokameras. Sie atmet tief durch. Das war knapp!

War?

Am gegenüberliegenden Ufer der Rei kommt ein Auto mit quietschenden Reifen zum Stehen. Kein Streifenwagen, sondern ein ganz normaler Golf. Zwei Männer springen heraus und bauen sich rechts und links der Brücke auf.

Hannah dreht sich um. Hinter ihr kommen zwei uniformierte Beamte herangelaufen!

Verdomme! Sie sitzt in der Falle!

Oder?

Auf der Rei nähert sich ein Ausflugsboot voller Touristen, das jeden Augenblick unter der Brücke vor ihr vorbeifahren wird. Hannah zögert keine Sekunde. Sie holt tief Luft und rennt auf die Brücke zu, wo sie die beiden Zivilbeamten bereits erwarten und leicht in die Knie gehen. In der Mitte der Brücke stoppt sie ab und schwingt sich auf die steinerne Brüstung. Ein Blick nach unten zeigt ihr, dass sich das Boot inzwischen direkt unter ihr befindet. Sie lässt sich von der Brüstung herunterbaumeln, schreit so laut sie kann »*Let op!*« und springt.

Von unten hört sie einen Aufschrei aus zahlreichen Kehlen, dann landet sie schon mit einem lauten *Rumms* auf dem Boot. Sie federt den Aufprall ab, indem sie in die Hocke geht und sich sofort wieder aufrichtet. Wie durch ein Wunder ist sie keinem der Passagiere in den Nacken gesprungen!

Auf der Brücke stehen die beiden Uniformierten und die Zivilbeamten und blicken ihr hinterher. Einer von ihnen hat sein Mobiltelefon am Ohr. Sie muss also so schnell wie möglich wieder runter vom Boot.

Die Reisegruppe, in deren Mitte sie gelandet ist, besteht zu ihrem Glück aus Japanern. Alle starren sie an, aber niemand macht irgendwelche Anstalten, sie festzuhalten. Im Gegenteil, sie sieht bereits, wie die ersten Tablets und Smartphones auf sie gerichtet sind. Abenteuer in Brügge, denkt Hannah, da gibt es zu Hause was zu erzählen!

Sie geht nach vorn zum Bootsführer, der sie böse anblickt. Hannah weiß, sie kann nicht bis zum nächsten Anlegeplatz mitfahren, da wird die Polizei sie schon erwarten. Die Ufermauer ist zu hoch, um daran emporzuklettern, aber gerade taucht vor ihnen eine Notanlegestelle mit einer kleinen Treppe auf, die bis zum Wasser herunterreicht.

»Fahren Sie da links ran!«, befiehlt sie dem Bootsführer.

»Warum sollte ich?«, gibt der Mann trotzig zurück.

»Weil ich Ihnen sonst ein Loch in den Wanst schieße«, erwidert Hannah und steckt demonstrativ ihre Hand in die Hosentasche.

Die Geste reicht aus, um den Mann zum Einlenken zu bewegen. Er nimmt Gas weg und schlägt das Lenkrad ein, und eine halbe Minute später stößt das Boot leicht gegen die Kaimauer. Hannah springt sofort auf die Treppe und rast die Stufen hoch. Ein paar Meter weiter führt eine Straße von der Rei weg. Ihre Sneakers fliegen förmlich über das Kopfsteinpflaster. Nach fünfzig Metern erreicht sie eine Querstraße. Hier biegt sie links ein. Auf einer Seite der Straße sind mehrere Lieferwagen vor einer Hecke geparkt. Sie zwängt sich in eine Lücke zwischen zwei Wagen und lässt sich in die Hocke sinken. Sie ist völlig außer Puste! Wenn jetzt jemand auftaucht, wird sie nicht mehr weiter fliehen können!

Hannah hechelt und keucht, und es dauert bestimmt fünf Minuten, bis sich ihr Atem wieder etwas beruhigt hat. Zumindest scheint es hier einigermaßen sicher zu sein, denn es ist noch kein Streifenwagen vorbeigekommen. Und wenn, kann sie sich sofort hinter einem der Lieferwagen verbergen.

Wie lange wird sie hier ausharren müssen? Wird die Polizei die Suche irgendwann einstellen, oder ist sie so wichtig, dass sie eine Großfahndung ausrufen?

Hannah nimmt ihren Rucksack ab und zieht eine Plastikflasche mit Wasser heraus. Es ist ein Genuss, als das kühle Nass ihre Kehle hinunterläuft. Zehn Minuten wird sie hier noch warten, beschließt sie, dann wird sie versuchen, sich zum Stadtrand durchzuschlagen, um per Anhalter nach Blankenberge zurückzufahren.

Zur Sicherheit wartet sie noch etwas länger, dann steht sie vorsichtig auf. Die Straße ist leer, es sind weder Passanten noch Polizisten zu entdecken. Hannah kommt zwischen den Lieferwagen hervor und biegt an der nächsten Einmündung rechts ab. Auf diesem Weg wird sie direkt zur Ringstraße kommen, die die Innenstadt umkreist. Beim Überqueren einer der Brücken, die aus der Innenstadt herausführen, könnte es noch einmal heikel werden, das weiß sie, aber dieses Risiko muss sie eingehen. Denn in der Stadt ist es noch gefährlicher für sie.

Sie entscheidet sich, es am Kruispoort zu versuchen. Da gibt es dicht beieinander zwei Brücken, die vielleicht nicht beide überwacht werden. Sicher sein kann sie sich da nicht, aber es ist die vielversprechendste Wahl.

Sie läuft eine Viertelstunde durch die Straßen, bis sie in der Ferne die erste Windmühle auftauchen sieht. Jetzt kann es nicht mehr weit sein! Noch wenige Minuten, und sie ist in Sicherheit.

Vorerst.

Sie biegt rechts in die Kruisvest ein, die hinter dem Deich entlangführt. Vor ihr liegt der Kruispoort. Jetzt muss sie den Schutz der kleinen Straßen aufgeben und den Platz vor der Brücke überqueren. Sie sucht alles ab, kann aber nichts Auffälliges entdecken.

Also los!

Mit schnellen Schritten geht sie auf das alte Stadttor zu, unter dem hindurch eine einspurige Straße auf die andere Seite führt. Daneben gibt es einen Zugang für Fußgänger, der um das Tor herum direkt auf die kleine Brücke mündet.

Sie geht zügig an dem historischen Bauwerk vorbei und will gerade auf die Brücke treten, als hinter dem Stadttor zwei Männer hervorspringen, die dort offenbar auf sie gewartet haben.

Eine Minute später schließen sich die Handschellen um ihre Handgelenke.

3.

Als er und Chris in der Mittagspause auf den Schulhof treten, wartet ein alter Bekannter vor der Tür auf Jona. Es ist Inspektor van Leeuwen. Jona weiß sofort, dass seine Anwesenheit nichts Gutes zu bedeuten hat.

»Geh schon mal weiter«, fordert er Chris auf. »Ich komm gleich nach.«

»Nun, Herr Schneider, Sie haben sich ja, entgegen unserer Vereinbarung, nicht mehr bei mir gemeldet«, sagt der Polizist mit aufgesetzt freundlicher Miene.

»Ich sollte Sie doch nur anrufen, wenn ich die Hackerin wiedersehe«, erwidert Jona.

»Und das haben Sie natürlich nicht.«

»Genau. Sonst hätte ich selbstverständlich Kontakt zu Ihnen aufgenommen.«

»Selbstverständlich.« Der Inspektor nickt übertrieben. »Nun, das wird nicht mehr nötig sein. Wir haben die junge Dame heute Morgen festgenommen.«

Der Schock über diese Nachricht muss Jona ins Gesicht geschrieben stehen, denn der Inspektor lächelt süffisant.

»Überrascht?«

»Nun ja, ich ...«, stottert Jona, aber van Leeuwen unterbricht ihn. Die scheinheilige Freundlichkeit fällt schlagartig von ihm ab.

»Jetzt hören Sie schon auf. Wir wissen, dass Sie das Mädchen kennen. Haben Sie wirklich geglaubt, Sie könnten die beste Polizeibehörde des Kontinents an der Nase herumführen?«

Jona beißt sich auf die Unterlippe. Blufft der Inspektor nur, um ihn aus der Reserve zu locken, oder weiß er tatsächlich etwas?

»Wenn Sie in diesem Spiel mitspielen wollen, dann sollten Sie die Regeln kennen«, fährt van Leeuwen fort. »Zum Beispiel, wo in der Stadt überall Überwachungskameras hängen. Und was wir mit den Bildern so anstellen können. Was meinen Sie eigentlich, wie wir Sie aufgrund der Aufnahmen vom Simon Stevinplein gefunden haben?

Das geht heutzutage ganz automatisch. Gesicht isolieren, in Datenbank speisen, mit anderen Aufnahmen vergleichen und so weiter. Manchmal bekomme ich selbst Angst davor, was alles möglich ist.«

Durch Jonas Kopf jagen Bilder aus Agentenfilmen, auf denen Videos von Flugdrohnen analysiert und vergrößert werden, um Verdächtige ausfindig zu machen. Und er überlegt panisch, wie er Hannah helfen kann.

»Warum erzählen Sie mir das?«, fragt er. »Wenn Sie sie haben, dann ist doch alles gut.«

»Nicht ganz«, erwidert van Leeuwen. »Es gibt da eine Kleinigkeit, bei der wir Ihre Mitarbeit brauchen.«

»Und die wäre?«

Der Inspektor zieht den scheinbar unvermeidlichen Umschlag mit den scheinbar unvermeidlichen Fotos hervor. Das erste Bild kennt Jona schon. Es zeigt den Moment, an dem Hannah auf dem Simon Stevinplein kurz hinter seinem Stuhl anhält.

Das zweite Foto ist eine Vergrößerung. Man erkennt etwas Silbernes in ihrer Hand. Das dritte Foto schließlich zeigt den Gegenstand vergrößert. Man kann ziemlich gut erkennen, dass es sich um einen USB-Stick handelt.

»Davon haben Sie mir bei unserer ersten Begegnung auch nichts berichtet, Herr Schneider«, sagt van Leeuwen.

»Das … das habe ich nicht für so wichtig gehalten«, stottert Jona.

»Aha, ich verstehe. Eine Person, die Sie vorgeblich nicht kennen, stopft Ihnen einen USB-Stick ins Hemd, und Sie halten das nicht für wichtig.«

»Sie hat vielleicht einen USB-Stick in der Hand, aber sie hat ihn mir nicht ins Hemd gestopft«, murmelt Jona.

»Ach, und warum haben Sie sich dann geschüttelt?«

»Ich dachte, es wäre ein Käfer.«

»Ein Käfer aus Metall, klar.«

Jona schweigt. Wie soll er sich verhalten? Soll er dem Polizisten die Wahrheit sagen? Oder soll er weiter versuchen, so lange wie möglich zu leugnen? Was kann ihm schon Schlimmes passieren? Verhaften wird ihn der Inspektor schon nicht, denn er hat ja keine Straftat begangen, oder? Wichtig ist doch, dass er das tut, was für Hannah am besten ist. Und er weiß ja nicht einmal, ob sie wirklich verhaftet worden ist oder nicht. Solange ist es klüger, er gibt nur das Nötigste zu, beschließt er.

»So ähnlich«, sagt er. »Haben Sie das nicht auch auf dem Video gesehen?«

»Dass Sie sich geschüttelt haben, schon«, bestätigt van Leeuwen. »Und dann haben Sie sich zur Seite gebeugt, um etwas aufzuheben. Das wird doch nicht zufällig der USB-Stick gewesen sein? Die Kameras haben das leider nicht erfasst.«

»Das war nur eine Münze, die mir aus der Tasche gefallen war«, behauptet Jona. Er ist erstaunt, wie leicht das mit dem Lügen geht, wenn man einmal damit angefangen hat. »Wie Sie sehen, haben wir bezahlt und sind gegangen. Von einem USB-Stick weiß ich nichts, den habe ich auch nicht gesehen.«

»Wissen Sie was? Sie sind ein schlechter Lügner«, sagt der Inspektor. »Ich glaube, Sie haben den Stick aufgehoben und er befindet sich nach wie vor in Ihrem Besitz. Und da wir davon ausgehen können, dass sich auf dem Datenträger gestohlene Informationen befinden, machen Sie sich auf diese Weise zu einem Mittäter bei einer Straftat. Ich könnte Sie also sofort festnehmen, wenn ich wollte.«

Ist das nun auch ein Bluff? Jona weiß nicht mehr, was er glauben soll. Aber jetzt hat er sich schon so weit reingeritten, dass es darauf auch nicht mehr ankommt. Er streckt dem Polizisten die Hände hin. »Dann verhaften Sie mich.«

Van Leeuwen schließt für einen Moment die Augen und seufzt laut. »Sie gucken zu viele schlechte Filme. Handschellen lege ich nur Leuten an, die ich für gefährlich halte. Und das ist bei Ihnen nicht der Fall. *Noch* nicht.«

Er drückt Jonas Arme nach unten. »Benutzen Sie Ihre Hände lieber dazu, den USB-Stick auszugraben. Ich gebe Ihnen 24 Stunden Zeit dafür. Wenn ich den Stick bis dahin nicht habe, werde ich Sie allerdings tatsächlich festnehmen. Und das wird eine ziemlich unangenehme Erfahrung für Sie werden, glauben Sie mir.«

4.

Jona stürzt in die Mensa, wo Chris vor einer leer geputzten Pommesschale sitzt und liest. »Sie haben Hannah«, keucht er.

Chris blickt von seinem Comic auf. »Wer hat was?«

»Die Polizei. Sie haben Hannah verhaftet.«

»Mist!« Chris wirft das Heft weg. »Und was willst du jetzt tun?«

»Ich werd zu meinen Eltern fahren und meinen Vater bitten, etwas zu unternehmen.«

»Deinen Vater?«, fragt Chris skeptisch. Sie wissen zwar, dass ihre Väter irgendwo bei der EU arbeiten, aber was sie genau machen, darüber haben sie nie gesprochen.

»Er hat irgendwas mit Gesetzen und Anwälten zu tun«, sagt Jona. »Genau weiß ich das auch nicht, aber wen soll ich sonst fragen?«

In kurzen Worten berichtet er Chris von seinem Gespräch mit van Leeuwen.

»Die sind also hinter dem Stick her«, nickt Chris. »Das habe ich mir fast gedacht. Alter, wir müssen wissen, was da wirklich drauf ist.«

»Eine Dating-Software, das wissen wir doch schon«, sagt Jona.

»*Wirklich* habe ich gesagt. Du glaubst Hannah natürlich, und vielleicht glaubt sie es selbst auch. Aber kann es nicht sein, dass da irgendwie noch was anderes reingerutscht ist? Irgendein Stück Code, das da nicht hingehört?«

»Aber wie sollen wir das rausbekommen?«, ruft Jona verzweifelt.

Chris steht auf und greift zu seinem Smartphone. »Maarten, Alter«, sagt er. »Hab ihn schon. Soll ich ihn anrufen?«

Das ist nun gerade nicht die Lösung, die Jona vorschwebt. »Mister X, der saufende Billardspieler mit den leeren Versprechungen?«, fragt er. »Der hat uns doch schon mal hängen lassen. Warum sollte es diesmal anders sein?«

»Immerhin war er an Hannahs Software interessiert. Da wird er sich jetzt vielleicht etwas mehr reinhängen.«

Chris hat recht. Sie müssen überprüfen, was genau sich auf dem Stick befindet. Und wer weiß, möglicherweise liefert das sogar einen Hinweis darauf, ob wirklich noch andere Einflüsse eine Rolle gespielt haben als Hannahs Hackergenius.

Jona nickt.

Chris wählt. Sie haben Glück, Maarten geht sofort ran. Eine Minute später haben sie seine Anschrift.

Jona hat auf seinem Schreibtisch eine kleine holzgeschnitzte Schachtel stehen, die er einmal zum Geburtstag bekommen hat. Der Deckel öffnet sich erst, wenn man eine bestimmte Kombination von Holzstäbchen verschoben hat, die in die Wände der Schachtel eingelassen sind. Hier hat er den USB-Stick mit Hannahs Dateien versteckt, damit Chris gar nicht erst in Versuchung geführt wird.

Er will die Schachtel gerade öffnen, als ihm einfällt, dass er ja bereits eine Kopie der Dateien auf seinem Laptop hat. Aus einer Schublade kramt er einen alten USB-Stick hervor, den er in seinen Rechner steckt und formatiert. Dann kopiert er die Dateien von Hannah auf den Stick.

Das Silentium werden sie an diesem Nachmittag sausen lassen. Chris hat sich bereit erklärt, Jona zu begleiten, und der ist ihm dankbar dafür. Ohne sich abzumelden verlassen sie das Gebäude und machen sich auf den Weg.

Maarten wohnt im ehemaligen Arbeiterviertel um die St.-Gillis-Kirche. Viele der Häuser sind in den letzten Jahren renoviert worden, aber es gibt nach wie vor Gassen, in denen Vernachlässigung und Verfall dominieren. Das Haus von Maarten liegt in einer solchen Gasse. Es dauert eine Weile, bis er nach dem Klingeln die Tür öffnet, auch deshalb, weil die Tür mit drei zusätzlichen Spezialschlössern gesichert ist. Von einem schmalen Flur aus führt eine steile Treppe in den ersten Stock, der aus einem kleinen Bad und einem großen Zimmer besteht, das dem Hacker als Wohnraum, Schlafzimmer und Arbeitsplatz dient.

Was Jona besonders erstaunt, ist die Ordnung, die hier herrscht. Er hatte Maarten eher für einen Typen gehalten, bei dem sich die leeren Pizzakartons auf dem Boden neben dem Rechner stapeln. Aber weit gefehlt. Der Schreibtisch ist picobello aufgeräumt, Bücher und Papiere sind akkurat gestapelt und mehrere Bleistifte und Kulis ebenso akkurat neben einem Notizblock angeordnet. Auf dem niedrigen Tisch vor dem dunkelroten Ledersofa brennt eine dicke braune Kerze. An der Wand steht ein Klappbett, das frisch bezogen aussieht. Der Bettbezug ist nahezu faltenlos. So hat Jona das noch nie hingekriegt.

Dem Sofa gegenüber prangt ein riesiger Flachbildfernseher, auf dessen glänzendem Lack kein Staubkörnchen zu entdecken ist. Jona muss seine Meinung über Maarten revidieren. Vielleicht ist er ja doch nicht so schlimm, wie er anfangs gedacht hat.

»Na, habt ihr eure Hannah gefunden?«, fragt Maarten.

»Gefunden haben wir sie, aber nicht dank deiner Hilfe«, erwidert Jona.

»Ich konnte mich nicht wirklich drum kümmern, Mann. Es gab Wichtigeres, wenn du verstehst, was ich meine.«

»Schon klar.« Jona hat keine Lust auf eine Diskussion mit Maarten. Und ein gutes Gefühl hat er nach wie vor nicht dabei, ihm Hannahs Software zu zeigen. Trotzdem zieht er den USB-Stick aus der Tasche und hält ihn hoch. Sofort leuchten Maartens Augen gierig. Er greift danach, aber mit einer schnellen Armbewegung bringt Jona den Stick außer Reichweite.

»Willst du denn gar nicht wissen, was mit Hannah passiert ist?«, fragt er. Wie konnte er nur für einen Moment annehmen, dass der Hacker vielleicht doch kein unangenehmer Mensch ist?

»Alter, wenn ich mir um jeden Typen, der sich für einen Crack hält, Sorgen machen würde, dann würde ich den ganzen Tag weinend in meinem Zimmer sitzen.«

»Erstens ist sie kein Typ und zweitens hält sie sich nicht für einen Crack, sie ist einer«, gibt Jona zurück. »Warum wärst du sonst so scharf auf das, was sie geschrieben hat?«

Maarten lässt sich in seinen Schreibtischstuhl fallen. »Ihr wolltet, dass ich es mir ansehe, wenn ich mich recht erinnere. Muss aber auch nicht sein, ich hab wirklich genug wichtige Sachen zu tun.«

Chris macht eine auffordernde Handbewegung. »Nun gib ihm schon den Stick, Mann.«

Widerwillig streckt Jona die Hand aus. »Hier.«

Maarten nimmt den Stick, klappt den Deckel seines Notebooks auf und stöpselt ihn ein. Ein paar Sekunden später haben sie die Dateiliste vor sich. Maarten doppelklickt die EXE-Datei, aber es passiert ebenso wenig wie zuvor bei Jona und Chris.

»Hm«, brummt er und öffnet ein Programm, in das er die EXE-Datei einliest. Ein Gewirr von Zahlen, Buchstaben und Symbolen taucht auf dem Bildschirm auf. Maarten scrollt einmal schnell durch, dann wiederholt er den Prozess mit den anderen Dateien, die sich auf dem Stick befinden.

Für Jona sind die Zeichen, die vorbeirasen, allesamt böhmische Dörfer. Es könnten genauso gut chinesische Schriftzeichen sein. Aber Maarten scheint damit etwas anfangen zu können. Jedenfalls dauert es nicht lange, bis er ein zufriedenes Grunzen ausstößt. »Aha.«

»Was gefunden?«, fragt Jona.

»Den Abschnitt, der die ausführbare Datei verschlüsselt«, erwidert der Hacker. »Nicht schlecht, aber auch nicht besonders clever. Aber ich hab ja gesagt, die Kleine wird überschätzt.«

Jona beißt sich auf die Zunge, um Maarten nicht die Meinung zu sagen. Er will es sich mit dem Hacker nicht verscherzen. Vielleicht bekommt der ja wirklich etwas heraus.

Maarten bearbeitet die geöffnete Datei und speichert

sie ab. Er versucht erneut, das Programm zu starten, aber es gelingt ihm nicht. Mit einem Schulterzucken öffnet er eine weitere Datei, die nicht ganz so kryptisch aussieht.

»Die Verschlüsselung habe ich ausgehebelt«, murmelt er. »Jetzt kann ich zumindest sehen, was sie so alles zusammengebastelt hat. Ganz so blöd ist das ja doch nicht.«

Jona staunt. Von Verachtung zu Anerkennung in zehn Minuten, das ist schon eine Leistung. Er kann jetzt auch einzelne Wörter erkennen, aber viel sagen sie ihm nicht. Das scheint Maarten nicht anders zu gehen. Er hängt mal hier fest, mal da, murmelt irgendwas vor sich hin, öffnet eine weitere Datei und wiederholt den ganzen Prozess.

Schließlich lehnt er sich zurück. »Ich brauche mehr Zeit, um das Programm zum Laufen zu bringen«, sagt er und reibt sich die Augen. »Aber so viel kann ich jetzt schon sagen, da ist nichts drin, was die Staatsmacht irgendwie interessieren könnte. Soweit ich das sehen kann, ist es in erster Linie wirklich nur eine Engine für eine Partnerbörse.«

»Hast du zufällig irgendwo das Wort *Aphrodite* gefunden?«, fragt Jona.

Maarten schüttelt den Kopf. »Ist mir nicht aufgefallen. Aber wenn du willst, untersuch ich das gern noch näher. Ist eine interessante Programmiertechnik.«

»Das geht leider nicht. Vielen Dank für deine Mühe.« Jona lässt sich von Maarten den Stick zurückgeben und sie verabschieden sich.

»Wenn du das Mädchen triffst, sag ihr, ich würde sie

gern mal kennenlernen«, ruft Maarten ihnen hinterher. »Wir können bei unserem Kampf gute Leute gebrauchen!«

Jona schüttelt den Kopf, als sie das Haus verlassen. »Wir gehören zum Glück nicht zu diesen ›guten Leuten‹.«

»Aber sein Handwerk versteht er, das musst du zugeben.« Chris ist immer noch daran gelegen, Maarten zu verteidigen. Schließlich hat er ihn aufgetrieben und empfohlen.

»Zum Laufen hat er die App aber auch nicht gebracht. Wie will er da so genau wissen, dass da wirklich nichts Besonderes drauf ist.«

»Aber wenn das so ist, dann könntest du den Stick diesem Inspektor doch geben.«

»Und was würde Hannah dazu sagen? Nein, kommt nicht infrage. Und außerdem glaube ich nicht, dass van Leeuwen mich so einfach festnehmen kann.« Jona beschleunigt seinen Schritt. »Jetzt werde ich zunächst mal sehen, ob mein Dad sie da rauskriegt.«

»Meinst du, er hilft dir?«, fragt Chris skeptisch. »Mein Vater würde mich gar nicht erst ausreden lassen.«

»Keine Ahnung. Das werd ich in wenigen Stunden herausfinden.«

»Hey, Alter, ich wünsch dir, dass es klappt. Ich drück dir die Daumen.«

Jona wirft seinem Freund einen dankbaren Blick zu. »Danke, Chris. Du bist ein echter Kumpel.«

»Du würdest das für mich auch tun«, erwidert Chris. »Und außerdem müssen wir Apfelkuchenliebhaber zusammenhalten.«

5.

Zurück im Internat führt Jona sein erster Weg zu Willem. Er berichtet dem Hausmeister, was passiert ist und was er vorhat. Vielleicht hat Willem ja noch eine andere Idee, wie sie Hannah frei bekommen können. Da kann er zumindest beweisen, ob er wirklich auf ihrer Seite steht oder seinen eigenen Plan verfolgt.

»Hast du schon mal daran gedacht, ob es für Hannah nicht besser ist, wenn sie in einer Zelle sitzt?«, fragt Willem. »Da kommen die, die hinter ihr her sind, nicht an sie ran.«

Verblüfft hält Jona inne. »Du meinst …«

»Ich denke einfach nur laut. Wir haben es mit gefährlichen Gegnern zu tun, die vor nichts zurückschrecken. Eine Gefängniszelle kann da manchmal der sicherste Ort sein.«

»So habe ich das noch nicht betrachtet«, räumt Jona ein. »Da muss ich erst mal drüber nachdenken.«

Auf dem Weg zum Bahnhof lässt sich Jona Willems Argument noch einmal durch den Kopf gehen. Ganz überzeugt ist er nicht. Hat der Hausmeister im *Zoetekoeke* nicht selbst gesagt, dass ihre Verfolger nicht aufgeben werden? Das bedeutet, auch wenn Hannah ein Jahr oder länger hinter Gittern sitzt, wird man sie bei ihrer Entlassung erwarten.

Außerdem muss er daran denken, wie sich Hannah im Gefängnis fühlen muss. Sie, die ihre Unabhängigkeit und Freiheit über alles liebt. Nein, er muss alles tun, was er kann, um sie aus van Leeuwens Fängen zu befreien.

Am Bahnhof kauft Jona ein Ticket, holt sich im Laden eine Flasche Cola und begibt sich aufs Gleis, wo der IC nach Brüssel einfährt. Wie immer um diese Uhrzeit ist der Bahnsteig brechend voll. Tagestouristen, Schüler, Studenten - sie alle wollen nach Gent, nach Brüssel oder weiter. Trotzdem bekommt er ohne Mühe einen freien Fensterplatz im oberen Stock des Zuges.

Die Fahrt nach Brüssel dauert etwas mehr als eine Stunde. Viele Fahrgäste steigen an den Zwischenhalten in Aalter und Gent oder am Bahnhof Brüssel Süd aus, von wo aus auch der Zug nach London abfährt, dessen Strecke unter dem Ärmelkanal verläuft. Jona fährt weiter bis Brüssel Nord und steigt dort in die U-Bahn um, die ihn fast bis vor die Haustür seiner Eltern bringt.

Kurz bevor er in Brügge in den Zug gestiegen ist, hat er seinen Vater angerufen und ihn sogar ans Telefon gekriegt. Das ist nicht selbstverständlich, denn häufig sitzt er in irgendwelchen Meetings oder ist auf Reisen und nicht erreichbar. Heute ausnahmsweise mal nicht, und als Jona ihm seinen Besuch ankündigt, schrillen bei seinem Vater sofort die Alarmglocken.

»Du hast doch nicht etwa was ausgefressen?«

»Nein, Dad, keine Sorge, hab ich nicht.«

»Stress mit den Lehrern?«

»Auch nicht. Es geht um was anderes.«

»Hast du eine Arbeit verhauen? Brauchst du Nachhilfe?«

»Auch das nicht. Ich will das nicht am Telefon erklären, aber es ist wichtig, sonst würde ich nicht kommen. Bist du da?«

»Du hast Glück, heute Abend sollte eigentlich ein wichtiges Referententreffen sattfinden, da hätte ich dabei sein müssen, aber das ist kurzfristig vertagt worden. Also bin ich ausnahmsweise mal nicht so spät zu Hause.«

»Nicht so spät« bedeutet bei Jonas Vater irgendwann zwischen acht und zehn Uhr abends. Aber jetzt kann er sich ja ausrechnen, wann Jona ungefähr in Brüssel sein wird und vielleicht etwas früher da sein.

Und so ist es tatsächlich. Als Jona klingelt, öffnet sein Vater die Tür. Lange ist er noch nicht daheim, denn er trägt noch den grauen Anzug und die rote Krawatte, seine Arbeitsuniform. Etwas komisch sieht das zusammen mit den hellbraunen Pantoffeln an seinen Füßen schon aus, aber Jonas Mutter besteht darauf, dass in der Wohnung keine Schuhe getragen werden.

Sie umarmen sich kurz, dann zieht Jona seine Turnschuhe aus und läuft in die Küche, wo seine Mutter gerade dabei ist, eine Paprikaschote zu zerschnippeln.

»Hej, Ma«, sagt Jona und umarmt seine Mutter – ebenfalls nur kurz, denn sie breitet ihre Arme lediglich aus, um Jona nicht mit ihren feuchten Händen zu berühren.

So ist das in ihrer Familie eben, mit Herzlichkeiten haben sie es nicht so. Jona kennt es nicht anders, und es macht ihm zumeist auch nichts aus, selbst wenn es manchmal Momente gibt, in denen sich eine unbestimmte

Sehnsucht in ihm regt, vor allem, wenn er sieht, wie es in anderen Familien zugeht.

»Bleibst du heute hier?«, fragt Ma. »Willst du was essen?«

Jona wundert sich manchmal darüber, was seine Eltern für Fragen stellen können. Er kommt abends zwischen acht und neun Uhr aus Brügge, und seine Mutter fragt, ob er über Nacht bleibt!

»Ja und ja«, erwidert er. »Was gibt's denn?«

»Ich wollte ein paar Nudeln mit Ratatouille machen, das magst du doch, oder?«

»Klar, gern.« Wie oft hat seine Mutter ihn das schon gefragt? »Ich geh mal rüber zu Dad, okay?«

»Mach das. Männergespräche?«, fragt seine Mutter mit einem Augenzwinkern.

»Nicht wirklich«, sagt Jona. »Es geht nur um ein paar Kleinigkeiten.«

»Deshalb kommst du auch extra aus Brügge her«, lächelt Ma. »Wie oft ist das im letzten Jahr vorgekommen?«

»Nie.« Jona lächelt zurück. »Ihr habt eben einen sehr selbstständigen Sohn erzogen.«

»Freut mich, das zu hören. Dann ab mit dir«, sagt Ma und wendet sich wieder der Paprika zu.

Jona geht ins Wohnzimmer. Sein Vater hat sich inzwischen von Anzug und Krawatte befreit und einen Pullover und Jeans angezogen. Er sitzt am großen Esstisch und studiert die Zeitung. Als Jona sich ihm gegenüber hinsetzt, schiebt er das Blatt beiseite.

»Dad, ich brauche deine Hilfe«, beginnt Jona ohne Umschweife.

Sein Vater nickt ihm aufmunternd zu. Jona weiß, dass er ein etwas schlechtes Gewissen hat, weil Jona ins Internat muss, obwohl er auch in Brüssel zur Schule gehen könnte. Aber seine Eltern sind beide Workaholics, für die der Beruf wichtiger ist als das Privatleben. Manchmal fragt er sich, warum sie ihn überhaupt gekriegt haben. Oder war seine Zeugung nur ein Unfall? Seine Eltern lieben ihn, davon ist er überzeugt, sie eignen sich nur nicht besonders gut als Eltern. Aber das ist in dieser Situation vielleicht sogar ein Vorteil für ihn.

»Eine Freundin von mir ist gestern von Europol verhaftet worden. Aber sie ist unschuldig, das weiß ich sicher. Sie kann sich keinen Anwalt leisten und auch sonst hat sie niemanden außer mir, der ihr helfen kann. Und da dachte ich, du könntest vielleicht …«

Sein Vater macht ein ernstes Gesicht. »Was soll deine Freundin denn ausgefressen haben? Europol beschäftigt sich ja nicht gerade mit Kleinkram.«

Die Frage hat Jona erwartet – und befürchtet. Die ganze Zugfahrt über hat er sich eine passende Antwort überlegt.

»Also … sie ist Programmiererin und lebt auch davon … Sie muss wohl irgendwas geschrieben haben, was irgendwelchen Leuten nicht gefällt …«

Jonas Vater legt den Kopf schräg. »Komm schon, das glaubst du doch selbst nicht. Und woher kennst du sie überhaupt?«

Jonas schöner Plan stürzt zusammen wie ein Kartenhaus. Was hat van Leeuwen gesagt? Er sei kein guter Lügner.

Das stimmt.

Jona holt tief Luft und erzählt seinem Vater die ganze Geschichte. Nicht alles, aber doch genug, um ihn von Hannahs Unschuld zu überzeugen. Das glaubt er zumindest. Aber auch da hat er sich vertan.

»Du kennst das Mädchen also seit ein paar Tagen und hast sie erst zwei- oder dreimal getroffen? Weißt du, wie lange deine Mutter und ich dafür gebraucht haben, uns richtig kennenzulernen? Jahre! Ich würde sogar sagen, selbst heute kenne ich sie nicht wirklich. Und du kennst deine Hannah auch nicht. Sie kann dir alles Mögliche vorgespielt haben.«

»Aber Dad, ich bin sicher, dass sie kein schlechter Mensch ist. Und wenn sie was Illegales getan hat, dann nur, weil sie keine andere Wahl hatte, um sich ein wenig Geld zu verdienen.«

»Du hast Mitleid mit ihr, das verstehe ich ja. Aber wenn sie Mist gebaut hat, muss sie sich dafür vor Gericht verantworten, so ist das nun mal.«

Jona weiß nicht, wie er es seinem Vater noch erklären soll. Bleibt nur noch ein Weg. Die ganze Wahrheit.

»Dad, ich liebe sie.«

Sein Vater beugt sich vor und legt ihm die Hand auf die Schulter. »Das hab ich schon gemerkt, mein Junge. Aber das ändert nichts an meiner Meinung.«

»Da sei dir mal nicht so sicher, Thomas Schneider«,

ertönt eine Stimme. Jonas Mutter steht im Türrahmen, die Hände in die Seiten gestemmt. »Dieses Mal wirst du mit deiner Obrigkeitshörigkeit nicht so leicht davonkommen.«

»Ich bin nicht obrigkeitshörig, ich *bin* die Obrigkeit«, erwidert Jonas Vater.

»Du bist lediglich ein kleiner Bürokrat in einem großen Räderwerk, auch wenn du etwas anderes glaubst«, sagt Jonas Mutter. »Meistens lasse ich dich ja auch in deinem Glauben, aber heute nicht. Und du weißt, dass ich recht habe.«

Jona blickt mit offenem Mund von einem zum anderen. Seine Eltern pflegten schon immer einen bissigen Umgangston, aber so hat er sie noch nie erlebt.

»Ich bin verantwortlich für die Gesetzgebung in Europa«, verteidigt sich Jonas Vater. »Da kann ich doch nicht …«

»Es erwartet ja auch niemand von dir, dass du deine Gesetze brichst und eine Gefangenenbefreiung durchführst.« Jonas Mutter ist zu ihnen herübergekommen und lehnt sich an den Tisch neben ihren Mann. »Aber es gibt ja noch eine Reihe weiterer Möglichkeiten, die du ins Auge fassen könntest.«

»Und die wären?«

»Du könntest zum Beispiel einen Rechtsanwalt beauftragen, sich um die Freilassung des Mädchens zu kümmern.«

Die Augen von Jonas Vater weiten sich. »Weißt du, was so ein Anwalt kostet?«

Jonas Mutter streichelt ihm ironisch über den Kopf. »*Ich* weiß das nicht, aber du bestimmt, denn wenn ich mich recht entsinne, hast du an der Gebührenordnung mitgearbeitet.«

Jonas Vater brummt etwas vor sich hin.

»Oder du könntest deine Beziehungen spielen lassen, um zu erfahren, was man Jonas Freundin vorwirft und ob man sie dafür überhaupt festhalten darf. Wir wissen doch beide, dass die Kollegen von Europol manchmal etwas übereifrig sind.«

Jonas Vater brummt erneut. Ihm scheint keine der beiden Alternativen besonders zu gefallen. Aber das stört Jonas Mutter überhaupt nicht.

»Also?«

»Dad, *bitte*«, beschwört Jona seinen Vater.

»Na schön«, willigt der schließlich ein. »Ich werde mich darum kümmern.«

Jonas Herz macht einen Sprung. »Gleich morgen früh?«

»Ich habe erst noch Termine bis Mittag. Dann sehe ich mal.«

»Oh nein, mein Lieber.« Jonas Mutter wedelt mit dem Zeigefinger. »Wenn du heute Abend oder morgen etwas zu essen haben möchtest, dann ist das morgen dein erster Termin. Ich bin sicher, deine Gesetze können ein paar Stunden warten. Jonas Freundin nicht.«

Dad ergibt sich in sein Schicksal. »Na schön, ihr habt gewonnen. Ich verspreche, dass ich mich morgen als Allererstes um diese Hackerin kümmere. Zufrieden?«

»Aber natürlich, Liebster.« Mas Stimme ist schlagartig wieder ganz freundlich. Sie beugt sich vor und küsst Jonas Vater auf die Stirn. »Und jetzt helft mir bitte, das Abendessen aufzutragen.«

1.

Am nächsten Morgen nimmt Jona den frühen Zug zurück nach Brügge, damit er rechtzeitig in der Schule ist. Er weiß, Dad wird sich gleich um Hannahs Freilassung kümmern. Sein Vater mag nicht begeistert sein, aber wenn er einmal etwas versprochen hat, dann hält er sich auch daran. Und außerdem wird Ma schon darauf achten, dass er keinen Rückzieher macht.

Das war überhaupt supercool von ihr gestern Abend, wie sie sich für Hannah eingesetzt hat. So hat Jona sie noch nie erlebt, und er wird ihr für die Hilfe ewig dankbar sein. Wieder einmal wird ihm bewusst, dass es nicht nur seine Eltern sind, die ihn nicht kennen, sondern dass auch er eigentlich ziemlich wenig über seine Eltern weiß.

Vielleicht können sie das in Zukunft ja ändern.

Vom Unterricht bekommt er an diesem Vormittag nur wenig mit. Er ist viel zu aufgeregt und überprüft alle paar Minuten auf seinem Smartphone, ob es Neuigkeiten gibt. Selbst Chris berichtet er nur in knappen Worten von seinem gestrigen Erfolg.

Bis zur Mittagspause tut sich nichts. Jona hat keinen Hunger und so verbringt er die Zeit nicht in der Mensa, sondern dreht eine Runde um den Block. Auch heute scheint wieder die Sonne, und der Walplein ist voller Touristen. Jona bummelt bis zum Minnewater und hockt sich auf den Sockel der Skulptur mit den beiden trinkenden Pferdeköpfen. Das Smartphone in der Hand, bestaunt er zum wiederholten Mal die Pferde vor den Kutschen, die in diesem Gewimmel so ruhig bleiben.

Mit einem Mal fällt ein Schatten auf ihn. Er dreht sich um.

Vor ihm steht van Leeuwen. Mit einem Grunzen lässt sich der Inspektor neben ihm nieder.

»Ein schöner Tag heute, was?«, sagt er.

»Ist er das?«, erwidert Jona.

»Für Sie auf jeden Fall, glaube ich. Die Sonne scheint und Ihre Freundin hat uns schon wieder verlassen.«

»Hannah ist frei?« Jona springt auf. »Seit wann?«

In dem Moment pingt sein Telefon. Eine Nachricht von seinem Vater! »Alles klar mit deiner Freundin, sie ist raus. Gruß, Dad.«

Jonas Herz macht einen Riesensatz. Er strahlt übers ganze Gesicht, was dem Inspektor nicht verborgen bleibt.

»Nicht schlecht, Herr Schneider, nicht schlecht. Ich habe Sie unterschätzt.« Van Leeuwen nickt anerkennend. »Aber denken Sie nicht, dass Sie die Schlacht nun gewonnen haben. Das war nur ein Etappensieg.«

»Ich führe keinen Krieg«, sagt Jona. »Ich wollte nur einer Freundin helfen.«

»Ach, vor ein paar Tagen wussten Sie nicht mal, wer das Mädchen ist, und jetzt ist sie auf einmal eine Freundin. Das geht ja sehr schnell bei Ihnen.«

Jona antwortet nicht. Ihn beschäftigt eine andere Frage. »Sie konnten ihr also nichts nachweisen.«

»Da seien Sie mal nicht so sicher. Es wird auf jeden Fall ein Gerichtsverfahren geben, und Ihre Freundin muss sich jeden Tag bei einer Polizeistation melden.« Der Inspektor seufzt theatralisch. »Wir hatten genug in der Hand, um sie festzuhalten, aber wenn sich jemand den besten Anwalt des Landes leisten kann, sind wir einfachen Polizisten machtlos.«

Wow, denkt Jona, der beste Anwalt des Landes. Da hat sich Dad aber mächtig ins Zeug gelegt. Ob das wohl ein Freund von ihm ist? Oder hat Dad ihn bezahlen müssen? Auf jeden Fall schuldet er seinem Vater einen Riesendank.

»Und lassen Sie uns jetzt in Ruhe?«, fragt Jona.

»Das wird sich zeigen. Tatsache ist, dass Sie immer noch diesen USB-Stick haben.«

»Ich versichere Ihnen, Hannah hat nichts Illegales getan. Sie sind auf dem Holzweg.« Jona zögert kurz. »Sie hat in den letzten Monaten ausschließlich an einem kommerziellen Programm gearbeitet, einer neuartigen Singlebörse.«

Van Leeuwen zieht die Augenbrauen hoch. »Einer Singlebörse? Wenn es mehr nicht ist, könnten wir doch wirklich einen Blick darauf werfen, finden Sie nicht? Dann hätten *Sie* zumindest Ruhe vor mir.«

»Ich weiß nicht … Ich müsste zuerst Hannah fragen …«

»Machen Sie das. Und überzeugen Sie Ihre Freundin davon, dass es in ihrem eigenen Interesse ist, mit uns zu kooperieren.«

Van Leeuwen steht auf und klopft sich die Sitzfläche seiner Hose sauber. Zu Jonas Erstaunen streckt ihm der Inspektor die Hand entgegen. Er schlägt ein und schüttelt sie.

»Auf Wiedersehen, Herr Schneider. Und denken Sie dran, wenn es etwas gibt, das Sie mir sagen möchten, Sie haben meine Karte.« Van Leeuwen dreht sich um und verschwindet in der Menge.

Jona starrt ihm nach. Dann fällt ihm ein, dass er zurück zur Schule muss. Mit beschwingten Schritten und um ein Vielfaches erleichterter als noch vor einer Stunde macht er sich auf den Weg.

2.

Der Unterricht ist gerade vorbei, da klingelt sein Telefon.

»Danke«, sagt Hannah.

»Keine Ursache«, erwidert Jona, denn etwas Besseres fällt ihm auf die Schnelle nicht ein. »Wo bist du?«

»Mönche«, sagt Hannah nur. »Kommst du?«

»Zehn Minuten.«

»Bis gleich.«

Jona schafft es, in acht Minuten da zu sein. Kaum betritt er den Hof des alten Krankenhauses, fällt sie ihm um den Hals. Überrascht davon, kann er erst mal gar nicht richtig reagieren, sondern erstarrt.

»Das werde ich dir nie vergessen«, flüstert Hannah in sein Ohr. Sie drückt sich an ihn, und endlich kann sich auch Jona aus seiner Starre befreien und sie an sich drücken. So verharren sie einige Sekunden, bevor Hannah sich langsam von ihm löst.

»Gibst du mir einen Kaffee aus?«, fragt sie. »Ich habe mein ganzes Geld für die Fahrkarte von Brüssel hierher gebraucht.«

Jona tut erstaunt. »Wie, du bist nicht schwarzgefahren?«

Hannah boxt ihn spielerisch in die Seite. »Ich bin nur unter Auflagen draußen. Ein penetranter Schaffner und sie hätten mich gleich wieder eingebuchtet.«

Zum ersten Mal, seit sie sich kennen, kommt Hannah Jona richtig entspannt vor. Während sie zum *Zoetekoeke* gehen, berichtet sie von ihrer Festnahme.

»Sie haben mich sofort nach Brüssel gebracht und da in ein Verhörzimmer gesteckt. Von wegen Recht auf Anwalt! Nicht mal in die Nähe eines Telefons haben sie mich gelassen.«

»Du hast einen Anwalt?«, fragte Jona erstaunt.

»Nicht direkt. Es gibt da so ein oder zwei Telefonnummern, die wir alle immer dabeihaben. Das sind Anwaltsbüros, die sich auf die Verteidigung von Leuten wie uns spezialisiert haben und die wir anrufen können in so einer Lage wie gestern. Wenn sie einen denn lassen.«

»Sie haben dich also verhört?«

»Das war dein Freund van Leeuwen. Er wollte mir unbedingt eine Reihe von Angriffen auf Rechner der NATO-Streitkräfte in die Schuhe schieben.«

»Hattest du denn was damit zu tun?«

»Natürlich nicht. Von Militärsachen lass ich die Finger, das ist mir zu heiß. Dann wollte er, dass ich ihm meine Daten entschlüssele, damit sie sie von der Festplatte meines Notebooks ziehen können. Das hab ich logischerweise nicht gemacht, also haben sie die verschlüsselten Dateien kopiert. Wahrscheinlich sitzen sie jetzt dran und versuchen, sie zu knacken.«

»Könnten sie denn da irgendwas finden, um dich wieder zu verhaften?«

Hannah schüttelt den Kopf. »Das glaub ich nicht. Aber wenn sie unbedingt was finden wollen, dann werden sie das auch tun. Doch dafür müssen sie erst mal die Verschlüsselungen aushebeln und das kann ein paar Jahre dauern.« Sie legt den Zeigefinger an die Lippen. »Weißt du, was merkwürdig war? Van Leeuwen hat mich danach gefragt, was ich bei *Olympos* gemacht habe und wer mich verfolgt.«

»Woher weiß er das mit dem Lagerhaus?«, fragt Jona erstaunt. »Da sind doch keine Polizeikameras installiert, oder?«

»Deshalb bin ich ja auch stutzig geworden. Vor allem, weil das ja nun gar nichts mit der NATO oder der EU zu tun hat, weshalb er mich ja festgenommen hat.«

»Hmmm.« Jona legt die Stirn in Falten. »Wir sollten uns davor hüten, jeden, auf den wir treffen, für einen Agenten der CS zu halten. Vielleicht dachte van Leeuwen einfach, das hätte was mit seinen Hackerangriffen zu tun.«

»Paranoia ist ein Teil meines Jobs«, sagt Hannah.

Jona grinst. »Da könntest du dich mit Chris zusammentun. Der wittert auch immer und überall eine Verschwörung. Zumindest haben wir jetzt vor der Polizei erst mal Ruhe und können uns auf unsere eigenen Probleme konzentrieren.«

Sie sind inzwischen am Minnewater angekommen und setzen sich am Ufer ins Gras. Hannah zieht ihren Mini-PC aus dem Rucksack, klappt ihn auf und tippt ein wenig darauf herum. Dann dreht sie den Bildschirm zu Jona hin.

»Hier, das ist alles, was ich über diese *Custodes Societatis* gefunden habe.«

Jona blickt auf eine Seite, auf der verschiedene Schnipsel von Websites und aus Mails untereinander zusammengefügt sind. Die Texte sind in Englisch, Deutsch, Französisch und einigen weiteren Sprachen verfasst.

»Kannst du mir nicht eine Zusammenfassung geben?«, fragt er.

»Hast du Probleme mit dem Lesen?« Hannah sieht ihn skeptisch an.

»Nein, gar nicht«, beteuert Jona, und das stimmt auch. »Aber der Bildschirm spiegelt so in der Sonne, das macht das Lesen ein bisschen schwierig.« Außerdem hört er ihre Stimme so gern, aber das sagt er ihr nicht.

»Na gut«, sagt Hannah. »Ich steh nämlich gar nicht auf Typen, die keine Bücher mögen.«

Oh, oh, denkt Jona und geht im Kopf die Bücher durch, die er in den letzten Jahren gelesen hat. Es sind schon ein paar, aber es könnten durchaus mehr sein. Mit seinem schmalen Bücherregal im Internatszimmer wird er Hannah nicht besonders beeindrucken können.

»Angeblich wurden die CS schon vor vielen Hundert Jahren gegründet.« Hannah hat den PC wieder an sich genommen und benutzt ihn als Stichwortliste. »Zum ersten Mal taucht der Name in einem Dokument aus dem Jahre 1498 auf. Die Rede ist von einer Gruppe einflussreicher Männer, die einem ›Kapitän aus Genua‹ zu einem Schiffskommando verholfen haben. Im Gegenzug hat er sich verpflichtet, auf seiner Reise nach Indien nach einem bestimmten Buch Ausschau zu halten, das als *Liber animorum* bezeichnet wird, also als *Buch der Seelen*.«

»Kapitän aus Genua, das war doch Columbus, oder?«

Hannah nickt. »Und er wollte ursprünglich nach Indien. Das passt alles.«

»Wie geht es dann weiter?«

»Na ja, es finden sich immer mal wieder Hinweise auf die CS. Sie müssen ihre Existenz sehr gut verborgen haben, denn es gibt kaum weitere Informationen über die Ziele der Organisation. Nur, dass es immer Menschen sind, die eine gewisse Machtposition in der Gesellschaft besitzen.«

»Und die natürlich ein Interesse daran haben, diese Machtposition zu bewahren.«

»Genau. Die Frage ist nur, ob sie auch bereit sind, dafür das Gesetz zu übertreten.«

»Du meinst, *Olympos* und unsere Verfolger müssen nicht unbedingt zu den CS gehören?« Jona blickt Hannah verwundert an.

Sie klappt ihren Rechner zu. »Möglich wäre es doch, oder? Wir haben zum ersten Mal von Jan oder Willem, wie er sich jetzt nennt, von den CS gehört. Wir wissen, dass es sie gibt, wie meine Recherche bewiesen hat. Aber ob sie es sind, die hinter der Attacke auf meinen Rechner und dem Brief stehen, das wissen wir nicht. Wir nehmen es nur an, weil es naheliegt.«

»Und das ist, laut Ockhams Rasiermesser, auch meistens richtig.«

»Okkems was?« Jetzt ist es an Hannah, ihn verständnislos anzublicken.

Jona ist hocherfreut, dass er auch mal gegenüber Hannah glänzen kann.

»Ockhams Rasiermesser ist nach dem Mathematiker Wilhelm von Ockham benannt, der vor gut siebenhundert Jahren lebte. Er hat den Grundsatz formuliert, dass bei mehreren möglichen Erklärungen für ein und denselben Sachverhalt die einfachste Theorie allen anderen vorzuziehen ist.«

»Und wieso Rasiermesser?«

»Das ist eher symbolisch gemeint. Er will damit sagen, dass alle anderen Erklärungen des Sachverhalts wie mit einem Rasiermesser entfernt werden können.«

»Aha. Und das Rasiermesser sagt also, weil die CS das Buch suchen und uns jemand auf den Leib rückt, der das Buch haben will, dann bedeutet das höchstwahrscheinlich, dass es die CS sind.«

»So ist es.«

»Hmmm …« Hannah legt den Kopf in den Nacken und schließt die Augen, was Jona Gelegenheit gibt, sie ausgiebig zu betrachten. Da sind die Piercings, die ramponierten Klamotten. Aber das ist alles zweitrangig, das sind Äußerlichkeiten. Er kennt die Hannah, die sich dahinter verbirgt. Die früh gelernt hat, auf eigenen Beinen zu stehen, allen zu misstrauen. Die sich am Rand des Gesetzes oder sogar jenseits davon bewegt. Die ein Leben auf der Flucht lebt und sich in den Untergründen der Gesellschaft auskennt, von denen er noch nie etwas gehört hat. Die mal anlehnungsbedürftig ist, mal auf Distanz bedacht.

Die so ganz anders ist als er. Und die ihm trotzdem mehr und mehr so vorkommt, als wäre sie ein Teil von ihm.

Mit einem Ruck ist sie wieder da. »Was stand in deinem Brief, wann sollst du das Buch spätestens aushändigen?«

Jona zählt kurz die Tage im Kopf durch. Das ist gar nicht so einfach, denn in den letzten 72 Stunden ist so viel passiert, dass sie ihm fast wie eine ganze Woche erscheinen.

»Morgen«, antwortet er schließlich. »Morgen sind die fünf Tage um.«

»Aber was du mit dem Buch genau machen sollst, wenn du es hast, weißt du nicht.«

»Ich denke mal, sie werden morgen wieder Kontakt zu mir aufnehmen.« Sein Blick verdüstert sich. »Außerdem werden sie versuchen, dich in die Finger zu kriegen, damit sie ein Druckmittel gegen mich haben.«

»Und wir haben noch immer keine Spur …« Sie kaut nachdenklich auf ihrem Zeigefinger herum. »Was wissen wir eigentlich über Willem oder Jan, wie der sich damals nannte?«

»Willem?« Jona zuckt mit den Schultern. »Ich weiß nichts über ihn außer den Sachen, die er uns erzählt hat. Und dass er bei uns im Internat der Hausmeister ist natürlich. Und du?«

»Nur dass er damals der Assistent meines Großvaters war. Ich habe ihn manchmal in der Bibliothek bei der Arbeit getroffen. Aber das ist lange her, da war ich noch klein. Mein Opa schien große Stücke auf ihn zu halten. Zu mir war er immer freundlich und hat mir geduldig geantwortet, wenn ich eine Frage hatte.«

»Und warum er die Universität verlassen musste, das weißt du nicht? Viel gesagt dazu hat er ja nicht.«

»Das kann noch nicht so lange her sein, denke ich. Zur Zeit, als mein Großvater noch lebte, habe ich davon nichts gehört. Als ich ihn vor ein paar Jahren zum letzten Mal gesehen habe, schien alles noch in Ordnung zu sein. Dann habe ich ihn erst im *Zoetekoeke* wiedergesehen.«

»Und wieso bist du jetzt gerade auf ihn gekommen?«

»Weiß ich auch nicht so genau«, erwidert Hannah. »Mir ist nur aufgefallen, dass wir beide nicht mehr von Zippy verfolgt werden, seitdem wir mit Willem im *Zoetekoeke* gesessen haben.«

Als er Hannahs Bezeichnung für den Typ in der Jogginghose das erste Mal gehört hat, fand Jona den Namen erst ein wenig verharmlosend. Jetzt merkt er, dass ein so lächerlicher Name dem Mann etwas von seinem Schrecken nimmt.

»Du meinst, Zippy und Willem haben was miteinander zu tun?«

Hannah zieht die Schultern hoch. »Ich glaube eigentlich nicht, aber ein komisches Gefühl habe ich trotzdem.«

»Dann sollten wir ihm doch mal auf den Zahn fühlen. Zumindest weiß er eine ganze Menge über dieses Aphrodite-Buch. Ich würde gern wissen, woher er sein Wissen hat.«

»Was schlägst du vor?«, fragt Hannah.

»Vielleicht sollten wir ihm einfach mal folgen. So wie er mir gefolgt ist. Mal sehen, mit wem er sich so trifft.«

»Wenn du meinst.« Sie klingt nicht überzeugt. »Ich halte das eher für Zeitverschwendung.«

»Hast du was anderes vor?«

»Ich habe *immer* was anderes vor, Jona Schneider.« Sie packt den Computer wieder in den Rucksack. »Ich wundere mich selbst darüber, dass ich so viel Zeit mit einem Nichtsnutz wie dir verbringe.«

Weil sie dabei grinst, weiß Jona, dass sie es nicht ernst meint. »Dein Programm kann also wirklich was«, grinst er zurück.

»Auch darüber wundere ich mich«, gibt Hannah zurück, während sie aufsteht. »Normalerweise wären wir uns nie über den Weg gelaufen, und wenn doch, dann hätte ich dich wahrscheinlich nicht beachtet. Und du mich wohl auch nicht«, fügt sie schnell hinzu, als sie merkt, wie sich sein Blick verfinstert.

»Woher dann das Vertrauen in ein paar Zeilen Code?« Auch Jona ist inzwischen aufgestanden.

»Keine Ahnung. Es ist einfach nur so ein Gefühl.«

»Und jetzt?«

Sie sieht ihm direkt in die Augen. »Versprich mir, dass du nicht lachst.«

»Versprochen.«

Jona merkt, wie Hannah mit sich kämpft. Einen Augenblick hat er den Eindruck, sie macht einen Rückzieher, doch dann sagt sie: »Jetzt fühle ich mich zum ersten Mal in meinem Leben ganz.«

3.

Kurz darauf stehen Jona und Hannah vor dem Nebeneingang des Internats. Üblicherweise verlässt Willem das Gebäude durch diesen Ausgang. Um ihn aber auf keinen Fall zu verpassen, teilen sie sich auf. Hannah geht zum Haupteingang und stellt sich zwanzig Meter weiter in den Eingang eines Geschäfts. Jona bleibt, wo er ist.

Bereits eine Viertelstunde später piept Jonas Telefon. Hannah! Willem ist vorne rausgekommen, und sie folgt ihm.

Jona rennt in ihre Richtung. Als er um die Ecke biegt, kann er Willem etwa dreißig Meter weiter erkennen. Er trägt seine abgewetzte braune Aktentasche in der rechten Hand und eine lederne Schiebermütze auf dem Kopf. Daran kann man ihn auch aus der Ferne gut identifizieren.

So unauffällig wie möglich folgen sie Willem durch die Stadt, was nicht ganz einfach ist. Willem muss sich nur mal im falschen Augenblick umdrehen und schon sind sie aufgeflogen. Für den Fall haben sie sich eine Ausrede zurechtgelegt, die zwar nicht besonders überzeugend klingt, aber doch ausreichen sollte, um nicht sofort verdächtig zu erscheinen.

Der Hausmeister geht zügig vom Internat bis zum Markt und betritt dort einen Buchladen. Das Geschäft besteht lediglich aus einem lang gezogenen Raum und sie können ihm nicht nach drinnen folgen. Also bleiben sie in ein paar Metern Abstand stehen und bemühen sich, von der Menge der vorbeieilenden Touristen möglichst verdeckt zu bleiben.

Offenbar hat Willem ein Buch bestellt, denn er redet mit einem der Verkäufer, der daraufhin im Hinterraum verschwindet. Zum Glück blickt der Hausmeister nicht nach draußen, sondern beschäftigt sich mit einem der Bücher, die vor ihm auf dem Tresen liegen. Wenige Minuten später kehrt der Verkäufer mit einem Buch in der Hand zurück. Willem bezahlt, steckt es in die alte Aktentasche und kommt zur Ladentür.

Jona und Hannah ducken sich fast gleichzeitig und tun so, als würden sie an ihren Schnürsenkeln herumhantieren. Zum wiederholten Mal wundert sich Jona, wie sie beide, ohne sich abzusprechen, den gleichen Gedanken haben, so als würden sie sich auf einer gemeinsamen Wellenlänge bewegen.

Die Beine der Passanten verdecken sie zwar recht gut vor dem Hausmeister, andererseits können sie ihn auch nicht sehen. Als sich Jona vorsichtig ein wenig aufrichtet, hat Willem schon fast das Ende des Marktplatzes erreicht und verschwindet in der Sint-Jakobsstraat in Richtung Vette Vispoort.

Jona gibt Hannah, die sich inzwischen ebenfalls aufgerichtet hat, ein Zeichen, und sie rennen über den Platz hinter Willem her. Als sie die Straßeneinmündung am Rande des Platzes erreichen, können sie gerade noch die Ledermütze in der Ferne erkennen.

Ein Bus, der ihnen entgegenkommt, verdeckt ihnen kurzzeitig die Sicht, und als sie wieder frei sehen können, scheint Willem verschwunden zu sein.

»*Verdomme!*«, flucht Hannah und sie rennen bis ans Ende der Straße, die sich in zwei Richtungen teilt. Nach Luft schnappend stehen sie vor einem kleinen Antiquitätengeschäft, dessen Fenster bis oben hin mit Krimskrams aus aller Herren Länder vollgestopft ist, und blicken sich um. Der Abzweig rechts macht nach wenigen Metern eine Biegung. Ob Willem dahinter verschwunden ist?

Jona dreht sich in die andere Richtung. Dabei streift sein Blick das Schaufenster.

Er stockt.

Dann packt er Hannah am Arm und zieht sie zur Seite.

»Was ist los?«

»Er ist da im Laden!« Es ist die Lederkappe, die ihn verraten hat. Sie hat Jona bei seiner Drehung bemerkt. Hoffentlich hat Willem sie nicht ebenfalls gesehen!

Hier sind die Möglichkeiten, sich zu verstecken, nicht so gut, es gibt keine Kutschen oder Besucherströme. Hannah und Jona drücken sich in eine Toreinfahrt, in der der

Eingang zu einem kleinen Kino liegt. Wenn sie den Kopf weit genug hervorstrecken, können sie die Tür des Antiquitätenladens sehen. Dummerweise kann Willem sie umgekehrt aber auch leicht entdecken, wenn er das Geschäft verlässt. Er blickt dann genau in ihre Richtung. Aber das Risiko müssen sie eingehen.

Die Toreinfahrt mündet in eine kleine Gasse, die zwischen den Häusern hindurchführt und von Einheimischen benutzt wird, die fragende Blicke auf Hannah und Jona werfen. Herumlungern schätzt man in Brügge nicht besonders, es ist eine geschäftige Stadt, in der Geld verdient wird.

Lange müssen sie nicht warten. Willem verlässt das Antiquitätengeschäft und verschwindet um die Ecke. Sofort heften sich Hannah und Jona wieder an seine Fersen.

Erst scheint es so, als wollte der Hausmeister die Altstadt verlassen, doch dann biegt er rechts ab und geht an der Speelmansrei entlang und weiter in Richtung des alten Theaters. Er überquert den Platz und nimmt die Straße auf der gegenüberliegenden Seite.

In der Ferne taucht das Denkmal Jan van Eycks auf, eines bekannten Malers, der im 15. Jahrhundert in Brügge gelebt hat. Es steht am Ende der Spinolarei, an deren Seiten sich herrschaftliche Häuser aufreihen, die damals wie heute von den wohlhabenden Bürgern der Stadt bewohnt werden.

Hier können sie ihm nicht mehr folgen, denn die Straßen rechts und links der Rei sind nahezu menschenleer. Also verstecken sie sich hinter dem Sockel des Denkmals, um zu sehen, wohin sein Weg führt. Hannah hat keine Probleme mehr, sich an ihn zu drücken, und Jona durchströmt ein warmer Schauer, sie so nah bei sich zu spüren. Er muss sich zusammenreißen, um nicht einfach einen Arm um sie zu legen. Wie würde sie darauf wohl reagieren? Es gibt Momente, da merkt er, wie nah sie sich sind, und dann wieder andere, in denen er eine gewisse Zurückhaltung bei Hannah spürt. Doch jetzt ist nicht der Moment, um dieser Frage nachzugehen.

Während diese Gedanken durch seinen Kopf schießen, fällt ihm auf einmal etwas auf.

Aber kann das möglich sein?

»Ich wette mit dir, dass er gleich rechts abbiegt«, sagt er zu Hannah.

Sie kennt diese Gegend natürlich besser als er. Und sie weiß, was rechts von der Spinolarei liegt.

Das Haus ihres Großvaters.

»Du glaubst doch nicht …«

Für Jona war es anfangs nur eine Vermutung, doch jetzt, als er sieht, wie Willem tatsächlich rechts abbiegt, ist er sich auf einmal ganz sicher. »Genau dahin geht er.«

Hannah schüttelt den Kopf. »Ich glaube das nicht. Das ist nur ein Zufall.«

»Dann sehen wir doch einfach nach.« Jona tritt hinter der Statue hervor, und sie laufen die Rei entlang bis zu der Ecke, an der sie Willem gerade noch gesehen haben. Vor ihnen liegt eine schmale Gasse, die auf den Platz mit der verfallenen Kirche und der Villa von Hannahs Opa mündet. Vom Hausmeister ist nichts zu sehen.

»Er kann in jedes Haus gegangen sein«, vermutet Hannah. Aber es klingt nicht sehr überzeugt.

Jona weiß nicht, woher die Gewissheit stammt, die er empfindet, aber das hier, das ist eindeutig ein Zufall zu viel. Erst taucht Willem auf, als sie sich treffen. Dann ist er bestens im Bild über eine Geheimgesellschaft, die etwas sucht, mit dem Hannah zu tun haben könnte. Und nun verschwindet er ganz in der Nähe vom Haus ihres Großvaters.

Das widerspricht allen Gesetzen der Wahrscheinlichkeit.

»Wir gehen jetzt hin und sehen nach«, beschließt er. »Und wenn Willem tatsächlich da ist, dann werden wir ihn fragen, was hier eigentlich los ist.« Auch wenn er Willem misstraut, Angst vor ihm hat er nicht. Der Hausmeister ist kein böser Mensch, das spürt er. Oder glaubt es zu spüren, denn gerade beginnt ein leiser Zweifel an seiner Überzeugung zu nagen.

Sie gehen zum Tor der Villa und werfen einen Blick hindurch. Das Gebäude sieht verlassen aus, wie bei ihrem ersten Besuch vor ein paar Tagen. Jona drückt die Klinke des Tors herunter, doch es rührt sich keinen Millimeter.

»Da hat sich was bewegt!«, ruft Hannah.

»Wo? Was?«

»Am Fenster da rechts. Der Vorhang!«

Jona sieht in die angegebene Richtung, kann aber keine Bewegung erkennen.

»Sicher?«, fragt er.

»Ganz sicher«, bekräftigt Hannah.

»Dann gehen wir jetzt rein«, erklärt Jona. Er sieht sich um, ob sie jemand beobachtet, aber der Platz vor der Kirche und der Villa ist menschenleer.

Rechts neben dem Tor befindet sich eine mannshohe Mauer, die von einer steinernen Balustrade gekrönt wird. Wenn Jona sich auf die Zehenspitzen stellt, kann er mit seinen Fingern fast eine der Stützen greifen. Er tritt ein paar Schritte zurück, nimmt Anlauf und springt an der Mauer hoch. Fast findet er Halt, doch dann rutschen seine Finger ab.

Zwei weitere Versuche misslingen, aber dann klappt es. Beide Hände haben einen festen Griff gefunden. Er stemmt die Füße gegen die Mauer und klettert Stück für Stück in die Höhe. Oben angekommen, legt er sich bäuchlings auf die Balustrade und streckt seinen Arm nach unten. Hannah schlägt ein, und zwei Minuten später stehen sie, ein wenig außer Atem, vor der Tür des alten Hauses.

Hannah sieht blasser aus als gewöhnlich, fällt Jona auf. »Das Haus?«, fragt er.

Sie nickt. »Spürst du es auch?«

Jona weiß nicht so genau. In der Luft liegt ein muffiger Geruch. Das kann aber auch von dem verwilderten Garten kommen, in dem überall Haufen von verrottenden Blättern herumliegen. Schließlich befinden sie sich hier im »Moderviertel«, wie Hannah es genannt hat. Aber die Villa wirkt irgendwie unheimlich, da muss er Hannah recht geben.

»Es ist eben ein altes Haus«, sagt er leichthin, auch

wenn er sich nicht so fühlt. Aber er will Hannahs Vorahnungen nicht noch verstärken.

Sie pressen die Ohren gegen die hölzerne Eingangstür und lauschen.

Nichts.

Rechts neben der Tür ist eine alte Klingel angebracht, die halb aus dem Stein herausgebrochen ist. Jona fasst sich ein Herz und drückt auf den Knopf.

Aus dem Inneren hören sie ein dumpfes Läuten. »Strom ist also vorhanden«, konstatiert Jona. »Dann sind wir vielleicht doch richtig.«

Es vergeht bestimmt eine Minute, und Jona will gerade erneut klingeln, als sie hören, wie sich ein Schlüssel im Schloss dreht. Langsam zieht jemand die Tür auf.

Willem!

Sie hatten recht mit ihrer Vermutung!

»Ihr?«, fragt Willem mit einem Ausdruck der Verwunderung.

»Ja, wir«, entgegnet Hannah.

»Willem, wir müssen reden«, sagt Jona und bemüht sich, seiner Stimme einen entschiedenen Klang zu verleihen.

Der Hausmeister zögert einen Moment. »Ich weiß nicht, ob dies der richtige Ort dafür ist.«

»Das ist uns inzwischen egal«, sagt Hannah. »Du hast uns belogen, und jetzt wollen wir die Wahrheit wissen.«

»Und außerdem läuft morgen das Ultimatum ab«, ergänzt Jona. »Wenn wir das Buch nicht finden, werden sie Hannah etwas antun. Willst du das?«

»Natürlich nicht!« Willem versperrt immer noch den Eingang der Villa. »Gerade deshalb solltet ihr nicht hier sein.«

»Was soll das denn nun wieder heißen?« Hannah macht einen Schritt nach vorn und stößt dem Hausmeister ihren Zeigefinger vor die Brust. »Du weißt mehr, als du zugeben willst. Vielleicht weißt du sogar, wo wir das Buch finden können. Und genau jetzt ist der Zeitpunkt gekommen, es uns zu verraten.«

»Na schön«, gibt Willem zögernd nach. »Kommt rein.«

Jona wirft Hannah einen fragenden Blick zu. Sie hat ihre Lippen zusammengepresst und sieht aus, als würde sie gleich explodieren. Oder in Tränen ausbrechen? Jona merkt, dass er noch viel zu wenig über sie weiß.

Sie folgen Willem durch einen breiten Flur in eine Art Wohnzimmer im Erdgeschoss. Drei zerschlissene Sessel, ein Sofa, ein runder Tisch mit fünf Stühlen, ein dunkler Schrank mit Gläsern und Porzellan darin, eine Anrichte aus demselben Holz und ein großer Teppich auf dem abgenutzten Parkettboden. Die einzigen Zeichen von Modernität sind ein aufgeklappter Laptop auf dem Tisch und ein Flachbildfernseher, der in einer Zimmerecke auf dem Boden steht.

Willem zieht die schweren Vorhänge beiseite. Sofort sieht der Raum etwas freundlicher aus, auch wenn Jona sich nicht vorstellen kann, sich jeden Tag in einer solchen Umgebung aufzuhalten. Das Zimmer hat, wie das ganze Gebäude, etwas Bedrückendes, daran kann auch das Sonnenlicht nichts ändern, das die Staubkörner in der Luft tanzen lässt.

Hannah bleibt in der Tür stehen und lässt ihren Blick durch den Raum wandern. »Es kommt mir wie eine Ewigkeit vor«, flüstert sie. »Dabei ist es nur wenige Jahre her, dass ich mit meinem Opa hier am Tisch gesessen habe.«

Dann gibt sie sich einen Ruck und tritt ins Zimmer. Willem steht am Fenster und späht nach draußen. Er macht keine Anstalten, sie zum Hinsetzen einzuladen.

Na gut, wenn er das so haben will, denkt Jona. »Okay«, sagt er. »Was wird hier eigentlich gespielt und was ist deine Rolle dabei?«

Hannah läuft angespannt um den Tisch herum. Willem studiert seine Fingernägel, so als könnte er dort die Antwort auf ihre Fragen finden. Schließlich wendet er sich ihnen zu.

»Die ganze Geschichte hat vor vielen Jahren angefangen«, beginnt er. »Als Student sah ich eines Tages einen Zettel am Schwarzen Brett unserer Fakultät. Jemand suchte einen Assistenten für historische Forschungen. Weil ich das Geld gut gebrauchen konnte, habe ich mich beworben. Als Student ist man nicht unbedingt auf Rosen gebettet, wenn man keine wohlhabenden Eltern hat. So habe ich deinen Großvater kennengelernt, Hannah.«

»Er hatte den Zettel ausgehängt?«, fragt Jona.

Willem nickt. »Mein Wissen schien ihn wohl zu beeindrucken, denn ich bekam den Job.«

»Und was war deine Aufgabe? Wobei hast du ihm geholfen?«

»Mijnheer Vermeulen war Wissenschaftler, aber ein Außenseiter. Er befasste sich mit Sachverhalten, die von der offiziellen Wissenschaft als Humbug abgetan oder einfach nicht beachtet wurden. So war er in seinen jungen Jahren Kryptozoologe …«

»Was ist das denn?«, unterbricht ihn Jona.

»Ein Kryptozoologe forscht nach Tieren, die es angeblich nie gegeben hat«, erklärt Willem. »Also beispielsweise Lebewesen, die in Fabeln und Legenden erwähnt werden.«

»So wie das Ungeheuer von Loch Ness oder der Yeti?«

»Genau. Hannahs Großvater war eine Koryphäe auf diesem Gebiet. Später hat er seine Forschungen ausgeweitet, hat nicht nur nach Tieren gesucht, sondern auch nach legendären Gegenständen: sagenhaften Büchern und Artefakten, von denen immer wieder berichtet worden ist, für deren Existenz die Wissenschaft aber keine Beweise gefunden hat.«

»Und was war deine Aufgabe dabei?«, fragt Hannah.

»Ich habe ihm bei der Auswertung alter Quellen geholfen, bin zu allen möglichen Bibliotheken in Europa und Übersee gereist und auch zu privaten Sammlern, die uns erlaubt haben, in ihren Beständen zu recherchieren. Wenn wir genügend Hinweise beisammen hatten, ist dein Großvater auf die Reise gegangen, um vor Ort weiter nach den jeweiligen Artefakten zu suchen.«

»Und so seid ihr auch auf das *Buch der Aphrodite* gestoßen«, vermutet Jona.

Willem nickt. »Es war eines der Objekte, das Hannahs

Großvater besonders wichtig war. Denn wir wussten, dass auch andere danach suchen, die keine lauteren Absichten verfolgen.«

»Die *Custodes Societatis*«, sagt Hannah.

»So ist es. Wir sind ziemlich schnell, nachdem wir die ersten Hinweise entdeckt hatten, mit ihnen aneinandergeraten. Es gab Drohbriefe mit Aufforderungen, unsere Forschungen einzustellen. Jemand hat eine tote Katze vor der Haustür der Villa abgelegt. Wir hatten das Gefühl, beschattet zu werden. Hannahs Großvater wurden mehrfach die Autoreifen zerstochen. Alles immer anonym, aber wir waren sicher, dass die CS dahintersteckten.«

»Und was ist mit dem Buch? Hat mein Opa herausgefunden, ob es wirklich existiert und wo es versteckt liegt?«

Willem breitet die Arme aus. »Ich weiß es nicht. Er hat darüber nie mit mir gesprochen. Eines Tages hieß es nur, er stelle die Nachforschungen ein, weil ihm der Preis dafür zu hoch sei. Seitdem habe ich nichts mehr darüber gehört.«

»Wirklich?« Hannah bleibt abrupt stehen und starrt Willem an. »Oder ist das nur eine weitere deiner Ausreden?«

»Wirklich«, beteuert Willem. »Dein Großvater hat von seinen Reisen eine Reihe von Objekten mitgebracht, darunter auch alte Bücher. In der Tat gab es ein Buch, das er wie seinen Augapfel hütete. Er hat extra einen Tresor dafür angeschafft, zu dem nur er die Kombination besaß. Er stand in seinem Arbeitszimmer, und immer wenn er die

Tür hinter sich abschloss, wusste ich, jetzt nimmt er wieder das Buch aus dem Safe und blättert darin. Meistens war er danach etwas wehmütig, so als hätte er etwas gesehen, was er sich sehnlichst wünschte, was aber unerreichbar für ihn war.«

»Könnte das nicht das *Buch der Aphrodite* gewesen sein?«, fragt Jona.

»Keine Ahnung. Es ist natürlich möglich, dass er die Suche nur deshalb eingestellt hat, weil er das Buch gefunden hatte. Aber warum hat er mir das nicht gesagt? Er zog mich sonst immer ins Vertrauen.«

»Irgendwann hat er wohl gemerkt, dass man dir nicht trauen kann«, sagt Hannah, die ihre Runden durch das Zimmer wieder aufgenommen hat, ohne eine Miene zu verziehen. »Nehmen wir mal an, er hat das Buch wirklich gefunden. Wo hätte er es dann wohl versteckt? Hier in der Villa? Das klingt für mich nicht plausibel. Aber das ist der Grund, aus dem du dich immer noch hier herumtreibst, oder?«

Willem lässt den Kopf sinken. »Anfangs war es so. Doch die Geschichte ist ein wenig komplizierter.« Er dreht sich erneut zum Fenster. Jona muss sich anstrengen, um seine Worte zu verstehen, denn der Hausmeister spricht ziemlich leise.

»Ich habe deinen Großvater zum letzten Mal gesehen, bevor er die Reise antrat, von der er nicht mehr zurückkam. Er erklärte mir, dass er eine Stiftung gegründet habe, die seine Villa und alles darin erben sollte, falls ihm etwas zustoßen sollte. Mit einer Ausnahme: Die Weine im

Weinkeller waren für dich bestimmt. Sie durften nicht angerührt werden. Dann fragte er mich, ob ich den Stiftungsvorsitz übernehmen wolle.«

»Was du getan hast«, stellt Hannah fest.

»Das habe ich. Nachdem er für tot erklärt worden war, habe ich jeden Winkel dieses Hauses durchsucht, jede Wand Quadratzentimeter für Quadratzentimeter abgeklopft, ebenso die Fußböden und Decken. Nichts.«

»Und der Tresor?«, fragt Jona.

»Der Tresor war leer, als ich ihn geöffnet habe. Inzwischen bin ich mir auch ziemlich sicher, dass er das Buch nicht hier im Haus versteckt hat. Vielleicht hat er es aber auch *gar nicht* besessen, und ich bin die ganze Zeit einem Phantom hinterhergejagt.«

»Das glaube ich nicht«, sagt Hannah. »Und ich denke, du glaubst das auch nicht. Warum solltest du uns sonst im *Zoetekoeke* alles erzählt haben?«

Willem nickt. »Das stimmt. Ich bin Jona gefolgt, weil ich dich unbedingt warnen wollte. Und weil ich einen kleinen Rest an Hoffnung hatte, dass du vielleicht etwas weißt, das mir nicht bekannt ist.«

Für einen Moment schweigen alle. Jona versucht fieberhaft, einen Gedanken zu fassen, der ihm vorhin durch den Kopf geschossen ist. Er runzelt die Stirn, schließt die Augen, und dann fällt es ihm wieder ein.

»Wieso bekommt Hannah die Weine? Das ist doch eine merkwürdige Bestimmung, findet ihr nicht?«

»Nicht wirklich«, sagt Willem. »Neben alten Büchern und Artefakten hat Hannahs Großvater auch Weine gesammelt. Nur die besten Tropfen von den besten Weingütern. Die Sammlung, die unten im Weinkeller liegt, ist gut und gern einige Hunderttausend Euro wert.«

»Was?!«, ruft Hannah. »Und das sagst du mir erst jetzt?«

»Ich musste deinem Großvater versprechen, dir das erst mitzuteilen, wenn du volljährig bist. Ein Versprechen, das ich hiermit gebrochen habe.«

»Und du hast den Weinkeller sicher auch Millimeter für Millimeter abgesucht, oder?«, fragt Jona.

»Natürlich. Ich habe jede Flasche dreimal umgedreht, aber es ist wirklich nur Wein drin. Und bevor du danach fragst, auch den Garten habe ich bestimmt zweimal umgegraben. Nichts, keine Spur.«

»Damit wären wir dann wohl in einer Sackgasse gelandet«, murmelt Hannah. »Alles, was wir haben, ist eine heruntergekommene Villa, ein Keller voller Wein und ein ehemaliger Gehilfe, der nichts weiß.«

Entmutigt lässt sie sich auf einen Stuhl fallen. Jona legt ihr die Hand auf die Schulter. »Warum sollte uns denn auch in wenigen Tagen gelingen, wonach Willem Jahre gesucht hat?«

»Jona hat recht«, sagt Willem. »Vielleicht muss ich mich auch von dem Gedanken verabschieden, das *Buch der Aphrodite* jemals in Händen zu halten.« Er blickt aus dem Fenster. »Ich habe es geliebt, hier zu arbeiten«, sagt er versonnen. »Dein Großvater war ein ganz besonderer Mensch, Hannah.«

»Das war er«, bestätigt Hannah. »Und zudem ein Mensch voller Geheimnisse.«

Während die beiden sich ihren Erinnerungen hingeben, rasen die Gedanken durch Jonas Kopf. Alles, was sie heute erfahren haben, lässt nur einen Schluss zu. Wenn es das Buch wirklich gibt, wenn Hannahs Großvater es gefunden hat und wenn er das Buch tatsächlich hier im Haus versteckt hat, dann kann es sich nur im Weinkeller befinden, egal, wie oft Willem den durchsucht hat. Wäre Hannahs Großvater lediglich an ihrem materiellen Wohlergehen interessiert gewesen, dann hätte er ihr die Villa vererben oder einen Fonds einrichten können, aus dem ihr jeden Monat Unterhalt gezahlt wird. Aber das hat er nicht getan. Er hat ihr den Weinkeller vermacht. Und das nicht nur wegen des materiellen Wertes, da ist Jona sich sicher.

Das ist jetzt keine strenge logische Schlussfolgerung, das ist ihm durchaus klar. Logisch wäre es, die Suche aufzugeben, sich in ihr Schicksal zu fügen. Und vor ein paar Tagen noch hätte er das auch getan. Aber etwas hat sich verändert. *Er* hat sich verändert. In den letzten Tagen hat er mehr Entscheidungen gefällt als in dem ganzen Jahr davor. Er ist nicht mehr der Mitläufer des Lebens, der stoisch alles über sich ergehen lässt. Denn jetzt ist da Hannah, und sie braucht ihn. Und er wird sie ganz bestimmt nicht hängen lassen.

»Das Buch muss im Weinkeller versteckt sein«, sagt Jona.

Willem und Hannah blicken ihn an. »Ich habe doch erklärt …«, beginnt Willem, aber Hannah unterbricht ihn.

»Wir sollten einfach noch mal nachsehen. Das kostet uns nichts.« In ihren Augen leuchtet ein kleiner Hoffnungsschimmer auf.

»Hat dein Großvater dich denn jemals dorthin mitgenommen?«, fragt Willem skeptisch.

»Keine Ahnung«, sagt Hannah. »Erinnern kann ich mich daran nicht. Zumindest nicht in den letzten Jahren. Wenn er das getan hat, dann muss ich noch recht klein gewesen sein.«

»Na, dann los«, sagt Jona. »Willem, zeig uns den Weg.«

4.

Im Keller riecht es muffig. Überall hängen riesige Spinnweben herum. Fast erwartet Hannah, dass ihnen gleich ein Schwarm Fledermäuse entgegenkommt, den sie aufgeschreckt haben.

Erstaunlicherweise funktioniert die Beleuchtung noch. Alle paar Meter befinden sich kleine Lampen an den bröckelnden Kellerwänden, die ein trübes Licht verströmen.

Der Weinkeller liegt am Ende des Gangs. Es ist ein schmaler Raum mit Regalen auf beiden Seiten und dazwischen gerade breit genug, dass ein Mensch in die Hocke gehen kann, um eine Flasche aus den unteren Reihen herauszuziehen.

Die Gestelle mit den Weinflaschen reichen bis zur Kellerdecke. Sie sehen aus wie Bienenwaben, mit einem Fach für jeweils eine Flasche. Alles ist mit einer dicken Staubschicht überzogen.

Mit kleinen Schritten geht Hannah an den Regalen entlang, betrachtet erst die linke, dann die rechte Seite. War sie schon einmal hier? Sie hat keinerlei Erinnerung daran, alles kommt ihr fremd vor. Was kein Wunder ist, denkt sie, denn damals sah das hier bestimmt noch etwas anders aus. Oder? War nur sie es, die vor einigen Jahren die Welt noch mit anderen Augen betrachtet hat?

Sie versucht krampfhaft, sich an ihre Aufenthalte bei ihrem Großvater zu erinnern. Hat er einmal etwas von dem Weinkeller erzählt? Hat er Hinweise darauf gegeben, was sie hier machen soll? Oder hat sich Jona einfach nur geirrt?

»Und jetzt?«, fragt Willem.

Hannah schüttelt den Kopf. »Ich weiß nicht, was ich tun soll.«

Willem wendet sich zu Jona um. »Hast du eine Idee?«

Hannah bemerkt Jonas hilflosen Blick. Wie soll er wissen, ob hier das *Buch der Aphrodite* versteckt ist? Wenn sich überhaupt jemand erinnern könnte, dann sie, doch das tut sie nicht.

Hat Jona noch einen Einfall?

Oder ist das hier das Ende ihrer Suche?

Sie sieht, wie sich sein Gesichtsausdruck plötzlich verändert. Fast kann sie spüren, wie es in ihm arbeitet. Woran denkt er? Was ist ihm eingefallen, das sie bisher übersehen haben?

»Der Schmetterling«, sagt Jona.

Verblüfft starrt ihn Willem an. Nur Hannah begreift sofort, worauf er hinauswill. Sie hat es ihm selbst erzählt. Die Zeichnung des Schmetterlings ist das Einzige, was sie von ihrem Großvater besitzt. Kann es wirklich sein, dass darin der Schlüssel zum Versteck des Buches verborgen liegt?

»Hannahs Großvater hat ihr eine Zeichnung hinterlassen«, erklärt Jona Willem. »Sie zeigt einen Schmetterling. Das Tattoo an Hannahs Schulter ist eine exakte Kopie dieser Zeichnung. Darin könnte die Lösung des Rätsels stecken.«

Willem zieht erstaunt die Augenbrauen hoch. »Das wusste ich nicht«, sagt er. »Darf ich mal sehen?«

Hannah zieht den Kragen ihres Shirts fast bis über den Arm. Willem beugt sich vor und versucht, im Zwielicht des Kellers Einzelheiten zu erkennen.

»Man sieht nicht viel«, sagt Willem und richtet sich wieder auf.

»Hat die Zeichnung irgendwelche Besonderheiten, an die du dich erinnern kannst?«, fragt Jona. »Ihr wisst doch, so wie in einem Steganogramm.«

»Ein was?«, fragt Willem.

»Ein Steganogramm ist ein Computerbild, in dem eine Botschaft versteckt ist«, erklärt Hannah. »Es dient dazu, einem anderen unbemerkt Informationen zu übermitteln.«

Und in dem Augenblick, als sie diese Worte ausspricht, erinnert sie sich an etwas.

Den Tag, an dem ihr Großvater ihr die Zeichnung schenkte.

Sie steckte in einem schwarzen Passepartout, einer Mappe aus Karton. Der Schutzdeckel war an mehreren Stellen gestanzt, sodass die Farben des darunterliegenden Bildes wie bunt leuchtende Sterne ein Muster bildeten. Es steht ihr noch genau vor Augen, denn sie hat es oft betrachtet und sich gefragt, was es wohl zu bedeuten hat. Sie hat die Ausstanzungen sogar abgezeichnet und sie auf verschiedene Arten mit Bleistiftstrichen verbunden, allerdings ohne Erfolg.

Aber jetzt …

»Ich glaube, mir ist etwas eingefallen«, sagt sie. Dann stellt sie sich in die Mitte des Raums, so wie vor einigen Minuten, und betrachtet erst das eine Regal, dann das andere.

Schließlich wählt sie eine Seite. Sie senkt den Kopf, schließt die Augen für einige Sekunden und ruft sich das Muster der Löcher im Passepartout ins Gedächtnis. Sie kann es vor ihrem inneren Auge sehen. Zehn Löcher sind es, das entspricht zehn Positionen im Weinregal. Aber sind das Flaschen, die liegen bleiben sollen oder herausgenommen werden müssen?

Sie entscheidet sich fürs Herausziehen, weil das schneller geht. Sollte das nicht funktionieren, kann sie immer noch die zweite Variante ausprobieren.

Hannah zieht eine erste Flasche aus ihrem Fach. Sie reicht sie Jona, der hinter ihr steht. Der nimmt die Flasche von ihr entgegen und gibt sie weiter an Willem, der sie neben sich an die Wand des Kellerflurs stellt. Hannah zieht eine weitere Flasche aus dem Regal. Immer wieder schließt sie die Augen, versucht, die Lage der Stanzungen auf das Gestell vor ihr zu übertragen.

Schließlich lässt sie die Arme sinken. Alle zehn Flaschen sind draußen.

»Und jetzt?«, fragt Jona.

»Jetzt müsste man das Regal eigentlich von der Wand bewegen können«, spekuliert Hannah, aber sicher ist sie sich nicht. Irgendwie kommt ihr das Ganze hier surreal vor.

»Lass mich mal«, meldet sich Willem. Hannah macht ihm den Weg frei und er beginnt, am Weinregal zu rütteln. Aber sosehr er sich auch bemüht, es bewegt sich keinen Zentimeter.

Sollte doch alles nur eine Legende sein?

»Dann probieren wir die andere Seite«, schlägt Jona vor.

Hannah dreht sich um, und wiederholt den gesamten Vorgang. Flasche um Flasche wertvollen Weins reiht sich zu beiden Seiten des Kellergangs auf, aber das interessiert in diesem Augenblick niemanden.

Dann ist es so weit. Erneut betritt Willem den Weinkeller und hängt sich an das Regal.

Erst passiert wieder nichts. Doch dann, Zentimeter um Zentimeter, bewegt es sich von der Wand weg, bis der Zwischenraum breit genug ist, um einen Menschen hindurchschlüpfen zu lassen.

Was Hannah auch macht.

Hinter dem Regal ist es staubig und dunkel, und sie kann fast nichts erkennen. »Haben wir eine Taschenlampe?«, fragt sie.

»Einen Moment«, antwortet Willem, und sie hört, wie er sich entfernt.

»Kannst du irgendwas sehen?«, fragt Jona.

»Im Augenblick nicht. Aber deine Vermutung mit dem Schmetterling stimmte. Wie bist du nur darauf gekommen?«

»Eingebung, vermute ich mal. Irgendwie war der Gedanke plötzlich da, wie aus dem Nichts.«

»Wahrscheinlich hast du zu viel auf mein Tattoo gestarrt.«

»Klar. Und wer weiß, auf welche Ideen ich noch komme, wenn ich andere Teile von dir anstarre.«

»Dann hast du ab sofort die Erlaubnis dazu.« Ein angenehmer Schauer durchläuft Hannah, als sie die Worte ausspricht. Ja, es fühlt sich gut an, wenn Jona sie ansieht, das wird ihr plötzlich bewusst. Sein Blick hat nichts Abschätzendes, so wie der der meisten anderen Männer, sondern signalisiert Respekt und Zuneigung, Dinge, die sie lange vermissen musste.

Willems Rückkehr unterbricht ihren Gedankenfluss. Wenig später hält sie die Taschenlampe in der Hand. Sie knipst die Lampe an und untersucht eingehend die Kellerwand.

Sie sieht nicht anders aus als jede andere Kellerwand auch.

Aber was hat sie erwartet? Einen kleinen Wandschrank, der dazu auffordert, ihn zu öffnen und das *Buch der Aphrodite* herauszunehmen? Dann hätte es Willem längst gefunden, denn er wird die Wände hinter den

Weinregalen abgeklopft haben, als er die Flaschen alle herausgezogen hat.

So einfach kann es also nicht sein.

Hannah ist sich aber sicher, dass hier etwas zu finden sein wird. Warum sonst sollte es einen Geheimcode geben, um das Regal beiseitezuschieben? Ein Geheimcode, den all die Jahre nur sie, ohne es zu wissen, gekannt hat. Ohne Jona wäre sie nie darauf gekommen.

Sie lässt den Lichtstrahl der Taschenlampe an der Wand auf und ab gleiten. Abbröckelnder Putz, ehemals weiß, der inzwischen schmutzig grau geworden ist, ein paar rostige Wandhaken, Spinnweben überall. Keine Geheimtür, kein Fach.

Hannah beginnt, die Wand abzuklopfen und so zu prüfen, ob sich irgendwo ein Hohlraum verbirgt. Aber alles scheint massiv zu sein. Sie geht in die Hocke und untersucht den Boden. Er besteht aus grauem überall abgeschabtem Estrich, nur eine Stelle sieht ein wenig heller und sauberer aus.

Hannah beugt sich vor und klopft mit dem Griff der Taschenlampe darauf, dann auf den Boden daneben.

Eindeutig ein Unterschied!

Sollte dies wirklich das Versteck des Buches sein?

Warum hat Willem das nicht gesehen?

Wahrscheinlich hat er das Regal nicht von der Wand abrücken können. Es stand ja bereits da, als er in den Dienst ihres Großvaters trat, und so ging er wohl nicht davon aus, dass es ein geheimes Fach verdecken könnte, da es sich ja scheinbar nicht bewegen ließ.

Hannah steht auf. »Ich glaube, ich habe etwas gefunden. Im Boden. Wir brauchen einen Hammer oder etwas Ähnliches.«

Erneut verschwindet Willem und kehrt kurz darauf mit einem Werkzeugkasten zurück. Er zwängt sich hinter das Regal. Kurz darauf hallen erste Hammerschläge durch den Keller.

Hannah ist inzwischen zu Jona getreten. »Danke«, flüstert sie.

»Wofür?« Jona sieht sie mit großen Augen an.

Er ist wirklich ein netter Kerl, findet Hannah. Vielleicht sogar etwas zu nett für sie. Doch genau das braucht sie, um nicht noch mehr zu verhärten.

Ein Geheimnis, das in ihr versteckt lag, hat sie heute mit seiner Hilfe gelüftet. Was ist, wenn es noch ein weiteres gibt? Eines, das wirklich das Buch mit ihrer Software verbindet?

Bevor sie weiter darüber nachdenken kann, ertönt ein Ruf: »Hier ist ein Fach!« Man hört Metall an Metall entlangschaben. Kurz darauf kommt Willem hinter dem Regal hervor. In seinen Händen hält er ein mit einem Tuch umwickeltes Bündel.

Vorsichtig schlägt Hannah den Stoff beiseite. Darunter kommt ein dickes, in Leder gebundenes Buch zum Vorschein.

»Endlich«, sagt Willem voller Ehrfurcht. »Jahrhundertelang haben so viele Menschen danach gesucht! Und wir halten das Buch jetzt tatsächlich in den Händen!«

»Ich will euch ja nicht die Freude nehmen, aber vielleicht sollten wir erst einmal untersuchen, ob es auch wirklich das richtige Buch ist«, meldet sich Jona zu Wort.

»Du hast recht.« Willem schlägt das Buch wieder in das Tuch ein. »Lass uns nach oben gehen.«

Langsam kehren sie in das Zimmer zurück, aus dem sie gekommen sind. Willem legt das Bündel auf den Tisch. Dann zieht er sein Mobiltelefon hervor.

»Wen rufst du an?«, fragt Hannah.

»Die Leute, denen ich das Buch versprochen habe«, erwidert er.

5.

Hannah und Jona sind einen Moment wie vom Donner gerührt. Dann macht Hannah einen Schritt auf den Tisch zu.

»Du kannst das Buch nicht weggeben!«, ruft sie.

»So?« Mit einer schnellen Bewegung schnappt sich Willem das Bündel vom Tisch. »Ihr könnt beruhigt sein, die Jagd auf euch ist damit vorbei.«

Jona wirft Hannah einen Blick zu, die zu demselben Schluss gekommen ist, wie sie mit einem resignierten Kopfschütteln zu erkennen gibt. Dann waren die Verfolgungsjagden und der Drohbrief nur eine Scharade, damit Willem sich ihr Vertrauen erschleichen konnte?

Jona kann es nicht fassen. »Du hast die ganze Zeit für die Leute, die uns verfolgt haben, gearbeitet?«

»Ihr solltet mir eigentlich dankbar sein.« Willem tritt ans Fenster und wählt eine Nummer. »Oder hättet ihr lieber mit den Schlägertypen zu tun gehabt?«

Jona spürt, dass Hannah kurz davor steht, sich auf Willem zu stürzen. »Du bist ...«, ruft sie, aber sie kann den Satz nicht beenden.

Ein dumpfer Knall ertönt vor dem Haus.

Eine Glasscheibe klirrt.

Und Willem blickt erstaunt an sich herunter, dann auf Jona und Hannah und stürzt zu Boden.

Erneut klirrt Glas. Jona spürt einen Luftzug neben sich. Bevor er richtig registriert, was das bedeutet, steht auch schon Hannah neben ihm und reißt ihn zu Boden.

Jona begreift. »Jemand schießt auf uns«, krächzt er.

Bapam! Bapam! Bapam!, rast sein Herz.

Hannah gibt ihm ein Zeichen, Richtung Tür zu kriechen.

»Und was ist mit Willem? Wir können ihn doch nicht einfach zurücklassen!«

Erneut pfeift eine Kugel über ihren Köpfen vorbei und zerschmettert die Tür des Schranks an der Rückwand.

»Willem ist tot«, sagt Hannah, so als wäre das eine ganz selbstverständliche Sache.

Jona hebt den Kopf und späht zum Fenster hinüber. Der Hausmeister liegt bewegungslos auf der Seite. Unter seinem Körper läuft eine dunkle Flüssigkeit hervor.

Blut!

»Willem!«, ruft Jona. »Willem!«

Der Hausmeister rührt sich nicht.

»Du kannst ihm nicht mehr helfen«, zischt Hannah. »Wir müssen hier weg, wenn wir nicht auch so enden wollen!«

Das Bündel mit dem Buch ist Willem bei seinem Sturz aus der Hand gefallen. Jona kriecht vor, streckt den Arm aus und zieht das Buch zu sich heran. Er stopft es in seine Umhängetasche und robbt dann schnell hinter Hannah her, die schon durch die Tür hindurch ist.

Der Flur mündet am Ende in eine breite Treppe, die in die oberen Stockwerke führt. Ohne zu zögern laufen sie geduckt die Stufen hoch.

Das Schießen hat aufgehört. Ob ihre Angreifer schon auf dem Gelände sind?

Rechts und links der Treppe erstrecken sich zwei Flure. Jona versucht, sich an die Umgebung der Villa zu erinnern. War da nicht eine Garage zwischen die Rückseite des Gebäudes und das Nachbarhaus in der Seitenstraße gequetscht? Vielleicht könnten sie auf diesem Weg entkommen!

Er bedeutet Hannah, ihm zu folgen. Sie laufen den linken Flur hinunter. Vor der letzten Tür stoppt Jona. Zum Glück ist sie nicht verschlossen. Sie führt in einen schmalen Raum, in dem lediglich ein wackeliges Metallbett und eine niedrige Kommode stehen.

Jona läuft zum Fenster und reißt die Flügel auf. Das Fenster ist von außen durch drei waagrechte Eisenstreben gegen Einbrecher gesichert, aber er und Hannah sind schlank genug, um darunter durchzupassen. Jona steckt den Kopf nach draußen.

Er hat recht gehabt! Etwa zwei Meter tiefer befindet sich das Garagendach.

Von unten im Haus hören sie ein Krachen. »Beeil dich!«, drängt Hannah. »Sie brechen die Tür auf!«

Jona winkt Hannah zum Fenster. »Lass dich rückwärts raus und halt dich mit den Händen an der untersten Eisenstange fest. Dann lässt du dich einfach fallen.«

Sie begreift sofort. Jona hofft, dass das Garagendach die plötzliche Belastung aushalten wird, aber da ist Hannah schon gesprungen. Kurz blickt er ihr hinterher und sieht sie sicher auf der Garage hocken.

Unten im Haus hört er Stimmen. Dann stürmt jemand die Treppe hoch. Ohne Zögern schiebt er seinen Körper nach draußen und lässt sich fallen. Hannah ist bereits von der Garage auf die Straße gesprungen. In dem Augenblick, als Jona neben ihr landet, taucht oben am Fenster ein Kopf auf. Der Mann ruft etwas, das sie nicht verstehen, aber da sind sie schon losgerannt.

Jetzt geht es wirklich um ihr Leben.

6.

Keuchend und nach Luft schnappend lehnt Jona in einem Hauseingang. Hannah hingegen scheint das Rennen nichts ausgemacht zu haben – sie ist eindeutig besser in Form als er.

Sind sie noch hinter ihnen her? Oder haben sie ihre Verfolger abgeschüttelt?

Und was ist mit Willem?

Sie haben ihn einfach zurückgelassen, um ihre eigene Haut zu retten!

Aber was hätten sie sonst machen sollen? Sich gegen bewaffnete Männer zur Wehr setzen? Sie hatten kaum die Gasse neben der Villa verlassen, als sie hinter sich Rufe hörten. Die Angreifer hatten schnell geschaltet und waren ihnen bereits auf den Fersen. Hannah und Jona hatten Tempo gemacht, waren rechts und links in schmale Gassen eingetaucht, hatten eine kleinere Rei überquert und ihre Flucht in einem anderen Quartier fortgesetzt.

Irgendwann war von den Verfolgern nichts mehr zu hören oder zu sehen. Aber das hat nicht viel zu bedeuten. Auf jeden Fall brauchen sie Hilfe.

»Was nun?«, fragt Hannah.

»Wir müssen Willem da rausholen«, erwidert Jona.

»Und wie sollen wir das anstellen?«

»Keine Ahnung. Aber wir können ihn nicht vor die Hunde gehen lassen.«

»Falls er überhaupt noch lebt. Für mich sah das nicht so aus.«

Jonas ganzer Körper beginnt plötzlich zu zittern. Sein Herz rast, und ein Schwindel erfasst ihn. Er muss sich an der Hauswand abstützen, um nicht zusammenzusacken.

Hannah, die bemerkt, was mit ihm vorgeht, legt einen Arm um ihn. »Tief ein- und ausatmen«, sagt sie. »Das ist der Schock.«

»Sie haben Willem vor unseren Augen niedergeschossen!«, schluchzt Jona auf. »Wie kannst du da so ruhig bleiben?«

Hannah drückt ihre Stirn an seine Schulter. »Einer von uns muss ja einen klaren Kopf behalten, oder?«

Jona wischt sich eine Träne aus dem Auge. »Aber macht dir das denn gar nichts aus?«

»Das kommt bei mir später«, erwidert sie leise. »Dann musst du mich halten.«

Jona nickt. Er atmet einige Male tief durch, und das Zittern lässt tatsächlich etwas nach. Er richtet sich vorsichtig auf.

»Egal, was mit Willem ist, ich würde mir ewig Vorwürfe machen, wenn wir nichts unternehmen.«

»Und an wen sollen wir uns wenden? Dein Freund Chris ist gegen die Gangster keine wirkliche Verstärkung.«

»Und was ist mit van Leeuwen? Das ist der Einzige, der genug Mittel hat, um unsere Angreifer auszuschalten.«

»Spinnst du? Das ist doch der Letzte, der mir helfen würde. Der ist auf seine Weise genauso hinter mir her wie diese Verbrecher, wer immer sie auch sein mögen.«

»Wir müssen dich ja gar nicht erwähnen«, beruhigt Jona sie.

Er zieht die Karte aus der Tasche, die ihm der Inspektor gegeben hat, und wählt die Nummer.

»Ja?«, meldet sich van Leeuwen, nachdem es nur einmal geklingelt hat.

»Hier ist Jona Schneider. Sie haben mir …«

»Ja ja, ich weiß, wer Sie sind«, unterbricht van Leeuwen ihn ungeduldig. »Was gibt es?«

»Hier ist gerade ein Mann angeschossen worden.«

»Und wo ist *hier*? Können Sie das etwas präzisieren?«

Jona nennt die Adresse. »Es ist eine alte Villa, die einer Stiftung gehört. Die Hausnummer weiß ich nicht.«

»Und wer ist der Angeschossene? Und wo sind Sie jetzt?«

»Es ist der Hausmeister …«, antwortet Jona, als Hannah ihn am Arm zerrt. »Leg auf«, drängt sie. »Er kann uns orten!«

»Hallo, Herr Schneider?«, sagt der Inspektor.

»Ich muss jetzt los. Helfen Sie dem Mann!« Jona beendet den Anruf.

»Los, lass uns verschwinden. Vielleicht haben sie uns schon geortet und ein Streifenwagen ist auf dem Weg hierher!« Hannah streckt ihre Hand aus. »Und gib mir dein Smartphone.«

Verwundert reicht ihr Jona sein Telefon. Mit ein paar geschickten Bewegungen öffnet Hannah die Rückseite und zieht die SIM-Karte heraus.

»Hey, was machst du da?«, ruft Jona.

»Sie haben jetzt deine Nummer und können dich orten«, erklärt sie, während sie ihm Karte und Telefon zurückgibt. »Das würde ich vorerst nicht benutzen.«

Jona starrt auf die Teile in seiner Hand. »Ich wollte Chris noch anrufen!«

»Das kannst du von meinem Telefon aus.« Hannah streckt ihm ihr Smartphone hin.

»Klar«, sagt Jona. »Als ob ich seine Nummer auswendig wüsste.«

»Dann müssen wir ohne ihn klarkommen.«

»Und was machen wir jetzt?«

»Jetzt brauchen wir einen Plan. Wir können nicht ewig hier herumstehen.«

Jona überlegt. »Wir brauchen einen Ort, auf den sie nicht kommen … Maarten!«

Hannah kneift die Augen zusammen. »Wer ist das denn?«

»Er nennt sich *Mister X*. Du hast bestimmt schon mal von ihm gehört, oder?«

»Was hast du denn mit *dem* Idioten zu tun?«

»Chris hat ihn damals aufgetrieben, als ich dich nach unserer ersten Begegnung gesucht habe. Wir dachten, er könnte uns vielleicht helfen …«

»Der kann ja nicht mal sich selbst helfen. Lass bloß die Finger von dem Typen! Wir halten uns alle fern von ihm. Er hat Kontakte zu ziemlich ungesunden Leuten, denen es wie ihm nur ums Geld geht.«

Jona tritt von einem Fuß auf den anderen und räuspert sich.

»Ist da noch was?« Hannahs Augen werden noch ein wenig schmaler. Jona fühlt sich gar nicht wohl in seiner Haut.

»Na ja, wir haben ihn gebeten, sich mal das Programm auf deinem Stick anzugucken …«

»Sag mal, bist du von allen guten Geistern verlassen? *Verdomme*! Du hast ihm mein Proggie gegeben?«

»Na ja, nicht gerade gegeben. Er hat nur mal draufgeguckt und dann haben wir es wieder mitgenommen.«

Hannah schüttelt den Kopf. »Du bist wirklich naiv. Er hat garantiert eine Kopie gemacht!«

»Ganz bestimmt nicht!«, protestiert Jona. »Chris und ich standen die ganze Zeit daneben!«

»Du kannst auch die ganze Zeit neben einem geschickten Taschendieb stehen und nicht merken, wie er dir die Taschen ausräumt«, sagt Hannah. »Wohnt der Typ hier in der Nähe?«

Jona nickt. »Tut mir leid, wenn ich Mist gebaut habe.«

»Schon gut. Aber wir müssen sofort hin. Der Typ ist in der Lage und verscheuert mein Programm an den Meistbietenden!«

Sie checken kurz die Straße und laufen los. Es dauert nur fünf Minuten und sie stehen vor dem kleinen Arbeiterhaus, in dem Maarten wohnt. Die Sonne ist inzwischen untergegangen, und im Dämmerlicht hat Jona Mühe, das richtige Haus aus der Reihe nahezu identischer Gebäude herauszufinden.

Im ersten Stock brennt Licht. Schwer atmend drückt Jona die Klingel. Er sollte vielleicht doch ein wenig mehr Sport treiben, damit er nicht so schnell Seitenstechen bekommt, wenn er mal ein paar Meter rennt.

Nichts regt sich.

Jona klingelt noch einmal.

Möglicherweise hat der Hacker Kopfhörer auf und bemerkt deshalb das Läuten nicht?

Jona legt sein Ohr an die Tür.

Und stockt.

Die Tür gibt nach.

Hat Maarten vergessen, abzuschließen? Ziemlich unvorstellbar bei seiner Paranoia. Jona erinnert sich noch an die drei Extraschlösser, die er eingebaut hat. Und die sollen jetzt alle offen sein?

Vorsichtig drückt er mit der Hand gegen die Tür. Vor ihnen gähnt ein leerer dunkler Flur.

Als er das letzte Mal unaufgefordert eine Tür aufgestoßen hat, lauerte dahinter ein Killerhund. Wieso muss er gerade jetzt daran denken?

»Na los, worauf wartest du?«, drängt Hannah.

Jona fasst sich ein Herz und stößt die Tür ganz auf.

Drinnen ist es still. Auch von oben ist nichts zu hören.

Vielleicht schläft Maarten?

»Hallo«, ruft Jona und dann noch einmal lauter: »Hallo!«

Niemand antwortet.

Vorsichtig macht er einen Schritt in den Flur, dann noch einen. Hannah folgt dicht hinter ihm. Als sie beide im Flur stehen, schließt sie die Tür von innen. »So sind wir wenigstens vor unseren Verfolgern sicher.«

Ein matter Lichtschein erleuchtet die schmale Treppe, die nach oben führt.

»Hallo! Maarten! Ich bin's, Jona!«, ruft Jona noch einmal, aber erneut antwortet niemand.

Zögernd setzt er seinen Fuß auf die erste Treppenstufe. Langsam, Stufe für Stufe, steigen sie nach oben.

Auch von dort ist keinerlei Geräusch zu hören. Das Lauteste in diesem Haus ist im Augenblick ihr Atem. Jonas kommt in kurzen Stößen, denn ohne es zu merken hält er immer wieder die Luft an.

Schließlich erreichen sie den Flur im ersten Stock. Die Tür zu Maartens Zimmer ist nur angelehnt, und ein heller Lichtschein fällt auf den abgewetzten Teppich im Flur. Ein leicht beißender Geruch liegt in der Luft. Leise gehen sie die paar Schritte zu Maartens Zimmertür. Jona lauscht noch einmal kurz und als er nichts hört, stößt er die Tür auf.

Da, wo es vorher noch so sorgsam aufgeräumt war, herrscht jetzt das totale Chaos.

Der Schreibtisch ist umgeworfen, der Fernseher umgerissen und zerschmettert. Überall liegen Glassplitter herum. Das Bücherregal ist umgestürzt worden, die Bücher sind, teilweise zerfetzt, überall im Zimmer verstreut. Das Ledersofa ist aufgeschlitzt und die Füllung quillt heraus.

Nur von Maarten keine Spur.

Das denkt Jona jedenfalls, bis er das Bett sieht.

Im Gegensatz zu seinem letzten Besuch ist es diesmal eingeklappt. Oberbett und Kopfkissen liegen, ebenfalls zerfetzt, daneben.

Und zwischen dem Rahmen und dem eingeklappten Bett ragen vier Finger hervor!

Jona macht unwillkürlich einen Schritt zurück, stößt dabei gegen Hannah.

»Was ist?«, flüstert sie.

Statt einer Antwort deutet er nur wortlos auf das Bett.

Hannah drückt sich an ihm vorbei ins Zimmer. »*Verdomme*!«, entfährt es ihr.

Was sollen sie jetzt tun?

Auf jeden Fall nicht wegrennen, beschließt Jona. Willem haben sie zurückgelassen, ohne zu wissen, wie es ihm geht. Vielleicht ist Maarten nur bewusstlos?

»Maarten?«, ruft er leise. »Hörst du mich?«

Keine Antwort.

Bumm! Bumm! Bumm! Sein Herz wummert. Seine Hände sind schweißnass, und er drückt die Zähne so hart aufeinander, dass ihm schon der Kiefer wehtut.

Was wird geschehen, wenn er das Bett herunterklappt? Wird ihnen eine Leiche entgegenpurzeln?

»Was hast du vor?«, fragt Hannah, als Jona zum Klappbett geht.

»Wir müssen nachsehen, was mit ihm ist.«

»Siehst du das nicht?« Hannah hält ihn am Arm fest. »Der Typ ist hinüber!«

Behutsam löst Jona ihren Griff. »Davon will ich mich diesmal selbst überzeugen.«

Er ergreift mit beiden Händen die vorstehende Kante des Klappbetts und zieht sie ein Stück zu sich hin.

Dahinter bewegt sich etwas.

Langsam schiebt Jona den Kopf vor – und zuckt sofort zurück.

Zwischen Bett und Wand eingeklemmt liegt, wie erwartet, Maarten. Auch wenn er damit gerechnet hat, dreht Jona den Kopf weg und holt tief Luft. Schlagartig wird ihm übel und er hat das Gefühl, dass sein Mageninhalt sich gerade auf den Weg nach oben macht.

Hannah ist neben ihn getreten und nimmt seine Hand. Er wirft ihr einen dankbaren Blick zu. Gemeinsam treten sie vor und gucken noch einmal über die Bettkante.

Maartens Körperhaltung ist unnatürlich verdreht, der Kopf zur Wand, der Unterkörper nach vorn. Was Jona vom Gesicht sehen kann, ist von getrocknetem Blut bedeckt. Auch das Laken, auf dem er liegt, ist voller Blut.

Diesmal machen sie beide einen Schritt nach hinten und schnappen nach Luft.

»Was sollen wir jetzt tun?«, fragt Hannah.

»Wir müssen überprüfen, ob er noch lebt.« Jona will nicht noch einmal weglaufen. Er schließt die Augen, zählt bis zehn und tritt wieder vor. Ohne weiter nachzudenken, packt er das Bett und klappt es herunter. Maartens Körper liegt halb auf der Matratze, halb ist er dahinter auf den Boden abgerutscht. Jetzt erkennt Jona den dünnen Draht, der eng um seinen Hals geschnürt ist. Wie eine rote Halskette verläuft eine Blutspur darum.

Das ist zu viel für ihn.

Er taumelt zurück. Vorgebeugt, die Hände auf die Knie gestützt, einen sauren Geschmack im Hals, so steht er bestimmt zwei Minuten da, bis er wieder einigermaßen klar denken kann.

Wenn Hannah nicht neben ihm stehen würde und den Arm um seine Schultern gelegt hätte, hätte er wahrscheinlich sofort Reißaus genommen.

Maarten ist mausetot, das ist sicher.

Und warum, das kann Jona sich vorstellen. Hannahs Programm.

Langsam richtet er sich auf. »Meinst du …?«

»Es wäre ein Zufall zu viel, wenn das nicht mit diesem verfluchten Buch zu tun hätte«, bejaht Hannah seine unausgesprochene Frage. »Und damit auch mit meiner Software.«

»Aber wer wusste außer Chris und mir, dass Maarten eine Kopie des Sticks hatte? Wenn er denn eine hatte …«

»Die hatte er garantiert. Er hat wohl jemandem davon erzählt. Ein Jemand, der die Software so unbedingt in seinen Besitz bringen wollte, dass er dafür sogar vor einem Mord nicht zurückschreckte.«

»Das heißt, ich bin schuld an seinem Tod.« Jona lässt den Kopf sinken.

Hannah versetzt ihm einen leichten Stoß gegen die Schulter. »Red dir das bloß nicht ein! Wenn jemand an irgendwas schuld ist, dann dieser Typ selbst! Wahrscheinlich ist er losgezogen, um das Programm an den Meistbietenden zu verkaufen und dabei einfach an die Falschen geraten.«

»Glaubst du denn, er hat die Verschlüsselung geknackt? In meiner Gegenwart hat er das Programm jedenfalls nicht zum Laufen gekriegt.«

»Ein bisschen muss man sich schon anstrengen, aber für einen erfahrenen Hacker ist das kein Problem.«

Jona weiß, dass Hannah recht hat, aber trotzdem lockert sich die eiserne Hand, die sich um sein Herz geschlossen hat, nicht. Ein Mensch ist tot, vielleicht sogar zwei, und er ist mit in die Vorfälle verwickelt, die dazu geführt haben! Auch wenn er keine direkte Schuld trägt, so ist er doch Teil der Ereignisse gewesen, die diese Katastrophen zur Folge gehabt haben.

Hannah ist inzwischen zu dem umgestürzten Schreibtisch gegangen und durchwühlt das Chaos.

»Was machst du da?«, fragt Jona.

»Ich gucke, ob ich irgendwas finde, was uns weiterhilft. Eine Festplatte oder irgendeinen Hinweis, zu wem er Kontakt aufgenommen hatte. Vielleicht hat Maarten ja sogar so viel Hackerehre besessen, dass er die Software nicht herausgegeben hat.«

»Das glaubst du? Sie haben ihn gefoltert! Woher sollte sonst das viele Blut kommen? Und du glaubst, er hat geschwiegen?«

Hannah antwortet nicht, sondern kramt weiter. Jona schüttelt sich. Er wird lange brauchen, bis er den Anblick des toten Hackers nicht mehr vor Augen hat. Schon jetzt merkt er, wie ihn das Bild verfolgt. Fast glaubt er, bereits die Verwesung riechen zu können.

Halt! Jona unterbricht seinen Gedankenfluss und reckt die Nase in die Höhe. Das ist kein Verwesungsgeruch, das ist etwas anderes. Er hat ihn schon beim Betreten der Wohnung bemerkt, diesen leicht beißenden Duft, aber nicht weiter darauf geachtet.

Und er kommt aus dem Flur.

»Riechst du das auch?«, fragt er Hannah.

Sie richtet sich auf und schnuppert. »Das Bad, natürlich!«, ruft sie und stürzt an ihm vorbei in den Flur. Jona folgt ihr ohne zu zögern. Als er das Zimmer verlässt, sieht er Hannah ein paar Meter weiter in der Badezimmertür stehen. Er tritt neben sie.

Hier stinkt es bestialisch. Jona kann gerade noch erkennen, dass in der Badewanne eine trübe Flüssigkeit brodelt, aus der die beißenden Dämpfe aufsteigen, als Hannah ihn zurückstößt und die Tür zuschlägt.

»Das kann dir die Augen kaputt machen«, sagt sie.

»Säurebad?«, fragt er.

Hannah nickt. »Festplatten, Sticks, Speicherkarten, alles hinüber. Schnell und unsauber, aber effektiv. Wir sollten sehen, dass wir verschwinden.«

»Und wohin?«, fragt Jona.

»Erst mal weg hier.« Sie zieht Jona Richtung Treppe, und eine Minute später stehen sie tief durchatmend auf dem Kopfsteinpflaster vor dem Haus.

»Und jetzt?« Jona ist ratlos. Wo sind sie vor ihren Verfolgern sicher? Im Internat? Eher nicht. Da würden sie wahrscheinlich zuerst nach ihnen suchen.

»Wir könnten nach Blankenberge fahren. Meine Freundin ist für eine Woche weg, du kannst also auch da übernachten.«

Jona zögert. Was Hannah sagt, klingt logisch. Und vielleicht ist es wirklich klug, Brügge zu verlassen, solange sie noch Zeit dazu haben. Einer oder mehrere Killer sind ihnen auf den Fersen, und mit dem Buch in der Tasche fühlt er sich noch mehr wie eine Zielscheibe als zuvor.

Trotzdem widerstrebt es ihm, sich einfach zu verkriechen. Dadurch werden sie ihre Verfolger nicht los. Und wer weiß, vielleicht bringen sie sogar noch andere in Gefahr, Chris zum Beispiel.

Er will gerade ansetzen, Hannah seine Gedanken zu erklären, als unter einer Straßenlaterne nahe der St.-Gillis-Kirche, etwa fünfzig Meter vor ihnen, eine Gestalt auftaucht.

Ein Mann.

Ein Mann mit einer Pistole in der Hand.

7.

So viel wie in dieser Nacht ist Jona noch nie gerannt.

Dumm nur, dass es sich nicht um einen Wettbewerb handelt, sondern um Leben und Tod.

Denn nach den Schüssen auf Willem und der Entdeckung Maartens wissen sie, dass ihre unbekannten Verfolger vor nichts zurückschrecken. Vielleicht sollten sie ihnen einfach das Buch aushändigen und dann wäre die ganze Sache erledigt? Aber das glaubt Jona irgendwie nicht. Gestern wäre das möglicherweise noch gegangen, da war noch kein Blut geflossen, aber jetzt … Hannah und er sind unbequeme Mitwisser, und was mit denen geschieht, weiß er aus zahlreichen Filmen.

Sie sind auf ihrer Flucht vor dem Bewaffneten wieder in der Gegend vom Vette Vispoort gelandet, als Jona eine Idee hat.

Das Haus der Kuijpers!

Er zupft Hannah am Arm. »Ich hab eine Idee, wo wir

uns erst einmal verstecken können«, sagt er. Er weiß zwar nicht, warum die Kuijpers ihn und Hannah ins Haus lassen sollten, aber viel länger kann er nicht mehr rennen, das Seitenstechen wird immer schmerzhafter. Und vielleicht kreisen ihre Verfolger sie in diesem Moment sogar ein!

Das Haus der Kuijpers liegt nur eine Nebenstraße weiter, und wenige Sekunden später stehen sie vor dem eisernen Gartentor.

Jona klingelt Sturm. Hannah blickt ihn fragend an, aber er vertröstet sie mit einer Handbewegung. Immer wieder wirft er unruhige Blicke über die Schulter, ob ihre Verfolger nicht plötzlich aus dem Dunkel der Gasse auftauchen, aber sie scheinen sie vorerst abgeschüttelt zu haben.

Warum dauert das bloß so lange? Und wie soll er Lisa eigentlich erklären, dass er mit einem anderen Mädchen nachts in Brügge unterwegs ist? Daran hat er in seiner Panik noch gar nicht gedacht. Aber dafür ist es jetzt zu spät, denn über der Tür geht eine Lampe an und sie stehen da wie im Rampenlicht. Jona zieht sich automatisch zusammen, versucht, sich klein zu machen, aber natürlich sind sie jetzt schon aus der Ferne gut zu erkennen.

Endlich wird die Tür geöffnet. Es ist Lisas Vater, der sie fragend ansieht. »Herr Schneider? Lisa ist nicht da.«

»Lisa?«, fragt Hannah, aber Jona beachtet sie nicht.

»Bitte, Herr Kuijper, lassen Sie uns rein. Dann erkläre ich Ihnen alles.«

»Das ist sehr ungewöhnlich, Herr Schneider.« Kuijper

macht keine Anstalten beiseite zu treten. »Und wer ist diese junge Frau neben Ihnen?«

»Bitte«, fleht Jona ihn an. »Wir werden verfolgt. Vielleicht will man uns sogar umbringen!«

»Lass die beiden doch rein, Anton«, ertönt eine zweite Stimme. Lisas Tante taucht hinter ihrem Bruder auf.

»Das ist eindeutig ein Fall für die Polizei«, sagt Kuijper.

»Lass uns doch erst mal hören, was sie zu sagen haben«, entgegnet seine Schwester. Widerwillig macht Kuijper Platz, und Hannah und Jona schlüpfen an ihm vorbei in den Flur.

Lisas Tante geleitet sie in denselben Raum, in dem sie auch damals gesessen haben.

»Wir wollen auch gar nicht lange bleiben«, erklärt Jona. »In ein paar Minuten sind unsere Verfolger bestimmt weg und dann gehen wir wieder.«

»Unsinn«, sagt die Frau. »Nun setzt euch erst einmal und dann erzählt ihr uns, was passiert ist.«

Jona ist verwirrt. Bei ihrer ersten Begegnung war Lisas Tante noch total kühl und unfreundlich, und jetzt überschlägt sie sich auf einmal vor Gastfreundschaft. Das kommt ihm irgendwie nicht ganz geheuer vor und er beschließt, so wenig wie möglich preiszugeben. Fieberhaft versucht er, sich eine einigermaßen plausible Geschichte zurechtzulegen.

»Es geht um den Hausmeister unserer Schule«, sagt er schließlich. »Irgendwelche Leute haben ihn angeschossen und jetzt sind sie hinter uns her.«

»Was heißt das? Wer hat ihn angeschossen und warum?«, fragt Lisas Tante.

»Das wissen wir nicht«, antwortet Jona. »Er wollte uns ein paar seiner alten Bücher zeigen, da hat jemand von draußen auf ihn geschossen.«

»Aber warum rufen Sie in einer solchen Situation nicht die Polizei?« Kuijper schüttelt den Kopf.

»Das haben wir bereits getan«, sagt Jona. »Aber bis die am Tatort sind, kann noch einige Zeit vergehen.«

»Sie können natürlich gerne ein paar Minuten hierbleiben«, sagt Lisas Tante mit verständnisvollem Blick.

»Vielen Dank, wir bleiben auch nicht lange«, erwidert Hannah.

»Und Sie sind …?« Kuijper zieht fragend die Augenbrauen hoch.

»Ich bin eine Freundin von Jona.«

Kuijper mustert missbilligend ihr Äußeres und sieht dann Jona an. »Eine Freundin?«

Oh, oh, denkt Jona, jetzt kommt's. Aber da greift zum Glück Lisas Tante ein. »Vielleicht wollen Sie sich ein wenig frisch machen, bevor Sie wieder gehen?«, fragt sie Hannah. Jona kann nicht erkennen, ob sie das ernst meint oder ob es pure Ironie ist.

Hannah nickt überrascht. »Sehr gerne«, sagt sie zögerlich und folgt Lisas Tante aus dem Zimmer. Eine Minute darauf kehrt die Frau zurück. Sie bleibt in der Tür stehen und winkt ihrem Bruder, der sie fragend anblickt, ihrer Weisung aber Folge leistet.

Jona springt auf und läuft nervös hin und her. Ob ihre

Verfolger wohl aufgegeben haben oder sie anderswo suchen? Sie können nicht ewig bei den Kuijpers bleiben, das ist ihm klar. Vielleicht hat Hannah dem *Frischmachen* nur zugestimmt, um noch ein wenig Zeit zu schinden?

Eine Minute vergeht, zwei, drei. Die Kuijpers lassen nichts von sich hören, und auch Hannah kommt nicht zurück. Jona geht an den Bücherschränken entlang und versucht, einige der Titel zu entziffern, aber die meisten sind in Latein geschrieben oder in Sprachen, die er nicht kennt.

Ihm fällt das Buch ein, das er in der Tasche hat. Vorsichtig zieht er es heraus. Es ist in dunkelbraunes Leder gebunden, das an vielen Stellen Flecken aufweist. Weder auf dem Cover noch auf dem Buchrücken gibt es irgendeine Inschrift.

Jona legt das Buch auf den Tisch und schlägt es auf. Ein muffiger Geruch weht ihm entgegen. Kein Wunder, bei dem Aufbewahrungsort. Und vor allem bei dem Alter des Buches, wenn man der Legende denn Glauben schenken will.

Die Seiten sind vollgeschrieben mit Worten in griechischen Buchstaben, offenbar von Hand, so klein, dass man sie kaum lesen kann. Wenn man denn Griechisch lesen könnte. Jona fällt auf, dass nahezu alle Seiten Lücken aufweisen, mal größer, mal kleiner.

Das ist also das sagenhafte *Buch der Aphrodite,* hinter dem sie alle her sind. Das Buch, für das Menschen bereit sind, andere Menschen umzubringen.

Jona schlägt das Buch zu und steckt es wieder ein.

Mitten in der Bewegung hält er inne. Vielleicht wäre es eine gute Idee, das Buch nicht mit sich herumzuschleppen? Und wo könnte es ein besseres Versteck für einen alten Folianten geben als unter lauter anderen alten Folianten?

Er mustert die Regale, bis er eines entdeckt, in dem die Bücher nicht dicht an dicht gedrängt stehen. Er öffnet den Schrank, presst die Bände im fraglichen Regal nach links und rechts und schiebt das Buch aus seiner Tasche vorsichtig dazwischen.

Perfekt.

Jona schließt den Bücherschrank wieder. Ob van Leeuwen Willem schon aus der Villa geholt und ins Krankenhaus gebracht hat? Und was sollen Hannah und er machen, wenn sie wieder auf der Straße stehen? Ewig können sie nicht hier bei den Kuijpers bleiben.

Die Minuten verstreichen. Einmal glaubt Jona, ganz in der Nähe eine Fahrzeugtür zufallen und einen Motor kurz aufheulen zu hören. Ansonsten herrscht im und um das Haus absolute Ruhe.

Er beschließt, nachzusehen, wo Hannah bleibt. Zumindest will er es tun, denn als er die Türklinke herunterdrückt, stellt er fest, dass die Tür abgeschlossen ist.

»Hej!« Er rüttelt an der Klinke. »Herr Kuijper! Frau Kuijper!«

Keine Antwort.

Warum haben sie ihn hier eingeschlossen?

»Hannah!«, ruft er, und noch mal: »Herr Kuijper!«

Doch im Flur vor der Tür bleibt es still.

Jona läuft zum Fenster. Sie befinden sich im Erdgeschoss, es sollte also kein Problem sein, nach draußen zu gelangen. Aber als er die schweren Vorhänge beiseiteschiebt, muss er feststellen, dass beide Fenster mit massiven Eisengittern gesichert sind. Hier kommt er nicht durch.

Er sieht sich im Raum um. Gibt es vielleicht irgendwas, mit dem er die Tür aufbrechen kann? Schnell kommt er von dem Gedanken wieder ab, denn die Tür öffnet sich nach innen, und die einzigen Möbel im Raum sind die Sessel und das kleine Teetischchen, das wahrscheinlich beim ersten Schlag gegen das Türholz zersplittern würde.

Jona läuft erneut zur Tür und trommelt dagegen. Irgendwer muss ihn doch hören! Ist die Bedienstete nicht mehr im Haus? Und was ist mit den beiden Kuijpers? Wollen sie ihn auf diese Weise schützen?

Aber dann wäre doch Hannah sicher schon längst wieder bei ihm.

Jona rüttelt an der Türklinke. Es kann doch nicht sein, dass schlagartig alle ausgeflogen sind und ihn zurückgelassen haben!

Er holt aus und tritt gegen die Tür. Vielleicht kann er einen Teil des Türblatts raustreten und durchkriechen. Das dürfte den Kuijpers zwar nicht gefallen, aber sie sind ja selbst schuld, wenn sie ihn hier einschließen.

Die Tür vibriert leicht in den Angeln, aber das ist alles. Nicht mal ein Stückchen Lack platzt ab. Nur Jonas Zehen schmerzen. Turnschuhe sind definitiv nicht die richtige Wahl, wenn man eine Tür eintreten will.

Also trommelt er wieder gegen die Tür, bis ihm die

Hände wehtun. Dann lässt er sich in einen der Sessel fallen und zieht sein Smartphone heraus. Nur einer ist in der Nähe und könnte ihm jetzt helfen, nämlich Chris. Doch als er gerade wählen will, fällt ihm noch etwas ein: Hannah hat ja die SIM-Karte aus seinem Telefon genommen! Wohin hat er die vorhin gesteckt? In die Hosentasche? Er springt auf und will gerade nach der Karte suchen, als er hört, wie sich ein Schlüssel im Schloss dreht.

Langsam öffnet sich die Tür.

8.

Im Türrahmen steht … Lisa!

»Du?« Jona starrt sie an.

»Das könnte ich dich auch fragen«, erwidert Lisa. »Los, Tempo!«

»Wo ist Hannah?«, fragt Jona.

»Das ist das Erste, was du mich in meinem Haus fragst?« Ein Schatten huscht über Lisas Gesicht. »Hier ist sie jedenfalls nicht. Komm schon!«

Sie dreht sich um und verschwindet im Flur. Jona folgt ihr und fasst sie am Oberarm. »Was geht hier vor?«

»Das erzähle ich dir draußen. Und schrei nicht so, oder willst du vielleicht hierbleiben?« Sie macht seine Hand los und geht weiter.

Draußen läuft sie zielstrebig zur nächsten Straßenecke und hält erst an, als sie einen weiteren kleinen Platz erreichen. Sie zieht Jona in einen Hauseingang.

»Was machen wir hier? Was ist mit Hannah?«

»Meine Tante hat deine Freundin vor einigen Minuten von zwei Kerlen abholen lassen, die nicht besonders vertrauenswürdig aussahen.«

»Warum? Wohin haben sie sie gebracht?«

»Das hab ich sie nicht gefragt. Meine Tante und mein Vater haben nicht gemerkt, dass ich schon zurück in meinem Zimmer war. Als ich deine Stimme gehört habe, war ich natürlich neugierig und habe versucht mitzukriegen, worum es geht. Dann hat meine Tante deine Freundin zum Bad gebracht und anschließend im Flur mit jemandem telefoniert, dem sie erzählt hat, dass sie diese Hannah in ihrem Haus hätten und jemand sie holen soll. Ein paar Minuten später hat das Auto vor der Tür gehalten und zwei Typen sind ins Haus gekommen, die deine Freundin geschnappt haben, als sie aus dem Bad kam. Mein Vater hat angefangen, mit meiner Tante zu diskutieren, weil er offenbar nicht einverstanden damit war. Sie sind dann vom Flur in die Küche gegangen, um ihre Unterhaltung da weiterzuführen.«

»Und was hat dein Vater mit dieser Sache zu tun?«

»Ich weiß es nicht«, antwortet Lisa. »Aber ich glaube nicht, dass er irgendwas tun würde, was anderen Menschen schadet. Ich kenne ihn, so ist er nicht.«

Es klingt so, als wollte sie sich selbst davon überzeugen. Eine schwierige Lage, in der sie sich da befindet. Jona muss seine Meinung über Lisa revidieren. Sie hilft ihm, obwohl ihre Tante Hannah den Entführern übergeben hat und nicht klar ist, welche Rolle ihr Vater dabei spielt.

Und obwohl er mit einem anderen Mädchen bei ihr aufgetaucht ist. Er weiß nicht, ob er an ihrer Stelle dasselbe täte.

»Und dann hast du mich rausgelassen.«

»Nicht direkt. Erst habe ich uns ein Taxi gerufen.«

»Ein ...« Jona kann den Satz nicht beenden, denn in diesem Moment kommt ein alter Fiat auf den Platz getuckert und hält vor ihnen an. Erst als Lisa ihn durch die Tür auf den Rücksitz schiebt, erkennt Jona, wer am Steuer sitzt.

Chris!

Lisa schlägt die Tür hinter ihm zu und hechtet auf den Beifahrersitz. »Los!«, ruft sie, und Chris gibt Gas. Der Wagen macht einen Satz nach vorn und der Motor geht aus.

»Mist!«, flucht Chris. Hektisch dreht er den Zündschlüssel im Schloss, während Lisa ihm gute Ratschläge gibt. Schließlich springt der Motor wieder an. Diesmal gelingt es Chris, den Wagen am Laufen zu halten. Mit einer, wie es Jona vorkommt, halsbrecherischen Geschwindigkeit rasen sie durch die engen Gassen des Viertels. Erst in der Nähe des Gentpoorts bringt Chris das Fahrzeug stockend zum Stehen.

»Alter«, sagt Jona nur. Die Gedanken jagen wie wild durch seinen Kopf. »Wo hast du das Auto her? Und wieso kannst du überhaupt fahren?«

»Das ist Willems Wagen«, antwortet Chris mit ungewohnt ernstem Gesicht. »Ich habe mal ein paar Fahrstunden genommen, damit ich mit 17 den Führerschein kriege, und Willem hat mich am Wochenende manchmal mit seinem Wagen üben lassen. Seitdem weiß ich auch, wo er seine Schlüssel aufbewahrt, nämlich per Magnet unten neben dem Auspuff versteckt. Sonst verlegt er sie immer und muss ewig danach suchen, hat er mir erklärt. Als Lisa mich angerufen hat, habe ich mir erlaubt, den Wagen auszuleihen.«

»Und? Wohin fahren wir jetzt?«, fragt Lisa.

»Wir fahren zur Spinolarei.« Jona ist überzeugt, dass die alte Villa der Ort ist, wohin sie Hannah gebracht haben. Alle Fäden dieser Geschichte scheinen dort zusammenzulaufen. Hannahs Großvater hat dort gelebt, und sie war oft bei ihm zu Besuch. Das *Buch der Aphrodite* war dort versteckt. Jetzt wird sich da auch der letzte Akt dieses Dramas abspielen. Er hätte nur nie vermutet, dass Lisas Tante etwas mit dem Buch zu tun hat. Aber hat nicht Willem berichtet, dass die Mitglieder der CS allesamt hochkarätige Unternehmer und Politiker sind? So war es vielleicht Ellen Kuijper, die er anrufen wollte, bevor er niedergeschossen wurde.

Während Chris mit Lisas Hilfe den Weg sucht, überlegt Jona, was sie tun sollen, wenn sie die Villa erreichen. Er will seine Freunde nicht noch mehr in Gefahr bringen, als sie es bereits sind. Wenn Hannah tatsächlich dort ist, dann wahrscheinlich auch Zippy und seine Komplizen. Gegen die haben sie keine Chance.

Sie erreichen die Spinolarei, bevor er eine Lösung für das Problem gefunden hat. Chris parkt den Wagen und sie steigen aus.

»Und jetzt?«, fragt Lisa.

»Jetzt geht's in die Höhle des Löwen«, sagt Jona. »Ihr wartet hier. Wenn ich in einer Stunde nicht wieder da bin, ruft ihr die Polizei.«

»Du glaubst doch nicht, dass wir dich allein losziehen lassen«, protestiert Chris. »Wir sind gemeinsam hergekommen, also stehen wir das auch gemeinsam durch.«

»Das sehe ich auch so«, pflichtet Lisa ihm bei.

Jona will widersprechen, aber Chris kommt ihm zuvor. »Keine Widerrede, Alter. Entweder zusammen oder gar nicht.«

»Okay. Danke.« Jona hebt die geballte Hand und sie stoßen die Fäuste aneinander. »Dann wollen wir's denen mal zeigen.«

Das klingt selbstbewusster, als er sich fühlt. Noch immer hat er keinen Plan, und noch immer ist ihm völlig rätselhaft, wie sie Hannah befreien sollen, falls sie überhaupt in der Villa ist.

Doch als sie in die Gasse einbiegen, die zum Eingang führt, sehen sie bereits, dass einige Fenster hell erleuchtet sind.

»Und jetzt?«, fragt Lisa. Auch Chris blickt Jona unsicher an.

»Jetzt gehen wir erst mal die Lage peilen«, verkündet Jona mit größerer Gewissheit in der Stimme, als es seinem Gemütszustand entspricht.

Geduckt eilen sie bis zum Eingangstor. Im Lichtschein, der aus der Villa fällt, erkennen sie zwei Autos, die vor dem Gebäude geparkt sind. Ansonsten ist der Garten leer.

Jona drückt vorsichtig die Klinke des Tors herunter. Diesmal ist es nicht abgeschlossen. Sie drängen sich hindurch und rennen gebückt bis an das Fenster des Zimmers, in dem Willem niedergeschossen wurde.

Langsam hebt Jona den Kopf. Die Vorhänge sind nur halb geschlossen, so kann er fast den gesamten Raum überblicken. Auf dem Sofa liegt Willem. Sein Oberkörper ist frei, und er trägt einen blutbefleckten Verband um den Brustkorb und die rechte Schulter. Neben ihm sitzt Hannah und drückt ihm ein feuchtes Tuch gegen die Stirn.

Jona fällt ein Riesenstein vom Herzen. Willem lebt! Und Hannah auch!

Aber wieso ist Willem noch hier? Wo ist der Inspektor? Er sollte doch schon längst eingetroffen sein!

Um den Tisch herum sitzen der Mann in der Jogginghose und zwei Komplizen, beide mit kahl rasierten Schädeln. Sie sehen nicht so aus, als wäre mit ihnen zu spaßen. Das bestätigt Jonas Vermutung. Ellen Kuijper ist die ganze Zeit Teil der Gruppe gewesen, die hinter ihnen her war. Sie hat Zippy auf Hannah und ihn angesetzt und vielleicht auch Willem – oder waren ihre Leute es, die auf den Hausmeister geschossen haben? Aber für wen hat er dann gearbeitet?

Einer der Männer steht auf und tritt ans Fenster. Jona will sich gerade wegducken, als ihn jemand am Arm zupft. Chris blickt ihn mit angstgeweiteten Augen an.

Erst wundert Jona sich, doch dann hört er es auch.

Ein tiefes, bedrohliches Knurren.

Langsam dreht er sich um. Zwei Meter von ihnen entfernt steht der Alte aus dem Lagerhaus, ein gemeines Grinsen auf dem Gesicht. Und neben ihm, wie sollte es auch anders sein, der Höllenhund.

Zum Glück ist das Monstrum angeleint. Was nicht viel heißen will, denn der Alte hat ja selbst eingeräumt, dass er Hubert nicht halten könne, wenn der wirklich loslegt.

»So sieht man sich wieder. Wollt ihr hier auch eure Dienste als IT-Experten anbieten? Dann solltet ihr vielleicht den Haupteingang benutzen.« Der Alte macht eine Bewegung mit dem Kopf in Richtung Tür.

Das war es dann wohl mit der Hilfsaktion, denkt Jona. Jetzt sitzen sie alle in der Tinte. Und das ohne Aussicht auf Hilfe.

In diesem Augenblick hält ein Auto vor dem Gartentor. Das muss van Leeuwen sein! Jona schöpft neue Hoffnung, die aber ebenso schnell wieder verschwindet. Denn durch das Tor kommt Ellen Kuijper.

»Was machst du denn hier?!«, ruft sie, als sie Lisa erkennt.

»Das könnte ich dich auch fragen«, erwidert Lisa trotzig.

»Du hast dich mit dem kleinen Schneider verbündet, was? Vielleicht solltest du einmal darüber nachdenken, auf wessen Seite du stehen willst. Bei den Verlierern oder den Gewinnern.«

»Ich habe mich bereits entschieden«, sagt Lisa. »Auf deiner Seite will ich bestimmt nicht stehen.« Sie dreht sich zu Jona und Chris um. »Kommt, wir gehen.«

»Niemand geht irgendwohin«, kommandiert die Tante.

»Du wirst hier draußen bleiben und dich gut benehmen, wenn du nicht willst, dass sich Hubert mit dir befasst. Wir erledigen da drin, was wir zu erledigen haben, und mit ein bisschen Glück sind wir ganz schnell fertig und wieder zu Hause.« Lisas Tante zeigt auf Jona und Chris. »Ihr zwei kommt mit rein, aber flott!«

Ein böses Knurren des Höllenhundes unterstreicht ihre Worte. Jona drückt Lisa tröstend die Schulter. Dann machen er und Chris einen weiten Bogen um das Tier und gehen zur Haustür. Ellen Kuijper folgt ihnen.

Jona weiß, jetzt hat das Endspiel begonnen.

9.

Als Lisas Tante den Raum betritt, springen ihre Handlanger auf. »Wer war das?«, fragt sie und beugt sich über Willem.

»Keine Ahnung«, stöhnt Willem, der sichtlich Schmerzen hat.

»Und das Buch?«

»Das haben wir gefunden.«

Also doch, denkt Jona. Willem hat die ganze Zeit für Ellen Kuijper gearbeitet! Er hat sich ihr Vertrauen erschlichen, um an das Buch heranzukommen. Doch wer ist dann der Schütze gewesen?

»Ha!«, ruft Ellen Kuijper. »Ich wusste es! Wo war es versteckt?«

»Hinter den Weinregalen.«

»Wie konnten Sie das übersehen? Ich dachte, Sie hätten das Haus bis auf den letzten Winkel durchleuchtet!« Lisas Tante verzieht das Gesicht. »Ich bin von Versagern umgeben!«

»Es war eingemauert«, verteidigt Willem sich. »Hannahs Großvater hatte ihr einen Hinweis hinterlassen, an den sie sich heute erinnert hat.«

»Ich wollte, es wäre nicht so gewesen«, wirft Hannah ein, die immer noch neben Willem auf dem Sofa sitzt. »Aber mein Fund hat Ihnen ja nicht viel genützt.«

»Sei vorsichtig, was du sagst, Kleine. Meine Geduld ist sehr begrenzt. Also, wo ist das Buch jetzt?«

»Ich weiß es nicht«, sagt Willem mit matter Stimme. »Vielleicht hat es der Schütze mitgenommen.«

»Was ist mit der Kleinen? Die war doch auch hier.«

»Ich war bewusstlos.« Willem schließt die Augen.

Lisas Tante blickt zu Hannah und Jona. »Dann müsst ihr mir wohl weiterhelfen.«

»Wir wissen auch nichts«, beteuert Jona. »Wir sind sofort abgehauen, als Willem niedergeschossen worden ist.«

»Und ihr habt das Buch nicht mitgenommen?«

»Absolut nicht«, bestätigt Hannah.

»Und warum hat euch der Schütze dann verfolgt?«

Hannah zuckt mit den Schultern. »Keine Ahnung. Vielleicht, weil er uns ausschalten wollte?«

Ellen Kuijper stößt ein humorloses Lachen aus. »Nehmt euch mal nicht zu wichtig, Kleine.« Blitzschnell schießt ihre Hand vor. Sie packt Hannah am Arm und zieht sie zu sich hin. Jona will Hannah zu Hilfe eilen, aber Zippy springt sofort auf und stellt sich neben ihn.

»Schluss jetzt mit den Spielchen«, zischt Lisas Tante. »Ich lasse mich von euch nicht für dumm verkaufen! Du sagst mir sofort, wo das Buch ist.«

»Ich weiß es nicht!«, schreit Hannah.

»Na schön.« Ellen Kuijper stößt sie von sich. »Wir können ja mal sehen, was dein Erinnerungsvermögen macht, wenn wir dir nacheinander die Finger brechen.«

Sie macht eine kurze Kopfbewegung, und Zippys Komplizen packen Hannah an den Armen. Sie versucht, sich herauszuwinden, aber ihre Griffe sind wie zwei Schraubstöcke. Grinsend tritt Zippy, der jetzt ganz und gar nicht mehr lächerlich wirkt, auf sie zu.

Jona springt auf. »Das können Sie nicht machen!«

»Kann ich nicht? Das wirst du schon sehen.«

Jona überlegt fieberhaft, was er tun soll. Auf keinen Fall wird er zulassen, dass sie Hannah wehtun. Und da gibt es nur einen Weg.

»Halt!«, ruft er. »Hannah weiß wirklich nichts! Ich habe das Buch mitgenommen.«

»Sieh an, wie schnell die Ahnungslosigkeit verfliegt«, höhnt Lisas Tante. »Also, Kleiner, raus mit der Sprache!«

»Es ist bei Ihnen in der Bibliothek. Ich habe es zwischen den Büchern Ihres Bruders versteckt.«

Die Frau stößt erneut ein freudloses Lachen aus. »Ich muss schon sagen, du hast Nerven, Kleiner. In meinem eigenen Haus! Wo genau?«

Jona beschreibt die Stelle, an der er das Buch in den Schrank gestellt hat.

»Guido und Fred, ihr holt das Buch her«, ordnet Ellen Kuijper an. »Pieter, du hast ein Auge auf unsere Gäste.«

Aha, Zippy heißt also Pieter. Das macht ihn Jona auch nicht sympathischer. Seine beiden Komplizen verschwinden aus dem Zimmer. Er selbst baut sich neben der Tür auf und lässt dabei demonstrativ die Pistole sehen, die er im Hosenbund stecken hat.

Lisas Tante setzt sich an den Tisch. Sie macht eine einladende Geste, aber Hannah, Jona und Chris bleiben stehen.

»Ihr fragt euch sicher, warum ich hinter dem Buch her bin, oder?«, fragt sie.

»Weil Sie zu den CS gehören«, sagt Jona.

»Oh, du bist gut informiert. Ja, ich bin Mitglied der CS, wenn auch nicht im Hohen Rat. Aber das ist sowieso nur eine Versammlung von Idioten.« Sie zieht den Laptop, der immer noch auf dem Tisch steht, zu sich. »Sie wollen das Buch zerstören, weil sie im Geld schwimmen und ihnen der Wert des Buches egal ist. Ich sehe das ein wenig anders.«

»Sie wollen das Buch also nicht vernichten?«

Lisas Tante dreht sich zu ihm hin. »Würdest du die Henne, die goldene Eier legt, schlachten? Nein, das würdest du nicht. Das würde niemand. Niemand, bis auf den Hohen Rat. Aber ohne mich!«

Sie springt auf und kommt zu den Freunden herüber, die sich um Willem und das Sofa versammelt haben. »Mit dem Buch lassen sich Milliarden machen! Was meint ihr, was die Menschen dafür bezahlen würden, ihren perfekten Partner zu finden, bei all dem Unglück, den Scheidungen, dem Elend in unzähligen Ehen! Viel bezahlen würden sie, sehr viel. Denn einen Seelenverwandten zu finden, ist eigentlich unbezahlbar! Aber bald schon kann es sich jeder leisten und ich werde mein eigenes Wirtschaftsimperium aufbauen! Dagegen werden die Mitglieder des Hohen Rates wie Bettler erscheinen.«

Ellen Kuijpers Augen haben einen leeren Ausdruck angenommen, während sie sich immer mehr in Rage redet. Sie ist besessen, denkt Jona. Besessen von der Gier, reich zu sein. Seelenverwandtschaft ist für sie nur ein Mittel, um sich persönlich zu bereichern.

Sie scheint selbst zu merken, auf wie wenig Sympathie ihre Erklärungen stoßen. »Pah!«, ruft sie. »Perlen vor die Säue! Wie sollen geborene Verlierer wie ihr das jemals verstehen?«

Mit diesen Worten setzt sie sich wieder an den Tisch und kehrt ihnen den Rücken zu.

Die restliche Wartezeit verbringen sie schweigend. Es dauert nicht lange, bis Pieters Komplizen mit dem Buch zurückkehren. Im Garten sind Stimmen zu hören, dann ein Gerangel im Flur, und als die Tür aufgeht, sind nicht nur die beiden Männer zu sehen, sondern außerdem noch eine dritte Person.

Anton Kuijper.

10.

»Was hat das zu bedeuten?« Ellen Kuijper springt auf. »Was macht mein Bruder hier?«

»Wir mussten ihn mitbringen«, verteidigt sich Guido. »Er wollte unbedingt die Polizei rufen, da konnten wir ihn schlecht dalassen.«

Lisas Vater sieht ein wenig ramponiert aus. Sein Jackett ist am Ärmel eingerissen, die Krawatte verrutscht. »Ich verlange sofort eine Erklärung!«, schimpft er in Richtung seiner Schwester. »Was wird hier gespielt? Wieso wird Lisa draußen festgehalten?« Sein Blick fällt auf den verletzten Willem. »Und was ist mit diesem Mann passiert? Bist du denn von allen guten Geistern verlassen?«

»Beruhige dich, Anton.« Ellen Kuijper hat ihren Bruder erreicht und legt ihm die Hand auf die Schulter. »Lisa ist zu ihrem eigenen Schutz in der Obhut meines Mitarbeiters. Niemandem ist ernsthaft etwas zugestoßen und das wird auch so bleiben, wenn alle kooperieren.«

Kuijper deutet auf Willem. »Niemandem ist ernsthaft etwas zugestoßen? Das sehe ich aber anders.« Er greift zu seinem Smartphone. »Ich rufe jetzt die Ambulanz.«

Seine Schwester gibt Guido ein Zeichen, der Kuijper sein Telefon aus der Hand reißt.

»Was soll das? Ellen, er soll mir sofort das Telefon zurückgeben!«, protestiert Kuijper.

»Halt dich da raus, Anton! Du verstehst das nicht. Hier

geht es um Geld, viel Geld. Und gib hier bitte nicht den moralisch Aufrechten! Wir beide wissen, wie oft du dir beim Aufbau deines Vermögens die Hände schmutzig gemacht hast.«

Kuijper schweigt betreten. Jona ist erstaunt, wie kleinlaut der Geschäftsmann auf einmal ist. Bei seiner ersten Begegnung mit ihm hatte er den Eindruck, Lisas Vater wäre ein Mann, der das Befehlen gewohnt ist. Und jetzt kuscht er, nach einem kurzen Aufbegehren, vor seiner Schwester.

Die wendet sich an ihre Männer. »Habt ihr es?«

Wortlos streckt ihr Fred das *Buch der Aphrodite* hin.

»Was ist das für ein Buch?«, will ihr Bruder wissen.

»Der Schlüssel zu unermesslichem Reichtum. Freu dich, Anton, unsere Familie wird ihr Vermögen bald vervielfachen.«

Sie nimmt das Buch und trägt es zum Tisch. Vorsichtig legt sie es hin und schlägt es auf. Ihr Bruder tritt neugierig neben sie.

Ellen Kuijper betrachtet die erste Seite, blättert um, beugt sich vor, lässt den Finger über das Blatt gleiten, blättert erneut um. Dann schlägt sie gleich eine Handvoll Seiten um und wiederholt das mehrfach.

Schließlich richtet sie sich auf.

»Was hat das zu bedeuten?«, schreit sie laut. Sie fährt herum und deutet auf Hannah. »Du, komm her!«

Hannah steht auf und geht zum Tisch hinüber. Jona und Chris folgen ihr.

»Was soll das?«, herrscht Lisas Tante Hannah an. Sie

zeigt auf das Buch, über das sich in diesem Moment auch ihr Bruder beugt.

»Ich weiß nicht, wovon Sie reden«, sagt Hannah. »Ich habe das Buch vorhin zum ersten Mal gesehen. Alles, was ich darüber weiß, habe ich von Willem.«

Der Hausmeister folgt dem Geschehen aufmerksam. Jona sieht ihm an, welche Mühe es ihn kostet, sich einigermaßen aufrecht zu halten.

»Dann wird er uns sagen, wer uns hier zum Narren hält.« Lisas Tante zieht ihrem Bruder das Buch unter den Fingern weg und trägt es zu Willem hinüber. Als sie das Sofa erreicht, hat der schon seine Hände ausgestreckt.

Ellen Kuijper stößt ihm das Buch förmlich in die Handflächen, und ein leises Stöhnen entfährt dem Hausmeister. Vorsichtig legt er sich das Buch in den Schoß und schlägt es auf. Willem studiert die aufgeschlagenen Seiten, blättert um, vertieft sich erneut in den Text, blättert wieder um.

»Und?«, herrscht Lisas Tante ihn an.

»Das *ist* das *Buch der Aphrodite*«, sagt Willem mit schwacher Stimme. »Dies sind Listen von Menschen, die zusammengehören. Ihre Namen, ihre Vornamen und ihr Wohnort.«

»Das sehe ich auch! Aber das sind doch alles uralte Eintragungen! Und zudem mit der Hand geschrieben! Wo steht mein Name, wo steht seiner?« Sie deutet auf ihren Bruder. »Wie soll da jemand sein perfektes Gegenüber finden?«

»Das kann ich auch nicht beantworten«, erwidert Willem.

»Wie soll ein einziges Buch denn die Namen aller Menschen auf dieser Welt enthalten? Das ist doch völlig unmöglich«, mischt Anton Kuijper sich ins Gespräch ein. »Als Sammler alter Bücher kenne ich die Legende um das Aphrodite-Buch natürlich. Aber das ist alles, was es ist, eine Legende. Du hast doch nicht wirklich geglaubt, dass da was dran ist?«

Seine Schwester starrt ihn an. »Wenn das so ist, warum dann diese ganze Heimlichtuerei um das Buch?«

»Meine Liebe, das ist Teil der Legende. Was meinst du, wie viele der Bücher, die ich besitze, ebenfalls von solchen Geschichten umgeben sind? Aber es sind nur Geschichten, die sich Menschen ausgedacht haben.«

Kuijper scheint es zu genießen, den Finger in die Wunde zu legen. So kann er seiner Schwester wenigstens ein bisschen von der Demütigung heimzahlen, die er hat hinnehmen müssen.

»Nein, das akzeptiere ich nicht!«, ruft sie und stößt ihren Bruder beiseite.

Jona begreift, warum sie sich so aufregt. Sie hat viele Jahre oder sogar Jahrzehnte lang nach dem *Buch der Aphrodite* gesucht. Sie hat viel Geld ausgegeben, ist auch vor Verbrechen nicht zurückgeschreckt. Und jetzt muss sie feststellen, dass all ihre Mühe umsonst war.

»Vielleicht haben wir die Legende auch nur falsch verstanden«, ertönt Willems schwache Stimme. »Denn es stimmt, wie sollten die Namen aller Menschen auf der Welt in einem einzigen Buch Platz finden? Vielleicht muss der Besitzer des Buches etwas tun. Also einen Namen hineinschreiben und das Buch ergänzt dann den des Seelenverwandten. Das würde auch die leeren Seiten erklären.«

Lisas Tante sieht Willem einen Moment lang an, als wäre er nicht ganz bei Trost. Dann reißt sie ihm das Buch aus den Händen und kehrt damit zum Tisch zurück. »Na gut, probieren wir es aus. Anton, gib mir deinen Füller!«

Gehorsam greift ihr Bruder in sein Jackett und zieht einen wertvoll aussehenden Füllfederhalter hervor. Seine Schwester setzt sich und schlägt eine Seite mit einer Lücke auf. Sie schraubt die Kappe vom Füller und schreibt ihren Namen in das Buch.

Nichts passiert.

Sie warten eine Minute, zwei. Die Stelle neben ihrem Namen bleibt leer.

Ellen Kuijper wirft den Füller achtlos auf den Tisch. »Wir sind alle einem Märchen aufgesessen«, sagt sie in bitterem Ton. »Das Buch hat höchstens historischen Wert. Vielleicht können wir es noch verkaufen und so einen Teil unserer Ausgaben wieder reinholen.«

Sie lässt ihren Blick über Willem und die drei Freunde schweifen. Plötzlich hellt sich ihre Miene auf. »Aber möglicherweise sind wir doch nicht umsonst hier! Es gibt ja immer noch die Software!«

11.

Jona hat befürchtet, dass es dazu kommen wird.

Wenn das, was Hannah in ihrer Nachricht auf dem USB-Stick geschrieben hat, stimmt, dann besitzt sie selbst keine Kopie des Programms mehr. Aber das wird ihr Lisas Tante nie glauben. Die einzige Version befindet sich auf dem Original-Stick in seinem Zimmer im Internat.

Ellen Kuijper tritt auf Hannah zu. »Du wirst uns jetzt zeigen, wie dein Programm funktioniert. Und warum es so gut funktioniert.« Die Frau deutet auf Willems Laptop, der immer noch auf dem Tisch steht. »Los!«

»Das geht leider nicht«, sagt Hannah.

»Keine Spielchen mehr«, warnt Lisas Tante sie.

»Das ist kein Spiel.« Hannah verschränkt die Arme vor der Brust. »Ich habe die Software vernichtet.«

»Du hast was …?«

»Ich hab sie unwiederbringlich geschreddert.«

Ellen Kuijpers Augen verengen sich zu zwei schmalen Schlitzen. »Das werden wir gleich mal überprüfen. Du hast genau drei Minuten Zeit, dein Programm rauszurücken. Anschließend werden wir deinem Freund für jede Minute, die du trödelst, eines seiner Fingerglieder abschneiden.«

Bevor Jona eine Bewegung machen kann, hat Fred ihn gepackt und zum Tisch gezerrt. Er dreht ihm den Arm auf den Rücken und hält ihn mit der Rechten daran fest.

Mit der linken Hand presst er Jonas Linke auf die Tischplatte. Pieter hat schon ein ziemlich scharf aussehendes Messer aus der Hose gezogen und hält es über das oberste Glied von Jonas kleinem Finger.

»Ich bitte dich, Ellen«, ruft Anton Kuijper. »Das geht zu weit! Lasst sofort den Jungen los!«

»Misch dich da nicht ein, Anton«, fährt ihn seine Schwester an. »Ich bin so weit gekommen, da lasse ich mir von einer Rotzgöre nicht auf der Nase herumtanzen. Sie braucht nur zu reden, und dem Jungen passiert nichts.«

»Ich habe Ihnen doch schon gesagt, das Programm gibt es nicht mehr!«, ruft Hannah.

»Das werden wir ja sehen. Eine Minute ist um.«

Was wird Hannah machen? Jona spürt fast, wie es in ihrem Kopf arbeitet. Wenn ihr keine Lösung einfällt, wird er wohl den Stick rausrücken müssen.

Da ertönt eine Stimme: »Halt!«

Alle Anwesenden fahren herum. In der Tür steht ein hochgewachsener Mann mit blonden Haaren, die ihm über den Hemdkragen fallen. Hinter ihm treten zwei weitere Männer in den Raum, die jeweils eine Pistole in der Hand halten.

»Zeus!«, entfährt es Ellen Kuijper.

»Sie?«, sagt ihr Bruder verdutzt.

Zeus? Was ist das nun wieder? Jona blickt überhaupt nicht mehr durch. Er registriert nur dankbar, dass Pieter von ihm abgelassen hat und ebenso verblüfft auf die Neuankömmlinge starrt wie alle anderen.

»Ich bin erstaunt, dass Sie nicht einmal davor zurückschrecken, Kinder zu foltern«, bemerkt der Mann, den Lisas Tante »Zeus« genannt hat. »Sie müssen schon sehr verzweifelt sein. Und sehr skrupellos.«

Ellen Kuijper hat die Sprache wiedergefunden. »Erzählen *Sie* mir doch nichts über Skrupellosigkeit, Sie Heuchler! Sie haben diesen Mann niedergeschossen.« Sie deutet auf Willem.

»Das müssen Sie meinen Leuten nachsehen. Sie hatten den Auftrag, auf jeden Fall zu verhindern, dass das Buch in die falschen Hände gerät. Dafür hat der Hohe Rat sogar eine Terminierungsorder erteilt.«

»Sicherlich auf Ihre *Anregung* hin.«

Zeus ignoriert die sarkastische Bemerkung. »Und unser Freund Anton Kuijper ist auch mit im Boot? Das hätte ich nie gedacht. So finden Sie also auch den Weg zu den CS.«

»Niemand ist hier mit im Boot«, protestiert Kuijper. »Außer Ihnen, was mich doch sehr überrascht. Der Vorsitzende des Unternehmerverbandes …«

»Man tut, was man kann.« Er wendet sich Lisas Tante zu. »Und jetzt das Buch.«

Sie deutet auf den Tisch. »Da liegt es. Ein wertloses Stück Altpapier.«

Zeus zieht die Augenbrauen hoch. »So?«

»Wir sind alle einem Märchen aufgesessen, Sie ebenso wie ich.«

»Das werden wir ja sehen.« Zeus geht zum Tisch und wirft einen Blick in das Buch. Pieter und Fred haben Jona inzwischen losgelassen und warten darauf, wie es weitergeht. Gegen die beiden Männer mit den Pistolen, die Zeus begleiten, kommen sie Jona wie Amateure vor.

Zeus schlägt das Buch zu. »Und was ist mit der Software?«, fragt er Ellen Kuijper.

»Das wollten wir gerade herausfinden, als Sie uns unterbrochen haben.«

»Mit diesen brachialen Methoden?«

Ellen Kuijper deutet auf Hannah. »Die Kleine behauptet, das Programm zerstört zu haben.«

»Ah, die Enkelin des alten Vermeulen, nicht wahr?« Zeus lächelt Hannah an. »Nun, da können wir vielleicht weiterhelfen.« Er greift in die Tasche und zieht einen daumennagelgroßen USB-Speicher heraus. »Das wollte uns einer unserer ehemaligen Mitarbeiter verkaufen. Ein guter Mann, programmiertechnisch absolut auf der Höhe, hat den größten Teil unseres Überwachungsprogramms geschrieben. Leider etwas gierig. Schade um diese Verschwendung von Ressourcen.«

Maarten hat also für Zeus gearbeitet! Das erklärt vieles. Dann haben die Killer der CS ihn umgebracht, nachdem sie ihm die heimlich gezogene Kopie von Hannahs Software abgenommen hatten.

Jona erschaudert. Ellen Kuijper, Pieter und seine Komplizen, der Höllenhund – sie alle verblassen vor der Kaltblütigkeit und Boshaftigkeit dieses Mannes.

Zeus hält Lisas Tante den Speicher hin. »Bitte, meine liebe Ellen, Sie sind am Zug.«

Ellen Kuijper zögert kurz, dann nimmt sie den Datenträger und setzt sich an den Rechner. Sie aktiviert den Desktop und steckt den Mini-Stick ein. Dann klickt sie den Ordner auf und versucht, das Programm durch einen Doppelklick zu starten. Ohne Erfolg. Sie führt es als Administrator aus und im Kompatibilitätsmodus, aber nichts funktioniert.

Hannah betrachtet ihre Bemühungen mit versteinerter Miene. Jona fragt sich, was jetzt wohl in ihr vorgeht. Ellen Kuijper untersucht noch einmal alle Dateien, aber auf dem Rechner fehlen die Werkzeuge, die sie benötigen würde, um den Quellcode zu analysieren – wenn sie denn überhaupt damit umzugehen wüsste.

Schließlich gibt sie auf. »Ich krieg's nicht hin«, sagt sie und blickt Hannah böse an.

»Dann wirst du uns eben eine Vorführung geben müssen«, fordert Zeus Hannah auf.

Hannah zieht den Rechner zu sich hin und öffnet eine der Dateien im Texteditor. Rasend schnell scrollt sie durch den Text, muss einmal nach oben zurück, dann wieder ein Stück nach unten, und tippt schließlich in einem ebensolchen Tempo eine Zeichenkette ein. Sie speichert die Datei ab, schließt sie und startet das Hauptprogramm mit einem Doppelklick.

Ein einfaches Fenster öffnet sich. Das einzige gestaltete Element ist der Schriftzug oben links in der Ecke. In großen Buchstaben steht da SOUL HUNTERS, Seelenjäger.

Sind wir das nicht alle hier, denkt Jona und wundert sich darüber, dass er in dieser Situation so einen Gedanken fassen kann.

Unter dem Logo befindet sich ein Eingabefeld für einen Benutzernamen. Hannah dreht den Rechner zu Lisas Tante hin und zeigt ihr den einzugebenden Namen. »Bitte.«

Die Frau tippt »Helene« in das Namensfeld und drückt auf die Eingabetaste. Sofort geht ein weiteres kleines Fenster auf. *User »Helene« not accepted* steht da nur. Und eine Schaltfläche mit *Try again*.

Lisas Tante wirft Hannah erneut einen bösen Blick zu und klickt das Fenster weg. Diesmal trägt sie eine Kombination aus ihrem Namen und ein paar Zahlen ein.

User ›kuiJp1806per‹ not accepted. Try again.

»Würdest du mir das bitte erklären?«, fragt sie Hannah in drohendem Ton.

Die scheint selbst überrascht, wie Jona bemerkt. »Einen Moment«, sagt sie, zieht den Laptop zu sich und tippt, so wie Lisas Tante vorhin, »Helene« in das Namensfeld. Dann drückt sie die Eingabetaste.

Sofort geht ein neues Fenster auf, in dem alle möglichen Einzelheiten zur Person abgefragt werden.

»Wieso funktioniert das bei dir und nicht bei mir?«, fragt Lisas Tante.

»Keine Ahnung.« Hannah wirkt ratlos.

»Dem können wir abhelfen«, sagt Zeus. »Schade, ich dachte, du hättest etwas vom Verstand deines Großvaters geerbt, aber das scheint nicht der Fall zu sein. Und wir wollen schließlich nicht die ganze Nacht hier verbringen, oder?« Er macht eine knappe Handbewegung, und einer seiner Handlanger kommt zum Tisch.

In diesem Augenblick fängt der Höllenhund draußen an zu bellen.

Alle drehen sich zum Fenster um.

Alle, bis auf Jona.

Er hat genug!

Seit Tagen verfolgen ihn diese Leute und machen ihm das Leben zur Hölle. Und heute stoßen sie ihn den ganzen Abend herum und bedrohen ihn und seine Freunde.

Es reicht!

Egal was passiert, er wird sich nicht widerstandslos die Finger abschneiden lassen oder zusehen, wie Zeus' Handlanger Hannah malträtiert!

Er spürt schon seit einiger Zeit den dunklen Wutklumpen, der sich in seinem Bauch immer fester zusammenballt.

Jetzt ist es an der Zeit, ihn rauszulassen.

Mit einem beherzten Griff reißt er dem überraschten Pieter das Messer aus der Hand und sticht es Zeus' Handlanger in den Oberschenkel. Mit einem lauten Jaulen lässt der Mann seine Waffe fallen und sackt zu Boden. Pieter packt Jona am Arm, als Hannah geistesgegenwärtig den Laptop vom Tisch reißt und ihn dem Mann von hinten auf den Schädel donnert. Chris nutzt die Verblüffung der Kuijpers und stürzt sich auf Lisas Tante, die er mit seinem Schwung zu Boden reißt. Und Anton Kuijper springt Zeus an und wirft ihn ebenfalls nieder.

Das Ganze hat nur wenige Sekunden gedauert.

Zeus' Gehilfe liegt jammernd halb unter dem Tisch und hält sich das blutende Bein.

Pieter ist bewusstlos neben ihm zusammengesackt.

Chris presst die Arme von Lisas Tante auf den Boden, die sich unter ihm windet, sich aber nicht aus seinem Griff befreien kann. Guido ist zu ihnen gestürzt und versucht, Chris von seiner Chefin wegzureißen, während Fred die Pistole in seiner Hand unentschlossen mal hierhin, mal dorthin schwenkt.

Und Kuijper ringt mit Zeus, der langsam, aber sicher die Oberhand gewinnt.

Einer allerdings hat sich nicht ins Gewühl gestürzt. Der Mann, der noch an der Tür geblieben war, hat seinen Posten verlassen und steht jetzt vor ihnen, die Waffe im Anschlag. Abdrücken kann er nicht, denn die Gefahr, seinen Chef zu treffen, ist in dem Gemenge zu groß.

»Auseinander!«, brüllt er stattdessen. »Auseinander, oder ich schieße!«

»Das würde ich mir gut überlegen«, erklingt eine Stimme von der Zimmertür her.

Der Mann mit der Waffe fährt ebenso herum wie alle anderen, sofern sie dazu in der Lage sind.

Da steht Inspektor van Leeuwen, eine Maschinenpistole im Anschlag.

Jona hätte nie gedacht, dass er sich einmal über das Erscheinen des Inspektors freuen würde.

Aber jetzt tut er es.

12.

Der Inspektor hat seinen Satz kaum zu Ende gesprochen, als Zeus, der Kuijper von sich gestoßen hat, ihm entgegentritt.

»Und was soll das jetzt werden?«, fragt er, durch die Waffe offenbar nicht im Geringsten eingeschüchtert. Sein Ton ist ebenso selbstsicher wie zuvor.

»Das wird eine Festnahme«, erwidert van Leeuwen ungerührt.

»Haben Sie da nicht eine Kleinigkeit vergessen, mein Lieber?« Zeus reibt Daumen und Zeigefinger aneinander. »Sie werden von mir bezahlt.«

»Der Hinterbliebenenfonds von Europol bedankt sich ganz herzlich für Ihre Spenden«, gibt der Inspektor trocken zurück. »Aber wir wollen ihm heute doch keine weiteren Belastungen hinzufügen, oder?«

Er deutet mit dem Lauf auf Zeus' zweiten Begleiter, der seine Pistole nach wie vor in der Hand hält, ebenso wie einer von Pieters Kumpanen.

Zeus hebt die Hand. »Keiner schießt ohne meinen Befehl«, sagt er laut. Dann wendet er sich wieder dem Inspektor zu. »Finden Sie es nicht zu spät für einen plötzlichen Sinneswandel?«

»Es gibt für jeden eine rote Linie«, antwortet van Leeuwen. »Sie haben meine überschritten, als Sie Ihre Killer nach Brügge geschickt haben.«

Jona traut seinen Ohren nicht. Van Leeuwen hat mit

diesem Zeus und den CS die ganze Zeit gemeinsame Sache gemacht? Das erklärt, warum auch er hinter Hannahs Software her war. Nicht, weil sie eine Gefahr für EU oder NATO darstellten, sondern für die Ziele der CS!

»Und jetzt befehlen Sie Ihren Leuten, die Waffen niederzulegen.« Der Inspektor hebt den Lauf seiner Maschinenpistole leicht an.

Zeus schüttelt den Kopf. »Mein lieber Freund, das werde ich nicht tun. Wir sind zu viert, Sie sind allein. Sie können uns nicht alle erwischen, bevor Sie selbst dran sind.«

»Das brauche ich auch nicht.« Jetzt ist es an van Leeuwen, überlegen zu lächeln. »Vor der Tür stehen zehn schwer bewaffnete Kollegen von mir. Die erscheinen hier drin, sobald auch nur ein Schuss fällt.«

»Damit kommen Sie nicht durch!« Zeus' Stimme ist lauter geworden. Von der Gelassenheit, die ihn gerade noch auszeichnete, ist auf einmal nichts mehr zu spüren. »Ich habe alle unsere Transaktionen dokumentiert! Wenn ich ins Gefängnis gehe, dann werden Sie mich begleiten.«

»Das glaube ich kaum«, widerspricht der Inspektor. »Dokumentiert habe ich ebenfalls, nämlich meine Infiltration Ihrer Organisation. Was meinen Sie, wem man bei der Staatsanwaltschaft eher glauben wird?«

Zeus lächelt verächtlich. »Einem doppelten Verräter wie Ihnen gewiss nicht, dafür werde ich schon sorgen.«

»Das werden wir ja sehen. Und jetzt die Waffen weg!«

Wie um seine Worte zu unterstreichen, drängen mehrere bewaffnete Polizisten in den Raum.

Jona atmet auf.

Es ist vorbei.

1.

Und wieder stehen sie vor den Mönchen.

Aber diesmal ist alles anders.

Der Innenhof ist weiß von frisch gefallenem Schnee, und das alte Hospital wirkt auf einmal wie ein Märchenschloss. Ein paar Flocken wirbeln noch in der Luft herum, und alle Geräusche sind merkwürdig gedämpft, so als ob sich ein riesiger Wattebausch über die Stadt gelegt hätte.

Hannah und Jona stehen Hand in Hand vor der Skulptur, an der sie sich zum ersten Mal getroffen haben. Das war vor drei Monaten, und doch hat Jona jenen Tag noch so genau vor Augen, als wäre es gestern gewesen.

In wenigen Minuten wird der Jahresabschlussball des Internats beginnen, aber das ist ihnen egal. In diesem Moment, so wie in vielen anderen der letzten Wochen, gibt es außer ihnen beiden nichts anderes auf der Welt.

»Weißt du eigentlich, dass du mich gerettet hast?«, fragt Hannah mit leiser Stimme und lehnt ihren Kopf an Jonas Schulter.

Er lässt ihre Hand los und legt den Arm um sie. »Ach was«, sagt er. »Du wärst auch allein klargekommen.«

»Das dachte ich auch. Bis ich dich getroffen habe. Da wurde mir bewusst, was mir gefehlt hat.«

»Das war aber nicht von Anfang an so«, grinst Jona.

»Doch, war es. Als ich dir am Simon Stevinplein in die Augen gesehen habe, wusste ich sofort, du bist es.«

»Aber direkt gezeigt hast du mir das nicht.«

»Ich wollte nicht, dass du übermütig wirst«, lächelt Hannah. »Und außerdem habe ich meinen Gefühlen nicht getraut.«

Jona antwortet nicht, sondern drückt sie fest an sich.

»Alter!«, ertönt eine Stimme hinter ihnen.

Langsam löst Jona seinen Arm und sie drehen sich um. Da stehen Christopher und Lisa Kuijper, ihre besten Freunde. Komisch, denkt Jona, vor drei Monaten konnte ich Lisa nicht ausstehen, und jetzt verbringen wir so viel Zeit miteinander.

Die Nacht in der alten Villa hat alles verändert!

Nicht nur für ihn und Hannah, sondern für alle Beteiligten.

2.

Nach der Festnahme von Zeus, Ellen Kuijper und ihren Leuten wurde Willem mit einem Rettungshubschrauber ins Krankenhaus geflogen, wo es den Ärzten mithilfe mehrerer Bluttransfusionen gelang, seinen Zustand zu stabilisieren.

Hubert, der Höllenhund, war von den Polizisten mit einem Elektroschocker ruhiggestellt und in ein Tierheim transportiert worden.

Der Mord an Maarten, dem Hacker, blieb ungeklärt. Es gab keine Fingerabdrücke außer denen von Hannah und Jona, keine Zeugenaussagen und auch kein anderes belastendes Material. Bei der Überprüfung seiner Telefonanrufe wurde zwar festgestellt, dass er am Vormittag bei *Olympos* angerufen hatte, aber da sowohl Zeus als auch der Alte mit dem Höllenhund schwiegen, konnte nicht bewiesen werden, welcher der beiden von Zeus engagierten Gangster den Hacker getötet hatte.

Jona und seine Freunde fanden das extrem ungerecht. »So funktioniert nun einmal unser Rechtssystem«, hatte ihnen Jonas Vater erklärt. »Es soll uns davor schützen, einen Unschuldigen zu verurteilen. Dafür müssen wir dann manchmal in Kauf nehmen, dass ein Schuldiger frei rumläuft.«

Freikommen würde allerdings keiner der Festgenommenen, so viel war sicher. Es gab genug andere Straftaten, die ihnen zur Last gelegt wurden, um sie für viele Jahre hinter Gitter zu bringen. Das konnte auch Ellen Kuijper bevorstehen, obwohl ihr Bruder ihr einen der besten Strafverteidiger des Landes bezahlte.

Zeus wurde durch die Aufzeichnungen van Leeuwens schwer belastet. Ihm würde der Prozess wegen Bildung einer kriminellen Vereinigung gemacht werden, wenn auch nicht genau klar war, was diese Vereinigung eigentlich für Ziele verfolgte. Darüber schwieg er sich beharrlich aus, und auch der Inspektor konnte keine Namen weiterer Mitglieder der CS nennen, abgesehen von Ellen Kuijper, gegen die auch Willem aussagte.

Noch bevor Hannah und Jona Willem im Krankenhaus besuchen konnten, hatte Jona einen dicken Briefumschlag in seinem Zimmer gefunden, der an Hannah und ihn adressiert war. Darin befanden sich ein Schlüsselbund, ein Stapel amtlich aussehender Dokumente sowie ein Brief.

Liebe Hannah,
lieber Jona,

ich glaube, ich bin Euch einige Erklärungen schuldig. Ich kann verstehen, wenn Ihr mich verachtet, denn das, was ich getan habe, war verachtenswert. Ich habe meine Freundschaft zu Deinem Großvater missbraucht, Hannah, um Dich in die Irre zu führen und Euch beide in größte Gefahr zu bringen.

Dafür möchte ich mich entschuldigen, auch wenn ich weiß, dass das viel zu wenig ist. Vielleicht kann ich es auf andere Weise irgendwann einmal wiedergutmachen.

Hier nun also, was ich über den Hintergrund der Ereignisse weiß, in die wir alle verwickelt waren: Schon als Student habe ich in Gent für die Custodes Societatis *gearbeitet. Seitdem ich von dem Buch gehört hatte, kannte ich nur den Wunsch, es einmal in Händen zu halten und meine Seelenverwandte zu finden. Ich stimmte zwar mit den Zielen der CS nicht überein, aber sie hatten die Mittel dazu, meine Suche nach dem Buch zu finanzieren.*

Nach einigen Jahren dämmerte mir allerdings, mit welchen Leuten ich mich da eingelassen hatte. Sie schreckten vor nichts zurück, um das Buch zu vernichten. Darüber kam es zum Zerwürfnis mit einigen wichtigen Mitgliedern der CS in Gent, und sie sorgten dafür, dass ich aus dem Hochschuldienst ausscheiden musste.

Ich habe mich dann mit verschiedenen Jobs mehr recht als schlecht durchgeschlagen, bevor ich die Hausmeisterstelle an Jonas Internat antrat. Unter falschem Namen, denn ich wollte nicht, dass mich jemand von den CS findet. Das war allerdings vergeblich, denn kurz nach dem Tod von Hannahs Großvater und meinem Einzug in die Villa kontaktierte mich Ellen Kuijper. Sie war die treibende Kraft der CS in Brügge.

Sie hat mir angeboten, mir wieder eine Stelle an der Universität zu verschaffen, wenn ich ihr helfe, das Buch der Aphrodite *zu finden. Ich habe eingewilligt, bin aber nicht sehr weit gekommen. Als dann Hannah die Aufmerksamkeit der CS auf sich zog und ich Ellen Kuijper erzählte, wer Du bist, bekam ich den Auftrag, mir Euer Vertrauen zu erschleichen. Ellen Kuijper ließ Euch durch ihre Handlanger und den Drohbrief erschrecken, um den Boden für mein Erscheinen zu bereiten. Ich sollte dann herausbekommen, was Hannahs Software mit dem Buch zu tun hat.*

Den Rest der Geschichte kennt Ihr.

Bitte urteilt nicht zu hart über mich. Ich werde jetzt für eine Zeit lang untertauchen, um mit mir ins Reine zu kommen. Anbei findet Ihr die Schlüssel zur Villa und eine Reihe wichtiger Unterlagen dazu. Die Stiftung wird zwar offiziell noch von mir geleitet, aber ich werde das Haus nicht mehr betreten. Du, Hannah, kannst darüber verfügen, wie Du möch-

test. Wenn Du volljährig bist, werde ich dafür sorgen, dass es Dir auch offiziell überschrieben wird.

Wir sehen uns, so hoffe ich, unter freundlicheren Umständen wieder.

Willem

Ein Anruf im Krankenhaus hatte bestätigt, dass Willem sich am Vormittag selbst entlassen hatte. Eine Nachfrage im Sekretariat des Internats ergab, dass er die Stelle als Hausmeister gekündigt hatte.

Gerichtsexperten hatten das *Buch der Aphrodite* gründlich untersucht und nichts Besonderes daran finden können, abgesehen von der Tatsache, dass es sehr alt und sehr wertvoll war. Auf jeden Fall besaß es keinerlei geheime Kräfte. Zumindest keine, die sie entdecken konnten. Vielleicht hatten sie aber einfach nur nicht gewusst, wonach sie zu suchen hatten.

Hannah war vorerst aus dem Schneider. Van Leeuwen hatte dafür gesorgt, dass das gegen sie laufende Verfahren eingestellt wurde. Er hatte wohl ein schlechtes Gewissen, weil er eine Zeit lang mit Zeus kooperiert und nach Jonas Anruf so lange gezögert hatte, bis er endlich zur Villa gekommen war. Trotz der Vorwürfe war ihm nichts zu beweisen gewesen. Hatte er sich wirklich bestechen lassen? Auf diese Frage würde es wohl nie eine Antwort geben.

Hannahs Software war verschwunden, jedenfalls

konnte bei der Rekonstruktion von Willems zerstörtem Laptop keine Spur davon entdeckt werden. Auch der Mini-USB-Stick, auf dem sich das Programm befunden hatte, war nicht mehr aufzufinden gewesen.

Am Tag nach den Ereignissen in der Villa hatten sie sich bei Lisa getroffen. Seit der vorangegangenen Nacht gehörte sie wie selbstverständlich zu ihnen.

Sie saßen in der Küche der Kuijpers um einen großen Holztisch herum, an dem locker zwölf Personen Platz gefunden hätten. Lisa hatte mit einem gefährlich aussehenden Gerät Smoothies für alle gemacht.

»Ihr seid also Seelenverwandte«, sagte Lisa, an Hannah und Jona gewandt.

Die beiden warfen sich einen kurzen Blick zu und zuckten dann gleichzeitig mit den Schultern. »Wer kann das schon sagen?«, fragte Hannah.

»Aber habt ihr denn nicht irgendwas Besonderes gespürt, als ihr euch auf dem Simon Stevinplein zum ersten Mal begegnet seid?«

»Das war eine ziemlich kurze Begegnung«, sagte Jona. »Zwei Sekunden, um genau zu sein.«

»Aber trotzdem …« Lisa ließ nicht locker.

»Na ja … Ich habe Hannah in die Augen gesehen und hatte das Gefühl, dass wir uns schon ewig kennen. Ich weiß, das klingt irgendwie ein bisschen lahm … Aber so war es.«

»Das hast du mir noch gar nicht gesagt.« Hannah stieß Jona spielerisch den Ellbogen in die Seite.

»Es fehlte irgendwie die Gelegenheit«, verteidigte sich

Jona. »Und es hört sich doch auch irgendwie komisch an, oder?«

»Finde ich gar nicht«, sagte Lisa. »Und wie war das bei dir?« Die Frage war an Hannah gerichtet.

Die Antwort fiel ihr sichtlich schwerer als Jona. »Es ist das erste Mal in meinem Leben, dass ich das Gefühl habe, dass da jemand ist, auf den ich mich ohne Wenn und Aber verlassen kann. Oder so …«

»Also kein großer Knall? Das Gefühl, die Welt geht unter und entsteht anschließend völlig neu?«

Jona lächelte Hannah an. »Ein bisschen schon, was meinst du?«

Hannah lächelte zurück. »Ein bisschen, ja.«

»Ich habe da mal ein wenig recherchiert.« Das war natürlich Chris. »Es gibt verschiedene Definitionen von Seelenverwandtschaft. Um genau zu sein …«

»Halt, halt«, unterbrach ihn Jona. »Jetzt bitte keine Vorträge!«

»Nie darf ich«, maulte Chris theatralisch leidend.

Lisa strich ihm über den Kopf. »Mein armes unverstandenes Genie.«

»Ja, ja, der Prophet gilt nichts in seinem Heimatland.«

»Oh, jetzt bist du schon ein Prophet.« Jona konnte ein Grinsen nicht unterdrücken. »Na, dann sag uns doch mal, was Hannah nun machen soll, damit ihr nicht in ein paar Wochen die nächsten Verrückten auf den Fersen sitzen.«

»Wieso macht ihr euch Sorgen?«, warf Hannah ein. »Das Buch ist wirkungslos und mein Programm ist verschwunden. Was soll mir da noch passieren?«

»Nun, in dem Augenblick, in dem die Software wieder auftaucht, wirst du von Neuem in Gefahr sein«, meinte Chris.

»Das Risiko ist gering«, sagte Jona. »Maartens Datenträger sind alle vernichtet. Und Willems Laptop ist auch unwiderruflich hinüber, daher droht keine Gefahr. Hannah hat ebenfalls keine Kopie mehr, es gibt nur noch den USB-Stick, den sie mir gegeben hat. Und die Kopie auf meinem Laptop sowie den Stick mit der Kopie, die ich für Maarten gemacht hatte.«

»Also existieren noch vier Kopien«, stellte Chris fest und hielt den Mini-USB-Stick in die Höhe, den Zeus mitgebracht hatte.

»*Du* hast den also!«, rief Hannah.

»Upps, den hatte ich ganz vergessen.« Jona machte ein betretenes Gesicht.

»Ihr wart viel zu beschäftigt damit, dem Inspektor und Zeus zu lauschen«, erklärte Chris. »Wie alle anderen auch. Da hab ich schnell zugegriffen.« Er warf Hannah den Stick zu. »Trotzdem ist meine Frage noch nicht beantwortet. Und was ist mit dem Buch?«

»Meiner Meinung nach ist das *Buch der Aphrodite* inzwischen nichts anderes als ein Buch«, sagte Jona.

»Möglicherweise war das schon immer so«, mutmaßte Hannah.

»Und viel wichtiger als das, *was* es enthält, ist vielleicht, *wer* es in Händen hält«, ergänzte Jona.

»Was meinst du damit?«, wollte Lisa wissen.

»Ich meine, es gibt möglicherweise noch andere Erklärungen als die, denen Willem und die CS anhingen.«

»Und die wären?«

»Erstens, das Buch ist von Anfang an nichts anderes gewesen als ein gewöhnliches Buch und alles drum herum ist einfach nur erfunden.«

»Dann wären alle einem Phantom hinterhergejagt, angefangen mit meinem Großvater«, führte Hannah seinen Gedanken fort.

»Richtig«, bestätigte Jona. »Version zwei: Das Buch verfügte tatsächlich über die ihm zugeschriebenen Kräfte, besitzt sie aber nicht mehr.«

»Und wo sind sie hin?« Lisa begriff nicht, worauf er hinauswollte.

»Sie sind vielleicht auf eine Person oder ein anderes Objekt übergegangen«, warf Chris ein. »Dein Großvater, Hannah, hat dir das Buch irgendwann einmal gezeigt oder du hast es sogar berührt, und dabei ist die Kraft des Buches auf dich übergegangen. Und als du deine Software geschrieben hast, ist die Energie in das Programm geflossen.«

»Das würde bedeuten, ich hätte diese Kraft die ganze Zeit in mir getragen, ohne es zu merken?«

Chris nickte.

»Unwahrscheinlich«, widersprach Jona. »Warum sollte das Buch ausgerechnet auf Hannah gewartet haben? Es ist doch in den Jahrhunderten seiner Existenz wahrscheinlich mit vielen Menschen in Berührung gekommen.«

»Vielleicht geht die Energie nicht auf irgendeinen Menschen über, sondern nur auf ganz bestimmte Personen«, meinte Lisa.

Jona war nicht überzeugt. »Darf ich euch an Ockhams Rasiermesser erinnern?«

»Ich weiß, ich weiß. Das klingt alles sehr konstruiert«, räumte Chris ein. »Vielleicht werden wir die Wahrheit auch nie erfahren. Aber was ist mit denen, die immer noch daran glauben? Ihr werdet sie nie abschütteln, wenn ihr das Buch und die Software behaltet. Und dann wird das ganze Spiel von vorn beginnen.«

»Wir haben eine ganz naheliegende Variante vergessen«, bemerkte Jona. »Was ist, wenn Hannah einfach nur eine Weltklasse-Programmiererin ist und ein Programm geschrieben hat, das alle anderen seiner Art in den Schatten stellt? Eine Software, die so gut ist, dass sie selbst die Überwachungsbots der CS getäuscht hat? Die aber überhaupt nichts mit dem *Buch der Aphrodite* zu tun hat?«

»Das wäre schon ein ganz schöner Zufall«, meinte Chris. »Und warum funktioniert das Proggie dann nur, wenn Hannah es bedient, aber nicht bei anderen?«

»Dafür gibt es eine einfache Erklärung, die auch Herrn Ockham gefallen hätte.« Hannah lächelte Jona an und berührte ihn leicht am Arm. »Ich habe meine Software nicht besonders verschlüsselt, weil ich weiß, irgendwann kommt jemand mit einem Superrechner daher und knackt den Schutz sowieso. Stattdessen habe ich eine Sicherung auf mehreren Ebenen eingebaut. Als Lisas Tante einen Namen eingegeben und auf die Eingabetaste gedrückt hat, ist ganz einfach deswegen nichts passiert, weil ich es so programmiert habe, dass man Eingabetaste und Plus-Taste gemeinsam drücken muss. Mehr steckte nicht dahinter.«

Chris machte ein enttäuschtes Gesicht. »Ehrlich?«

»Ganz ehrlich. Da waren keinerlei übersinnliche Mächte im Spiel.«

»Was nicht bedeuten muss, dass sie keine Rolle gespielt haben«, beharrte er.

»Aber wie? Als mir das Proggie Jonas Namen genannt hat, hatte ich das Buch doch noch nie gesehen.«

»Das glaubst du. Aber vielleicht kannst du dich nur nicht genau erinnern. Vielleicht hat es dir dein Großvater wirklich einmal gezeigt oder sogar in die Hände gegeben.«

»Vielleicht, vielleicht, vielleicht!« Hannah klang ein wenig genervt. »Möglicherweise habe ich übersinnliche Kräfte, möglicherweise auch nicht. Ich fühle mich jedenfalls nicht wie Superwoman und will es auch gar nicht sein.«

»Aber solange andere das glauben, wird dir das nichts nutzen.«

»Deshalb habe ich mich auch entschlossen, mein Programm kostenlos ins Netz zu stellen. Für meine Auftraggeber mache ich eine abgespeckte Version, das wird ihnen reichen. Dann sieht auch jeder, dass es nichts anderes ist als ein Stückchen Code.«

»Und das Buch? Was willst du damit anstellen?«, fragte Lisa.

»Keine Ahnung.« Hannah ergriff Jonas Hand. »Wir haben da schon drüber nachgedacht, sind aber zu keiner Lösung gekommen. Das Beste ist vielleicht, ich verkaufe es einfach, dann bin ich es los.«

»Das Buch schon, aber nicht die Leute, die glauben, du hättest besondere Kräfte, die nur mit dem Buch zusammen wirken«, sagte Chris. »Wenn ich zu den CS gehören würde, dann würde ich dich kurzerhand kaltmachen, um das Buch zur Wirkungslosigkeit zu verdammen.«

»Vielen Dank für diesen fundierten Ratschlag«, erwiderte Hannah scharf. »Ich bin froh, dass du nicht der Berater dieser Idioten bist.«

»Ich meinte ja nur …« Chris hob entschuldigend die Hände.

»Ich hätte da möglicherweise eine Lösung«, meldete sich Lisa zu Wort. »Ich bin sicher, mein Vater würde dir das Buch abkaufen. Er hat ein furchtbar schlechtes Gewissen euch gegenüber, da würde er auch einen guten Preis bezahlen. Bei ihm wäre es garantiert in Sicherheit. Das würde zumindest die Gefahr ein wenig reduzieren, dass du dein Leben lang von den CS oder wem auch immer gejagt wirst.«

»Ich glaube, die CS haben im Augenblick andere Sorgen«, sagte Hannah. »Und die Polizei wird in Zukunft ein Auge auf sie haben, das verschafft mir erst mal eine längere Atempause. Aber danke für das Angebot, ich denk drüber nach. Im Augenblick ist das Buch ja sowieso bei der Polizei in sicheren Händen.«

»Vielleicht geben die *Custodes* ja auch auf, nachdem man ihren Anführer geschnappt hat«, spekulierte Chris.

»Ist euch das eigentlich auch aufgefallen? Die Götter auf dem Olymp haben die Kugelmenschen beseitigt, weil sie Angst hatten, sie könnten ihre Macht gefährden. Bei den CS ist das nicht anders. Die sind moderne Götter, die sich ebenfalls vor den Kugelmenschen fürchten, also den wiedervereinigten Seelenverwandten, weil sie ihre Macht dadurch gleichermaßen bedroht sehen. So viel hat sich in den ganzen Jahrtausenden gar nicht geändert …«

Jona lehnte sich zurück und schlürfte den Rest seines Smoothies aus, während Chris weiter vor sich hin philosophierte. Er saß im Kreis seiner Freunde neben Hannah, und sie war vorerst vor weiterer Verfolgung sicher. Es war gut, so wie es war. Ein wohliges Gefühl erfasste ihn und er schloss die Augen.

3.

»Alter!« Christophers Stimme ruft Jona in die Gegenwart zurück. »Wir müssen rein! Der Ball beginnt gleich.«

Ach ja, der Ball. Der Abend, vor dem er so großen Bammel gehabt hat. Und den er jetzt, zu seiner eigenen Überraschung, genießen kann.

Zunächst mal natürlich, weil er mit Hannah hier ist. Lisas Einladung an ihn war lediglich ein Mittel, um Chris eifersüchtig zu machen, an dem sie von Anfang an interessiert war. Was leider mächtig in die Hose ging, denn Chris war einfach zu stoffelig, um Lisas Interesse an ihm zu bemerken.

Das hatte sich inzwischen radikal geändert.

Die beiden sind auch ein hübsches Paar, denkt Jona. Und Lisa sieht mal wieder toll aus in ihrem eleganten Mantel.

Als würde sie seine Gedanken ahnen, kneift Hannah ihn in den Arm. »Komm, gehen wir rein.« Sie geben ihre Mäntel und Jacken an der Garderobe ab und betreten den großen Saal.

Hannah trägt eine einfache schwarze Hose und einen schwarzen Pullover mit weiten Ärmeln. Sie sieht hinreißend aus, findet Jona. Es tut ihr sichtlich gut, nicht mehr auf der Flucht zu sein und endlich in einer eigenen Wohnung zu leben. Geld stellt dabei erstmals in ihrem Leben kein Problem dar, denn der Verkauf des Buches an Lisas Vater hat ihr eine ordentliche Summe eingebracht.

Sie gehen zu ihrem Tisch, an dem Jonas und Chris' Eltern bereits auf sie warten. Lisas Vater hat sich entschuldigen lassen, er meidet derzeit Auftritte in der Öffentlichkeit. Die Erwachsenen sind intensiv in eine Diskussion vertieft, bei der es, wie könnte es anders sein, um irgendwelche Regulierungsvorschriften der EU geht. Chris verdreht übertrieben die Augen. »Alter, das wird ein harter Abend.«

Aber Jona kann heute nichts erschüttern.

Vor allem nicht, als der Ball mit dem Lied eröffnet wird, das seit vielen Jahren den Auftakt des Abends darstellt. Es ist ein schnulziger Walzer des englischen Sängers Harvey Andrews und heißt passenderweise *Bruges*. Chris deutet ein gespieltes Gähnen an, aber diesmal reagiert Jona nicht. Denn dies ist der Moment, auf den er sich seit Wochen freut und für den Hannah und er sogar geübt haben.

Er nimmt ihre Hand und führt sie auf die Tanzfläche.

Denn auch wenn es ihm schwerfällt, in Worte zu fassen, was Seelenverwandtschaft bedeutet, so weiß er doch, dass Hannah und er genau das sind.

Und dann liegt sie in seinen Armen, sieht ihm in die Augen, und sie tanzen.

Und Jona singt in seinem Kopf den Text mit:

Das Schönste in Brügge, das ist nicht aus Stein,
nein, das Schönste in Brügge bist du.

EPILOG

Diesmal ist es Poseidon, der die Versammlung leitet.

Der Hohe Rat der *Custodes* ist erneut in einem Luxushotel zusammengekommen, allerdings nicht in Brüssel, sondern auf den Bahamas. Die Mitglieder tragen helle Anzüge, auf den Tischen vor ihnen liegt hier und da ein Panamahut.

Die Stimmung ist entspannt, was auch daran liegen mag, dass der größte Teil der Anwesenden sich nach dem Treffen auf dem Golfplatz wiederbegegnen wird.

Wer in der Runde fehlt, ist Zeus.

An seiner Stelle ist eine junge Frau anwesend. Ihr gelten auch Poseidons erste Worte: »Meine Freunde, begrüßen Sie mit mir in unserer Runde die bezaubernde Persephone. Sie wird ab sofort als eine der europäischen Vertreterinnen unseren Rat bereichern, als Nachfolgerin des unglücklichen Zeus, der leider einem tragischen Unfall zum Opfer gefallen ist. Ich möchte Sie deshalb bitten, sich zu erheben und mit mir eine Schweigeminute für unseren verschiedenen Vorsitzenden einzulegen.«

Poseidon erhebt sich, die anderen folgen seinem Beispiel. Besonders feierlich sieht keiner von ihnen aus, und man hat auch nicht den Eindruck, dass sie Zeus wirklich nachtrauern. Aber Regeln sind Regeln, und die Schweigeminute gehört nun einmal dazu.

Nachdem alle wieder Platz genommen haben, ergreift Poseidon erneut das Wort. »Meine Freunde, unser belgisches Projekt ist leider nicht so verlaufen, wie wir es uns gewünscht haben. Das Buch konnte zwar gefunden werden, ist aber inzwischen unserem Zugriff entzogen. Zudem scheint es auch nicht die erhofften Kräfte zu haben, was zu Spekulationen Anlass gibt, ob es sich wirklich um das richtige Objekt handelt.«

Er macht eine Pause und trinkt einen Schluck Wasser. »Wie dem auch sei, es sieht so aus, als müssten wir unseren Horizont erweitern. Im Internet ist ein neues Programm aufgetaucht, das verblüffende Ergebnisse erzielt. Derzeit prüfen wir, ob es sich um eine Weiterentwicklung derjenigen Software handelt, auf die damals unser verschiedener Kollege Zeus gestoßen ist. Zum Glück verfügt unsere geschätzte Persephone aufgrund ihrer Position über zahlreiche Mittel, die Arbeit dieses Portals zu behindern oder sogar zu unterbinden.«

»Bis hin zur Terminierung?«, fragt ein schwitzender Ares.

»Ich denke, davon sollten wir nach dem Debakel in Brügge vorerst absehen. Allerdings werden wir vielleicht später wieder darauf zurückkommen müssen, denn es gibt leider eine ausgesprochen besorgniserregende Neuigkeit, über die uns der Kollege Apollon nun informieren wird.«

Apollon erhebt sich. »Meine Freunde, wie Sie sicher

mitbekommen haben, hat vor einigen Monaten ein Erdbeben Griechenland erschüttert. Der Schaden war glücklicherweise gering. Durch das Beben ist zur Freude der Archäologen eine bislang unbekannte Tempelanlage der Aphrodite freigelegt worden. Dort fanden sich auch eine Reihe von erstaunlich gut erhaltenen Schriftstücken, die unsere Fachleute inzwischen ausgewertet haben.«

Apollon macht eine Pause und blickt ernst in die Runde. »Offenbar sind wir die ganzen Jahrhunderte einer falschen Spur hinterhergejagt. Den jetzt entdeckten Aufzeichnungen zufolge liegt die Kraft, die Seelenverwandten wieder zusammenführen, nicht in dem Buch, sondern in einer Handvoll Menschen, die angeblich direkt von Aphrodite abstammen sollen.«

Sofort bricht ein wildes Stimmengewirr aus. Auch diejenigen Anwesenden, die eher teilnahmslos gelauscht und mit den Gedanken bereits beim Golfspiel waren, sind schlagartig hellwach.

»Meine Freunde!«, ruft Poseidon die Runde zur Ordnung. »Bitte beruhigen Sie sich! Ich habe schon alles Erforderliche veranlasst. Die Aufzeichnungen sprechen davon, dass es insgesamt zu jeder Zeit fünf dieser Menschen auf der Welt gibt. Es sind alle Vorbereitungen getroffen worden, diese Personen ausfindig zu machen.«

»Was ist mit der Hackerin in Brügge?«, fragt Apollon. »Sollten wir uns die nicht zuerst vornehmen?«

Poseidon schüttelt den Kopf. »Gewiss nicht. Die Sache hat viel zu viel Aufmerksamkeit auf sich gezogen und wir müssten zunächst verifizieren, ob es sich bei ihr wirklich um eine der fünf Auserwählten handelt oder nicht. Falls das allerdings so sein sollte, ist sie natürlich unsere Aufmerksamkeit wert.«

»Und wie können wir feststellen, wer diese Personen sind?«, will Ares wissen.

»Diese Frage werden Sie beantworten, lieber Ares, denn Sie werden diese Suche leiten. Es wird ein langer Weg, darauf können wir uns einrichten.«

Ares springt auf. »Verlassen Sie sich auf mich.«

»Sehr gut.« Poseidon klatscht in die Hände. »Meine Freunde, eine Schlacht haben wir anscheinend verloren. Aber die Jagd hat gerade erst begonnen! Und seien Sie gewiss, diesmal werden wir unser Ziel erreichen.«

Nachbemerkung

Bei meinen Lesungen werde ich oft gefragt, woher die Ideen für meine Bücher kommen. Ich antworte dann gern, dass ich, so wie viele meiner Kolleginnen und Kollegen, ein Räuber bin. Und zwar deshalb, weil ich mich überall und zumeist ungefragt bediene. Eine Zeitungsmeldung, eine Songzeile, die Bemerkung eines Freundes, ein Satz in einem Buch, ein Foto - das alles und mehr ist das Material für meine Buchideen. Manchmal reicht es sogar aus, einen Vogel auf einer Wiese oder einen Kunden in einem Supermarkt zu sehen und mir schießt die Frage durch den Kopf: »Was wäre, wenn ...«

Ohne diese Frage wären meine Beobachtungen nur das, was sie ja auch sind, nämlich Beobachtungen. Aber durch die Fragen, die sie in meinem Kopf auslösen, werden sie (manchmal) zur Keimzelle einer Geschichte.

Bei diesem Buch war das etwas anders. Die Idee ist entstanden, ohne dass ich etwas stehlen musste. Sie wurde mir im Gegenteil auf dem Silbertablett serviert, nämlich von meinem Freund T. Georg, der mir eines Abends bei einem Bier die Legende von den Kugelmenschen erzählte und zudem fragte, was wohl wäre, wenn es ein Buch gäbe, in dem die Namen aller Seelenverwandten aufgezeichnet wären. Ein Buch, das sich selbstständig fortschreibt und das von einer mächtigen Organisation gesucht wird.

Diese Idee gefiel mir so gut, dass ich ihn fragte, ob ich sie verwenden dürfte. Ich durfte. Natürlich habe ich an jenem Abend die Rechnung übernommen.

Deshalb möchte ich mich an dieser Stelle ausdrücklich bei T. Georg dafür bedanken, dass er mir seine Idee überlassen hat, ohne zu wissen, was ich daraus machen würde. Es ist gewiss eine andere Geschichte geworden als die, welche er geschrieben hätte.

Aber das ist ja auch das Schöne: Jede Geschichte gibt wieder Anstöße zu weiteren Geschichten, jede Idee zu weiteren Ideen. In diesem Sinn hoffe ich, dass Du, liebe Leserin, und Du, lieber Leser, vielleicht auch ein paar Fragen und Möglichkeiten aus den *Soul Hunters* mitnimmst. Und wer weiß, vielleicht wird daraus ja irgendwann Deine ganz eigene Geschichte.

Zitiert wird das Gedicht »Quai du Rosaire. Brügge«
von Rainer Maria Rilke
aus: Sämtliche Werke. Band 1–6, Wiesbaden und Frankfurt a.M.
1955–1966, Band 1, S. 533–534

Dieses Werk wurde vermittelt durch die Literatur Agentur Hanauer

Ruebenstrunk, Gerd:
Soul Hunters – Mit der Liebe kommt der Tod
ISBN 978 3 522 50549 9

Gesamtausstattung: Rose Dobmeier, Favoritbüro, München
unter Verwendung von Bildern von shutterstock.com
Innentypografie: Kadja Gericke
Reproduktion: Medienfabrik, Stuttgart
Druck und Bindung: CPI Books GmbH, Ulm

FSC
www.fsc.org
MIX
Papier aus verantwortungsvollen Quellen
FSC® C083411

WENN AUS EINEM ABENTEUER TÖDLICHER ERNST WIRD

Gerd Ruebenstrunk

Blutring

304 Seiten · Broschur
ISBN 978-3-522-50489-8

Kaum nach Barcelona gezogen wird Daniel von der Polizei verhört. Denn er hat Lolas alten Onkel als Letzter lebend gesehen. Aber nicht nur die Polizei ermittelt. Daniel stellt fest, dass er von mysteriösen Typen verfolgt wird. Es scheint ein Geheimnis um den Onkel zu geben, dem er zusammen mit Lola auf die Spur kommen will. Tatsächlich entdecken sie in einem alten Notizbuch einen kryptischen Hinweis auf ein mystisches Artefakt. In den geheimnisvollsten Ecken der Stadt finden sie Hinweis um Hinweis. Doch als sie schließlich wissen, dass es um den legendären Blutring des Timur Tamerlan geht, ist die Jagd bereits ein Spiel auf Leben und Tod ...

PLANET!

www.planet-verlag.de